天魔劒葉傳
천마검엽전

임준후 新무협 판타지 소설 FANTASTIC ORIENTAL HEROES

천마검엽전 8

임준후 新무협 판타지 소설

초판 1쇄 찍은 날 § 2010년 5월 25일
초판 1쇄 펴낸 날 § 2010년 5월 31일

지은이 § 임준후
펴낸이 § 서경석

편집장 § 문혜영
편집책임 § 서지현
편집 § 주소영 · 이수민

펴낸곳 § 도서출판 청어람
등록번호 § 제1081-1-89호
등록일자 § 1999. 5. 31
어람번호 § 제2-1932호

주소 § 경기도 부천시 원미구 심곡2동 163-2 서경B/D 3F (우) 420-822
전화 § 032-656-4452 팩스 § 032-656-4453
http://www.chungeoram.com
E-mail § chungeoram@chungeoram.com

ⓒ 임준후, 2009

ISBN 978-89-251-2187-1 04810
ISBN 978-89-251-1954-0 (세트)

※ 파본은 구입하신 서점에서 교환하여 드립니다.
※ 저자와 협의하여 인지를 붙이지 않습니다.
※ 이 책은 도서출판 청어람과 저작자의 계약에 의해 출판된 것이므로,
   무단 전재 및 유포 · 공유를 금합니다.

天魔劍葉傳

천마검엽전

철혈무정로 1부

임준후 新무협 판타지 소설

FANTASTIC ORIGINAL HEROES

⑧

第一章　　　7

第二章　　　31

第三章　　　55

第四章　　　81

第五章　　　113

第六章　　　135

第七章　　　161

第八章　　　191

第九章　　　217

第十章　　　249

第十一章　　277

第十二章　　295

第一章

천마검섭전

거대한 발톱에 찍힌 용이 고통에 몸부림치며 온몸을 뒤튼다.
후면 벽 전체를 휘감으며 양각된 부조는 발로 용을 움켜쥔 봉황의 모습.
명장의 솜씨임을 한눈에 알 수 있는 부조 앞에 놓인 태사의 또한 화려함의 극치였다.
전체가 황금으로 주조되었고, 팔걸이는 휘황한 빛을 발하는 보석으로 만든 봉황의 날개 형상.
수많은 아름드리 기둥이 십 장 높이의 천장을 떠받치고 있는 대전이었다.
태사의에 앉은 자는 사십대 초반의 장년인.

그의 전신에서 산악처럼 막강하고 바람처럼 흔적을 잡기 어려운 기세가 흘러나왔다.

절대천궁주 태군룡이었다.

그는 대전의 바닥에 부복하고 있는 천노를 내려다보며 가볍게 눈살을 찌푸리고 있었다.

그가 낮은 음성으로 물었다.

"빙궁과 청랑파를 무너뜨린 자의 무공이 창룡신화종의 비전인 듯하다고?"

천노는 머리를 조아렸다.

"그렇습니다, 궁주님."

"우리와 함께 있는 그를 제외하면 신화종의 맥은 끊어졌네. 고검엽이라는 아이의 죽음과 함께. 그건 이미 십여 년도 더 이전에 자네가 직접 중원으로 가서 확인하지 않았나."

"분명 그렇습니다만… 빙궁에서 신화종의 파멸천강지기가 아닌가 의심되는 기운이 발견된데다 초원에서 청랑파를 전멸시켰다는 천외무적천마라는 자가 사용한 무공이 아무래도 신화종의 사법과 너무나도 흡사합니다. 혹여 하좌가 놓친 것이 있지 않은지 점검해야 하지 않을까 싶습니다."

태군룡의 눈에 강렬한 신광이 어렸다.

천노는 매사에 철저한 사람이었고, 어떤 일을 할 때는 심하다 싶을 정도로 사전 준비를 했다.

그래서 그가 행했던 일들 중 후에 다시 살펴본 일은 태군룡이 알기로 아직까지 단 한 번도 없었다.

그런 천노가 저렇게까지 말하는 것은 마음속에 의심을 넘어 확신을 하고 있다는 것을 의미했다.
 "자네는 고검엽이 살아 있다고 생각하는 건가?"
 "…그렇습니다, 궁주님."
 "흠……."
 태군룡은 눈을 감았다.
 이해할 수 없는 일이었다.
 그는 십이 년 전 전당강가에서 있었던 일의 전말을 모두 알고 있었다. 마지막 장면은 제외하고서였다.
 하지만 마지막에 어떤 일이 벌어졌는지 보지 못한 자의 보고였다고는 해도 그곳에서 어떤 일이 벌어졌을지 예측하기는 어렵지 않았다.
 그리고 그 예측에 걸맞은 일이 그 후에 벌어졌지 않은가.
 당시 고검엽의 능력으로는 결코 그 자리를 벗어날 수 없었다.
 "십이 년 전의 고검엽은 단목천의 수하에서 빠져나갈 능력을 갖고 있지 않았네. 그가 살아났다고 확신하는 근거가 뭔가?"
 천노의 이마가 바닥에 닿을 듯 낮아졌다.
 그가 말했다.
 "그때 놓친 자가 있었습니다. 궁주님, 기억하십니까? 신창비순곡의 진애명이 요동을 떠나 중원을 배회하며 고검엽을 찾고 있었던 것을 말입니다."

"진애명?"

태군룡의 눈이 무섭게 번뜩였다.

"여 곡주의 이대호위 중 한 명인 그 여자 말인가?"

"예."

"계속 말해보게."

"십이 년 전부터 여 곡주의 주변에서 진애명의 모습을 찾을 수가 없었습니다. 그때 저는 조금 이상하다 생각하며 넘어갔는데 빙궁과 청랑파의 일을 보고받고 그녀를 찾아보았습니다."

많이 긴장되는 듯 그는 한 번 숨을 고른 후 말을 이었다.

"얼마 전까지 그녀는 신화곡에 머물고 있던 것으로 확인되었습니다."

"신화곡에? 얼마 전까지?"

"그렇습니다, 궁주님. 그녀는 한 달전까지 신화곡에 머물러 있었으며, 한 달 전 여 곡주의 부름을 받고 정가장으로 갔습니다. 그리고 현재는 정가장에 있습니다."

태군룡의 눈빛이 스산해졌다.

"십이 년이나 신화곡에 머물렀다… 처벌이로군."

"저도 그렇게 생각됩니다."

"그녀가 십이 년 전 전당강가에서 고검엽을 구했다고 봐야겠군."

고개를 숙이고 있는 천노의 입가에 미소가 떠올랐다.

태군룡에게는 여러 설명이 필요없었다.

모시기에 편한 주군이다.
그가 말했다.
"그렇지 않다면 그녀가 천극미로진세로 외부와 차단된 절곡에서 십이 년이라는 시간을 보낼 이유가 없었으리라 생각합니다."
천노는 말문을 닫았다.
할 말은 다했다.
남은 건 태군룡의 결심뿐이었다.
태군룡은 눈을 감고 뒷머리를 태사의에 기댔다.
머릿속이 복잡할 때마다 나오는 그의 습관 중의 하나다.
눈을 감은 채로 그가 중얼거리듯 말했다.
"전당강에서 목숨을 구한 고검엽이 십이 년 만에 모습을 드러낸 곳은 북해…… 단신으로 빙궁을 봉문시킨 후 남하하며 청랑파를 멸망시키는 능력을 발휘했다……. 십이 년… 그 짧은 시간 동안 이마에 피도 마르지 않았던 애송이가 절대초강고수가 되었다는 건……."
태군룡이 눈을 떴다.
번갯불을 능가하는 신광이 흐르는 눈.
"심마지해로군. 그놈은 심마지해에서 살아나온 것이야……. 그렇지 않다면 어떤 수단을 사용해도 십이 년 만에 그와 같은 능력을 얻을 수는 없다."
천노는 고개를 깊이 숙였다.
그의 어디에서도 놀람이나 의혹의 기색은 보이지 않았다.

그것은 그가 이미 태군룡과 같은 결론에 도달해 있었다는 것을 뜻했다.

태군룡이 천노의 정수리를 내려다보며 말했다.

"천노."

"예, 궁주님."

"심마지해가 어떤 곳인지는 자네도 잘 알고 있지?"

"물론입니다."

"만약 고검엽이 그곳을 거친 것이 사실이라면 이는 간과할 수 없는 일. 분명한 확인과 증거가 필요하네. 알겠나? 이건 귀중한 기회일세. 그것이 사실이라는 걸 증명할 수만 있다면 무맥의 다른 종주들을 움직이게 할 수도 있을 테니까."

"저도 그렇게 생각하고 있습니다."

"그런데 그가 고검엽이라면 왜 빙궁과 청랑파를 무너뜨린 것일까? 그럴 이유가 있는가?"

천노의 미간에 깊은 골이 패었다.

그가 대답했다.

"그것은… 저도 이유를 모르겠습니다. 죄송합니다, 궁주님."

그의 말은 이어졌다.

"하지만 그의 행로를 계속해서 추적하면 조만간 그가 무엇 때문에 그런 짓을 하고 있는지 이유를 알 수 있을 것입니다."

"나를 너무 오래 기다리게 하지는 말게."

"최선을 다하겠습니다."

태군룡이 다시 물었다.
"현재 그가 어디에 있는지 종적은 파악되었는가?"
"중원으로 들어선 듯합니다만 아직 어디에 있는지는 알지 못합니다."
"흠… 자네는 고검엽이 중원에서도 북해나 막북에서 했던 대로 움직일 거라고 생각하는가?"
"그의 행위를 결정짓는 배경에 대해 정보가 없어 확실하게 말하기 어렵습니다. 하지만 빙궁과 청랑파는 참혹하게 무너졌습니다. 그렇게 손을 쓰던 자가 갑자기 멈출 거라고는 생각되지 않습니다."
태군룡의 입꼬리가 묘하게 뒤틀렸다.
웃음은 분명했다. 하지만 느낌은 얼음보다도 차가웠다.
"창천곡에 웅크리고 있는 구중천상회(九重天上會)의 노괴들도 머리가 아파지겠군."
"그렇겠지요."
"궁의 가용인원을 모두 동원해서라도 그를 찾게."
"존명."
천노는 자리에서 일어났다.
이제 바빠질 시간이었다.

*　　*　　*

해가 중천을 향해 치달려가는 시각.

팔월의 작열하는 열기가 세상을 뜨겁게 달궜다.

연못에서 피어오른 아지랑이가 사물의 윤곽을 조금씩 비틀고 있는 정원.

검엽은 정원의 연못가에 놓인 넓적한 바위 위에 앉아 있었다.

그곳은 정원의 정자를 제외하고는 유일하게 그늘이 드리워져 있었다. 바로 옆에서 자라고 있는 일 장 오 척가량의 나무 덕분이었다.

옥을 통째로 깎은 듯 희고 투명한 검엽의 얼굴은 무심했다. 어떤 생각을 하고 있는지 속을 알 수 없었다.

그가 태화객잔에 머무른 지도 한 달 열흘이 지났다.

열흘 전 이곳에 왔던 몽완과 위무양은 다음날 새벽 돌처럼 굳은 얼굴로 검엽의 부탁을 이행하기 위해 먼 길을 떠났다.

그리고 열흘이 더 지난 것이다.

그동안 검엽은 객잔에서 한 발짝도 나가지 않았다.

중원은 심마지해를 나와 겪은 북해나 막북과는 토양 자체가 달라도 너무 달랐다.

본격적으로 움직이기 전에 생각해야 할 일도 많았고, 고려해야 할 것들도 적지 않았다.

어떤 일을 하기 위해서는 가끔 돌아가야 할 때가 있다.

그런 경우 당장은 돌아가는 것이 느려 보이지만 일을 끝내고 보면 우회한 것이 오히려 직진한 것보다 더 지름길이라는 것을 알게 되곤 한다.

검엽은 십여 일 전 삼매진화로 태워 버린 서책의 내용을 떠올리고 있었다.

천하삼십대세력상황분석도.

하오문주 기호성이 만든 책이다.

그 안의 내용이야 한 번 보는 것만으로 토씨 하나 빠뜨리지 않고 외운 그였기에 서책을 계속 가지고 있을 이유는 없었다.

그가 떠올리고 있는 세력은 기호성이 꼽은 삼십대 세력 중에서도 장강이북을 터전으로 하는 세력들이었다.

그들의 수는 열넷.

장강이남의 세력들은 나중에 생각해도 되었다.

'육파일방과 칠대세가…… 하남의 소림과 개방, 호북의 무당, 섬서의 화산과 종남, 사천의 아미와 청성…… 안휘의 남궁, 산동의 황보, 호북의 제갈, 사천의 당가, 산서의 모용, 섬서의 백가장과 서문세가…….'

정무총련의 주축인 열네 개 문파와 세가를 하나하나 짚어나가는 검엽의 눈에는 희미한 감탄의 기색이 어려 있었다.

'이런 문파들을 하나의 조직으로 묶을 수 있다니, 정말 대단한 능력자다.'

구주삼패세 치하의 세월이 사십 년이 흘렀다.

중원무림인들은 이제 그들의 군림과 지배를 자연스럽게 받아들인다.

무림인들 가운데 절반 이상이 삼패세 정립 이후 태어난 사람들인 터라 이상한 일도 아니었다.

그러나 삼패세와 거리를 두고 그들을 객관적으로 보게 되면 실로 놀라지 않을 수 없게 된다.

검엽이 속으로 되뇌인 정무총련만 보아도, 역사와 전통이 유구하고 추구하는 바가 각기 다르면서도 개개의 저력이 막강하기 이를 데 없는 열네 개 문파의 연합체였다.

이렇게 거대한 열네 개 문파의 연합이 분열없이 사십 년이 넘는 세월 동안 유지된 것은 무림사상 유래가 없는 일이었다.

'하나하나의 문파를 찾아다니는 것은 너무 비효율적이다.'

검엽의 눈빛이 깊게 가라앉았다.

강북 전역에 흩어져 있는 문파들이었다.

열네 개의 문파 중 유일하게 장강이남에 위치한 사천당가 같은 경우는 현재 그가 있는 산동성과는 대륙의 정반대지점이라고 해도 과언이 아닐 정도로 멀리 떨어져 있었다.

'청랑파처럼 열네 개 문파를 한곳에 모을 수 있다면 바랄 것이 없는데…….'

누군가 검엽이 지금 무슨 생각을 하고 있는지 아는 사람이 있다면 어이가 없어 입을 다물지 못했을 것이다, 미친놈이라고 손가락질을 하면서.

열네 개의 거대 세력을 한 장소에 모아 무너뜨릴 생각을 하는 개인이라니.

누가 그를 제정신으로 보겠는가.

'…그러나 이들은 청랑파와 다르다. 초원의 부족들처럼 저들을 위협할 수 있는 힘이 나를 중심으로 모이게 하는 건 쉬운

일이 아니야…….'
 검엽의 고민이 깊어졌다.
 중원의 정파세력은 정무총련을 중심으로, 그리고 마도세력은 천추군림성을 중심으로, 정사중간의 세력들은 대륙무맹을 중심으로 뭉쳐 있는 상황이었다.
 정무총련을 마음에 들어하지 않는 개인이나 세력은 군림성과 무맹에 이미 적을 두고 있었다.
 검엽이 끌어들일 수 있는 세력은 전무에 가깝다 할 수 있는 것이다.
 '고수는 필요없다. 머릿수가 필요해……. 하지만 삼패세의 지배에 반감을 가진 약자들은 오히려 더욱더 삼패세의 휘하에 들고자 안간힘을 다하고 있는 것이 현실. 그들 중에서 모을 수 있는 자들은 고수들보다 더 적을 것이다.'
 싸우는 것은 그 혼자서 족했다.
 고수는 필요없는 것이다.
 필요한 것은 정무총련을 긴장시켜 주력 전체를 끌어낼 수 있는 하나의 거대한 두리였다.
 그를 중심으로 모여 청랑파의 주력을 끌어냈던 초원의 부족들처럼.
 하지만 그것은 당세의 무림정세를 생각할 때 불가능에 가까웠다.
 북해나 막북에서는 빙궁과 청랑파에 맞설 수 있는 거대 세력이 존재하지 않았다.

그러나 중원은 다른 것이다.

'시간이 걸려도 하나씩 부숴 나갈 수밖에 없는가…….'

객잔에 머무는 동안 거듭해서 계획의 가닥을 잡아나가도 언제나 결론은 비슷하게 났다.

그럼에도 검엽은 자신의 계획을 수백 차례에 걸쳐 반복해서 훑어보고 있었다.

실패는 염두에 없었다.

그는 북해와 막북을 거치며 자신의 능력에 대해 절대적인 확신을 얻은 상태였으니까.

그리고 그의 적이 삼패세만이었다면 그리고 그들을 상대하는 것이 싸움의 전부였다면 이렇게 깊은 고민도 필요없었을 것이다.

그가 생각에 생각을 거듭하고 있는 것은 삼패세 때문이 아니었다.

'그자들의 능력을 전혀 알지 못하고 있다는 것과 그자들이 언제 움직일 것인지 시점을 잡아낼 수 없다는 것이 가장 큰 문제다…….'

존재 여부조차 안개처럼 모호한 자들.

그러나 천하의 그늘에 숨어 자신들의 뜻대로 천하라는 판을 조종하는 자들.

손에 쥔 증거는 아무것도 없었다. 하지만 검엽은 그들이 분명 존재하고 있다는 것을 알고 있었다.

'숨어서 삼패세처럼 거대한 세력의 하부까지 제어한다는

건 불가능하다. 힘을 드러낸다면 조금 어려운 일에 그치겠지만. 그자들에 대해 아는 건 수뇌부 정도에 불과하겠지……. 그들을 끌어내리려면 삼패세의 수뇌부조차 적절한 대응 방법을 찾을 수 없을 정도로 무서운 혼란이 빠르고 강력하게 일어나야만 한다.'

검엽은 자리에서 일어나 뒷짐을 졌다.

별채의 월동문 쪽에서 인기척이 나고 있었다.

기다리던 사람이 온 것이다.

월동문이 열리며 들어선 사람은 하오문주 광이선생 기호성이었다.

정원의 한복판에 서 있던 검엽이다.

문을 열고 들어서자마자 그를 발견한 기호성의 걸음이 똑바로 검엽을 향했다.

그의 눈동자는 쉴 새 없이 흔들리고 있었고, 발걸음은 느렸다.

검엽은 그런 기호성을 고요한 바다처럼 가라앉은 시선으로 바라보고만 있을 뿐이었다.

"올 때가 되었다고 생각하던 참이오."

검엽의 말에 기호성의 얼굴이 흐려졌다.

그는 검엽을 향해 정중하게 포권을 하며 말했다.

"사람을 풀어 내 뒤를 쫓는 것도 아닌데 어찌 그리 나의 행적을 잘 아시는지 궁금하외다."

이미 검엽의 신분을 아는 그가 아닌가.

무림은 강자존의 세계다.

기호성은 검엽에게 하대를 하지 못하고 반공대를 했다.

하오문은 오랜 역사와 막강한 정보력을 갖고 있지만 빙궁이나 청랑파에 비하면 조족지혈에 불과했다. 그리고 그 두 개의 초거대 세력은 눈앞의 백의인에게 하나는 봉문을, 하나는 멸문을 당했다.

그는 감히 검엽을 하대할 만큼 간담이 크지 않았다.

검엽이 담담하게 미소 지으며 말했다.

"몽 어르신에게 문주의 역량이 범상치 않다고 들었소. 그런 분이 나에 대해 조사하는데 열흘 이상 걸릴 까닭이 없지요."

기호성은 내심 혀를 찼다.

열흘 전 검엽과 헤어질 때 그는 다시 검엽을 찾을 거라는 기미를 전혀 보이지 않았었다.

하지만 검엽은 그가 당연히 다시 찾아올 거라 생각하고 있었던 듯했다.

그가 투덜거렸다.

"부처님 손안의 오공 꼴이었구려."

"문주가 궁금증을 참는 성격이라면 그 계통에서 그 정도 위치에 오를 리가 없었을 거라 생각했을 뿐이오."

검엽의 말을 듣는 기호성의 눈빛이 무거워졌다.

그는 열흘 동안 하오문의 역량을 총동원해서 검엽의 뒤를 조사했다. 그리고 검엽이 진정 혈혈단신의 홀몸이란 것을 확인했다.

중원에 검엽의 조력자는 단 한 명도 없는 것이다.

그런데도 검엽은 자신의 움직임을 예측하고 있었다.

어지간한 능력으로는 가당치도 않은 일이다.

기호성은 그런 검엽이 더 두려워졌다.

그가 조사한 것만으로도 검엽은 전율할 수밖에 없는 능력의 소유자였다. 하지만 면전에서 그가 보고 있는 검엽은 조사한 것보다 더 두려운 인물었다.

"공자… 께서 십수 년 전 척천산장의 와호당에 머물다 무맹에서 잠시 활약했던 그 철혈권마 고검엽 공자가 맞소이까?"

검엽은 빙그레 웃었다.

열흘은 길지 않은 시간이다. 그 시간 동안 기호성은 검엽의 과거를 정확하게 추적해 냈다.

역시 하오문의 역량은 쓸 만했다.

그는 고개를 끄덕였다.

"그렇소."

"공자께서 갑자기 종적을 감추신 날을 전후해서 무맹에 변화가 있었소. 그 변화가 공자와 관련이 있소?"

검엽의 눈빛이 강해졌다.

"변화라… 말해보시오, 어떤 변화가 있었는지……."

"무맹 내에서 척천산장의 입지가 급격하게 약화되었는데… 모르셨소이까?"

"약화?"

"그렇소. 당시에는 무맹 내 세력 구도에 변화가 있구나 하며 지나간 일이었는데 공자에 대해 조사를 하다 보니 그 변화의 시점이 공자의 실종 시점과 묘하게 일치하더구려. 공자가 사라진 후 척천산장에서 운영하던 상단은 원인을 알 수 없는 심각한 타격을 연이어 입었소. 상단은 와해 직전까지 몰렸고, 산장의 재력에 구멍이 나자 운영에도 문제가 생겼소. 게다가 산장을 지지하던 호남의 문파들이 하나둘씩 등을 돌렸소. 초평익이 이끌던 군림성과 양패구상을 하며 호남을 지킨 후 성세를 더할 것이라던 세간의 예측과는 정반대의 상황이 벌어진 거요. 당시에도 이해하기 어려운 일이어서 뒷조사를 했지만 뚜렷한 이유를 밝혀내지는 못했소. 단지, 무맹주와 척천산장주의 사이가 심각하게 틀어졌다는 것만을 알 수 있었을 뿐……."

검엽의 눈치를 슬쩍 살피는 기호성의 말꼬리가 길었다.

"공연히 머리 쓰지 말고 할 말이 있으면 하시오."

기호성의 얼굴에 옅은 홍조가 스쳐 지나갔다. 속내가 바로 간파당한 것에 대한 쑥스러움 때문이었다.

그가 말했다.

"공자가 실종되던 그 시점에 소진악 장주의 일점혈육인 소운려 낭자도 실종되었소. 나는 두 분의 실종이 무맹주와 산장주 사이를 틀어지게 만든 결정적 이유가 아닌가 하는 생각이 드는데……."

말을 이어가려던 기호성의 안색이 해쓱해졌다. 그리고 그는 입을 다물었을 뿐만 아니라 이를 악물어야만 했다.

검엽의 전신에서 상상을 넘어선 가공할 기세가 칠흑의 어둠처럼 스멀스멀 흘러나오고 있었다. 그러나 그 기세는 기호성이 느끼자마자 흔적도 없이 사라졌다.

기호성은 깨달았다.

자신의 추측이 맞았다는 것을.

검엽과 소운려의 실종은 관련이 있었다.

그러나 그에 대해 물어볼 생각은 조금도 들지 않았다. 방금 전 그가 느낀 검엽의 기세는 그 정도로 무시무시했다.

그가 물었다.

"그날… 공자께서 하셨던 말씀대로 움직이실 거요?"

기호성이 말한 그날이란 열흘 전을 의미했다.

검엽이 기호성과 몽완 등에게 천하의 강자와 강세를 모조리 쓰러뜨리겠다고 말했던 바로 그날.

검엽이 대답했다.

"나는 빈말을 하지 않소."

기호성의 낯색이 확연하게 어두워졌다.

머리를 어지럽게 할 정도로 진한 혈향이 사방에 가득한 기분이었다.

"나는 공자께서 하오문 제남 지부를 찾아오신 것이 몽 대협과 위 대협을 찾기 위해서이기보다는 나를 만나기 위해서가 아닌가 하는 생각이 드는데……."

"여러 말 할 필요 없이 뜻이 통해서 좋구려."

기호성은 침을 삼켰다.

어느새 입안이 바짝 말라 있었다.
긴장한 탓이었다.
그가 단도직입적으로 말했다.
"바라는 것이 무엇이오? 중원의 정보요?"
그가 검엽에게 건네준 천하삼십대세력에 관한 내용은 정보라고 말할 만한 것이 못 되었다.
중원의 정세에 어두운 검엽에게는 상당히 유용한 것이긴 했다. 하지만 하오문의 입장에서는 그저 시중에서 어렵지 않게 들을 수 있는 내용을 체계적으로 정리한 것에 불과했다.
검엽은 고개를 가로저었다.
"문주에게 정보를 얻고자 하는 마음은 전혀 없소. 하오문의 역량을 무시하는 건 아니오. 하지만 하오문은 내가 원하는 수준의 정보를 얻어낼 능력이 없소."
기호성의 눈썹이 꿈틀거렸다.
자존심이 상한 것이다.
하오문은 좀도둑과 기녀, 개방에 속하지 않은 거지와 같은 속칭 밑바닥 인생을 사는 자들이 모여 만들어진 문파다. 그러나 그 축적된 정보력은 개방에 필적한다는 말을 듣는다.
천하에 누가 있어 검엽처럼 아무렇지도 않게 하오문을 무시할 수 있을 것인가.
그가 말했다.
"하오문이 얻을 수 없는 정보는 개방도 얻을 수 없소. 그리고 하오문과 개방이 얻을 수 없는 정보는 정무총련의 비각이

나 세가천밀원, 군림성의 귀마안, 무맹의 산운전도 얻을 수 없소."

그의 어조는 은은한 노여움과 함께 자신의 문파에 대한 자부심으로 가득 차 있었다.

검엽은 기호성의 의견에 전혀 이의를 제기하지 않았다. 오히려 고개를 끄덕여 동감을 표시했다.

"기 문주의 말은 옳소. 하오문이 얻을 수 없는 정보는 천하의 어떤 정보 세력도 얻을 수 없지."

검엽의 반응은 기호성의 예상을 한참이나 벗어난 것이었다.

기호성의 얼굴이 멍해졌다.

검엽이 말을 이었다.

"내가 얻고자 하는 정보는 당신이 언급한 정보 세력의 힘으로는 얻을 수 없는 것이오. 그중 몇은 얻고자 할 생각도 없고. 그래서 내가 하오문에 기대를 하지 않는 거요."

기호성의 안색이 변했다.

검엽의 말에는 미묘한 뜻이 내포되어 있었다.

그는 그것을 알아차린 것이다.

그가 입을 열어 물어보려 하는 것을 검엽이 손을 들어 막았다.

"묻지 마시오, 대답해 줄 것이 마땅치 않으니까. 그리고 의혹을 푸는 건 당신의 전문이잖소."

검엽의 어투는 담담했지만 철벽처럼 단단한 느낌이 깃들어 있었다.

기호성은 한숨을 내쉴 수밖에 없었다.
"공자께서 바라는 것이 그럼 무엇이외까?"
"소문이오."
"예?"
말뜻을 이해하지 못한 기호성이 되물었다.
"나에 대해, 그리고 내가 앞으로 하는 일들에 대해 소문을 내주시오. 내용은 당신 마음대로요. 없는 말을 지어내도 상관치 않겠소. 대신 소문이 빠르게 퍼질수록 그리고 멀리 퍼질수록 좋소."
기호성의 이마에 굵은 주름살이 여러 개 생겨났다.
산전수전 다 겪으며 갑자의 세월을 보낸 그로서도 검엽이 무엇을 의도하고 있는지 알 수가 없었던 것이다.
"내가 왜 그래야 하는 거요?"
검엽은 담담하게 웃으며 기호성의 눈을 똑바로 바라보았다.
기호성은 자신도 모르게 진저리를 치며 슬쩍 시선을 비꼈다.
도저히 검엽과 눈을 마주 보고 있을 수가 없었기 때문이었다.
그로서는 정체를 알 수 없는, 두렵기 그지없는 무엇인가가 검엽의 눈 깊은 곳에 흐르고 있었다.
"몽 어르신에게도 했던 말은 당신에게도 적용되오. 당신이 나를 돕는다면 죽는 사람의 수를 줄일 수 있소."
기호성은 턱뼈가 어긋날 정도로 이를 악물었다.

그의 전신은 오한이 들기라도 한 것처럼 부들부들 떨리고 있었다.

그는 피가 나도록 주먹을 꽉 틀어쥐며 안간힘을 다해 말했다.

"얼마나… 많은 사람이 죽는다는 것인지… 모르겠지만…… 그것이… 나와 무슨…… 상관이오……."

검엽은 싱긋 웃었다.

"상관이 없을 수 있겠소? 무림이라는 세상 속의 세상이 사라지면 당신은 무슨 일을 해서 그 많은 문도들을 먹여 살릴 거요?"

"……."

기호성의 얼굴은 식은땀에 젖었다.

그는 느낀 것이다.

지나가는 것처럼 그에게 툭 던져진 검엽의 말이 그의 진심이라는 것을.

"내게 생각할 시간을… 시간을… 주시오."

검엽은 고개를 끄덕였다.

"얼마든지 생각하시오. 당신에게 강요할 생각은 없으니까. 하지만 너무 늦게 결정하지는 마시오. 당신의 결정이 늦어질수록 흐를 피가 많아질 테니까."

기호성의 눈빛이 암담한 절망으로 젖어 들어갔다.

검엽은 그나 하오문에 어떤 해를 끼친다고 말하지 않았다.

그러나 그는 자신이 태어나서 한 번도 경험한 적이 없을 정도로 강한 정신적 압박을 느꼈다.
 수많은 사람의 생사가 그의 결정에 달렸다고 검엽은 말하고 있지 않은가.
 기호성은 졸지에 타인, 그것도 빙궁과 청랑파의 예에서 알 수 있듯이 몇 명이나 될지 알 수 없는 수많은 사람들의 생사를 떠안아 버린 것이다.
 천하에 이보다 더한 협박이 있을 수 있을까.
 순식간에 십 년은 더 늙어 보이는 얼굴이 된 기호성이 힘이 빠진 음성으로 말했다.
 "한 가지 묻고 싶은 것이 있소."
 "하시오."
 "공자의 행적을 쫓던 수하의 보고에 의하면 공자의 뿌리가 동이(東夷)에 닿아 있다고 하던데, 사실이오?"
 검엽은 흰 이를 드러내며 소리없이 웃었다.
 "능력있는 부하를 두셨구려. 맞소."
 기호성의 얼굴이 일그러졌다.
 그가 어찌 알 수 있으랴.
 검엽의 광대한 정신은 이미 오래전에 세속의 구분과 경계를 넘어섰다는 것을.

第二章

천마
검섭
전

기호성이 떠난 후 검엽도 별채를 나섰다.

별채에 머물러야 할 이유가 사라진 이제는 떠나야 할 때였다.

짐 같은 것은 없었다.

그는 잠을 아예 자지 않는 사람이고, 한 달 내내 아무것도 먹지 않아도 몸에 이상이 생기지 않는, 사람의 한계를 초월한 능력자였다.

게다가 지존천강력으로 보호받는 그의 피부는 씻지 않아도 먼지 하나 묻지 않았다. 그리고 심마지해를 거친 후에는 보통 사람이라면 땀구멍을 통해 흘러나올 노폐물 따위와는 아예 인연이 없는 몸이 되었다.

필요한 것이 있을 수가 없는 몸인 것이다.

몽완과 위무양이 그를 찾아오는 것도 걱정할 이유가 없었다. 그들이 찾을 때쯤이면 천하에 그가 어디에 있는지 모르는 사람은 아무도 없게 될 것이 분명했으니까.

별채를 나서기 전 검엽은 피풍을 접어 품에 넣었다.

날이 아무리 더워도 더위를 탈 리 없는 그였다. 그렇지만 한여름에 피풍을 걸치고 다니면 미친놈 소리 듣기 딱 좋은 일이었다.

접은 피풍은 손바닥만 한 크기에 두께는 일 촌가량이라 품에 쏙 들어갔다.

그 후 그는 간단하게 변체환용공을 시전했다.

그의 얼굴은 곧 하오문 제남 지부를 찾았을 때의 모습으로 변했다.

미남이긴 하되 절세라는 말을 듣기에는 모자라는 얼굴.

본모습을 드러내고 다녀봐야 불필요한 여자들의 관심이나 받을 뿐이었다.

조만간 본모습으로 다녀야 하는 상황이 닥칠 터였다. 그래도 그때까지는 굳이 사람의 이목을 끌고 다닐 필요가 없었다.

태화객잔을 나선 검엽은 태산이 있는 방향으로 남하했다.

그가 첫 목표로 삼은 무가(武家)가 태산의 남쪽에 자리 잡고 있기 때문이었다.

제남에서 태산까지의 거리는 백여 리밖에 되지 않는다.

경공을 펼친다면 일각도 걸리지 않을 거리.

그러나 검엽은 경공을 시전하지 않고 관도를 따라 걸었다.

그의 표적인 가문이 갑자기 봉문을 하거나 터전을 버리고 도망칠 것도 아닌데 굳이 바쁘게 다녀야 할 이유가 없는 것이다.

검엽이 태산의 북쪽 능선의 중턱에 도달했을 때는 둥근 달이 하늘 높이 떠올라 사방을 환히 비추고 있었다.

태산은 오악의 으뜸이라 불리며 존숭받는 산이다. 그러나 산 자체는 그리 높지 않고, 산세도 험악하지 않다.

게다가 고대부터 각 황조의 황제들이 천제를 지냈고, 시인 묵객들의 걸음이 끊이지 않던 곳이라 동서남북을 관통하며 여러 갈래로 이어진 산길들은 잘 정비되어 있는 편이었다.

휘영청 밝은 달빛을 받으며 걷던 그는 걸음을 멈췄다.

산길의 오른편 아름드리나무가 빽빽하게 늘어선 숲 속으로 십여 장쯤 들어간 지점에 희미한 불빛이 보였고, 여러 사람의 목소리도 들렸다.

물론 검엽의 어디에서도 놀라거나 의아해하는 기색은 보이지 않았다.

불빛이 보이지 않는 지점에서부터 그는 숲에서 노숙하는 자들의 존재를 알아차리고 있었다.

숲 속에서 산불이 걱정되지도 않는지 커다란 모닥불을 피워 놓고 둘러앉아 있던 사람들도 검엽의 기척을 알아차린 듯했다.

그들의 능력이 뛰어나서라기보다는 검엽이 기척을 숨길 생각이 없기 때문이었다.

 그가 입고 있는 빙천혈의는 달빛을 받아 신비로운 흰빛을 은은하게 발하고 있었다.

 십 리 밖에서도 눈에 띌 수밖에 없었고, 그 자신도 발자국 소리를 죽이려 하지 않았던 것이다.

 조금 웅성거리는 소리가 들리더니 수풀을 헤치며 다가오는 소리가 연이어 났다.

 "형장."

 나무의 뒤쪽에서 걸어나와 검엽을 부른 사람은 이십대 초반의 흑의를 입은 청년이었다.

 그는 잘생긴 이목구비에 키가 훤칠했고, 옷차림이 단정했다. 한눈에 호감을 느끼게 하는 인상이었는데 등에 메고 있는 삼 척 장검과 맑고 힘이 있는 눈빛이 인상적이었다.

 돌아본 검엽과 눈이 마주친 그가 사람 좋아 보이는 웃음을 보이며 말했다.

 "밤을 도와 산을 넘을 생각이시오?"

 "그럴 생각이오만."

 "태산이 오악 중 가장 평탄한 산이라고는 하지만 이 밤에 넘기는 좀 부담스러운 산이오. 우리가 부담스럽지 않다면 함께 밤을 보내고 아침에 출발하는 게 어떻겠소?"

 말을 하던 그는 깜박했다는 듯 멋쩍게 웃었다.

 "아, 내 소개를 하지 않았군. 나는 섬서성에서 온 서문락이라고 하오. 걸음을 보니 무공을 익히신 듯하니 혹 섬서의 서문세가를 아시오?"

검엽은 당연히 머리를 끄덕였다.

"아오."

"나는 그 서문세가에 속한 사람이오."

서문락은 불빛이 흘러나오는 숲 속을 가리키며 말을 이었다.

"저곳에 있는 분들도 본가와 비슷한 가문에 속한 분들이오. 형장이 본가에 대해 혹 들어보신 적이 있다면 우리와 함께 이 밤을 보낸다고 해서 걱정할 만한 일을 벌일 사람이 아니라는 걸 아시리라 생각하오. 밤을 무릅쓰고 산을 넘는 것보다 내 제안이 좀 더 좋지 않소?"

검엽은 내심 쓴웃음을 머금었다.

그가 평범한 사람이었다면 서문락의 제안에 대해 좀 더 좋지 않은 게 아니라 아주 좋은 제안이라고 생각했을 것이다.

'내기하는 소리를 듣지 않았다면 오지랖이 넓은 친구라고 생각했을 텐데, 후후후.'

서문락은 모닥불 주변에 둘러앉았던 일행과 내기를 한 후 검엽에게 온 것이다. 내기의 내용은 물론 검엽을 데리고 오는 데 성공하느냐 실패하느냐는 것이었고.

한가한 젊은이들이었다.

어차피 길을 재촉할 마음이 없는 검엽이다. 내기의 대상이 된 게 어이없긴 해도 한참 어린 젊은이들 아닌가. 화를 낸다는 것도 우스웠고, 굳이 산통을 깰 생각도 없었다.

"그럼 신세를 지겠소."

검엽의 대답에 서문락은 만족스러운 미소를 머금었다.

그는 검엽을 일행이 있는 곳으로 안내했다.

술을 마시고 있던 듯 모닥불 주변에는 술병 서너 개가 놓여 있었다.

막술은 아닌 듯 공기 중에 떠도는 향기로운 주향이 코를 자극했다.

모닥불 주변에 앉아 있던 네 사람이 분분히 자리에서 일어났다.

그들은 서문락과 비슷한 또래의 젊은이들이었는데, 그중 두 명은 화사한 빛깔의 무복을 입은 여자였다.

서문락은 네 명을 검엽에게 소개했다.

검엽과 비슷한 장신에 다섯 자 길이의 대도를 든 덩치가 산만 한 청년은 하북팽가의 팽문위였고, 임풍옥수라는 말이 어울릴 정도의 미남은 섬서 백가장의 백성휴라 했다.

검병에 백매화가 양각된 검을 허리춤에 차고 서릿발처럼 차가운 기운을 풍기는 여인은 화산파의 이하연, 눈빛이 맑고 깊어 심기가 상당하다는 생각이 절로 들게 만드는 여인은 제갈세가의 제갈유빈이라고 했다.

이들은 정도무림의 후기지수들 모임인 호연당(浩然黨)에 몸을 담고 있는 촉망받는 청년 고수들이었다.

서문락을 비롯한 남녀의 호기심이 충만한 시선이 화살처럼 검엽에게 꽂혔다.

자신들의 소개를 했으니 이제 검엽이 자신을 소개할 차례였다.

검엽은 속으로 혀를 찼다.

다섯 젊은이는 명문대파의 후인다운 기품이 몸에 배어 있긴 했지만 오가다 만난 낯선 사람과 이렇게 나름 정중하다 할 수 있는 수인사를 주고받을 만큼의 수양은 되어 있지 않았다.

그들이 정중하게 인사를 주고받을 생각을 할 수밖에 없을 만큼 검엽의 분위기가 독특하지 않았다면 그들은 내기 자체를 하지 않았을 것이다.

"요동에서 온 고검엽이라고 하오."

몇 명의 반응은 검엽이 예상한 대로였다.

다섯 사람 중 셋은 처음엔 어리둥절했고, 그 후엔 당황했으며, 그것도 지나자 자신들의 뼈아픈 실수를 자책하는 표정을 지었다. 두 사람만 표정의 변화가 없었다.

앞의 세 명은 팽문위와 백성휴, 이하연이었고, 후자의 두 명은 서문락과 제갈유빈이었다.

서문락과 제갈유빈의 표정은 조금 차이가 있었다.

서문락은 개의치 않는다고 해야 옳았고, 제갈유빈은 속을 알 수가 없는 표정이라고 해야 했다.

눈살을 찌푸린 백성휴가 물었다.

"혹… 동이족이시오?"

검엽은 담담하게 웃으며 말없이 고개를 끄덕였다.

백성휴는 눈살을 찌푸린 채로 고개를 돌렸다.

외면이다.
하지만 검엽은 백성휴의 반응을 개의치 않았다.
중화 중심의 사고방식은 진시황과 사마천 이후 중원에 완전히 뿌리를 내렸다.
눈앞의 젊은이 셋을 탓할 일이 아니었다.
오히려 저들의 반응은 정상에 가까웠다. 그렇지 않은 둘의 반응이 이상한 쪽이었고.
서문락은 백성휴의 기색에 당황한 얼굴이 되었다.
사람을 면전에 두고 저렇게 무시하면 누구라도 화를 낼 것이기 때문이었다.
그가 데리고 온 백의인의 전신에 흐르는 기품은 범상치 않았다.
그는 백의인을 홀대해서는 안 된다는 기이할 정도로 강한 마음의 울림을 듣고 있었다.
그렇다고 백성휴를 탓할 수도 없었다.
그와 백성휴는 칠대세가에 속해 있어 여러 차례 만난 적이 있었고 오늘 동행도 하고 있었지만 그런 말을 쉽게 할 만큼 가깝지는 않았다.
그는 검엽을 향해 미안해하는 기색으로 살짝 고개를 숙여 보였다.
그가 할 수 있는 최선이었다.
"여기 앉으시오. 그리고 나이가 나와 비슷한 또래인 듯한데 고 형이라고 불러도 실례가 되지 않겠소?"

검엽에게 모닥불의 근처 비어 있는 자리를 권하는 서문락의 어투는 만난 지 며칠 된 사람처럼 자연스러웠다.

일부러 친근하게 구는 것이 아니라 천성인 듯했다.

검엽은 빙긋 웃었다.

"편한 대로 하시오."

"고 형, 그럼 우리 말 놓자구. 서로 존댓말 해야 분위기 무거워지는 것밖에 없잖아."

서문락은 지나칠 정도로 소탈(?)했다.

검엽은 정말 오랜만에 풀썩 웃었다.

그는 굳이 자신의 외모와 달리 실제 나이가 서른이 넘었다고 말할 필요를 느끼지 못했다.

나이는 고사하고 그가 자신의 진정한 신분을 밝힌다면 천하에 누가 있어 그와 말을 트자고 할 수 있을 것인가.

그의 신분을 아는 하오문주 기호성은 일문의 수장임에도 불구하고 그를 제대로 쳐다보지도 못하는 것이 현실이 아니던가.

자리에 앉으며 검엽이 서문락의 말을 받았다.

"그럴까?"

"하하하, 화통해서 좋군."

호쾌하게 웃은 서문락은 행랑을 뒤적거리더니 커다란 육포를 꺼내어 검엽에게 건네주었다.

"먹겠나?"

검엽은 망설임없이 육포를 받았다.

그는 서문락이 마음에 들었고, 묘하게 편안한 기분을 느끼고 있었다.

그 느낌은 믿을 수 없게도 마치 친혈육과 함께 있는 듯한 그런 안온함이었다.

검엽이 육포를 받은 것이 기쁜 듯 서문락은 자신의 앞에 놓여 있던 술병을 들어 한 모금 마신 후 검엽에게 건넸다.

"이렇게 만난 것도 인연이라면 인연인데 술을 안 마실 수 있나. 산서지방에서 나는 분주 중에서도 상등품이야. 집을 떠날 때 몰래 꼬불쳐 온 거라 입에 맞을 거야."

술병을 받아 들며 서문락을 일별하는 검엽의 두 눈이 깊고 신비로운 빛을 발했다.

'인연이라……'

서문락의 말 중 인연이라는 말이 계속해서 마음에 남았다.

심마지해를 지나며 반선지경에 오른 그였지만 전지(全知)는 인간의 한계를 가진 그에게 아직 가능하지 않은 영역이었다.

그는 서문세가와 그 사이에 연결되어 있는 그 거칠고 아득한 인연의 사슬을 얼핏 엿본 것이다.

깨닫지 못한 찰나의 시간 사이에.

서문락이 물었다.

"고 형도 황보세가에 가는 길인가?"

'…도?'

검엽은 내심 고개를 갸웃했다.

그렇지 않아도 당세를 떨어 울리는 가문의 후예가 다섯이나 이런 산중에 모여 있는 것이 의아했던 그였다.

그가 말했다.

"맞긴 한데… 서문 형 일행도 황보세가에 가는 길인 모양이군."

서문락이 고개를 크게 끄덕였다.

"황보세가의 가주이신 황보무군 대협의 일점혈육이자 다음 대 황보세가주로 내정된 황보천경 소가주의 스물아홉 번째 생일인데 정도무림에 적을 두고 있는 사람으로 어떻게 축하를 하러 가지 않을 수 있겠나."

뜻밖의 얘기였다.

검엽의 눈에 기이한 빛이 스쳐 지나갔다.

'후계자의 생일이라… 무림의 거물들이 많이 모이겠구만. 일이 생각보다 쉬워질 수도 있겠어…….'

검엽의 생각을 알 리 없는 서문락이 말을 이었다.

"우리는 선물을 가진 분들과 함께 가면 재미가 없을 것 같아서 따로 가는 참이야. 태산의 풍광도 구경할 겸해서 말이지. 고 형도 사문의 분들과 따로 가고 있는 건가?"

검엽은 고개를 저었다.

"사문의 어른은 없네. 나는 혼자야."

은근히 귀를 기울이던 백성휴 등 세 사람의 표정에 검엽을 무시하는 기색이 확연해졌다.

황보세가의 잔치를 찾아가는 혈혈단신의 청년, 게다가 다른 길로 가는 축하단도 없다고 한다.

그들이 생각할 때 검엽은, 외모에서 느껴지는 기품은 상당

해도 배경이 없는 일개 낭인에 불과했다.

그들은 자신들이 낭인과 어울리는 건 격에 맞지 않는 행동이라고 생각하고 있었다.

중원무림은 수십 년 동안 삼패세와 그를 추종하는 세력들을 중심으로 세력 구도가 고착되었다.

개천에서 용이 난다는 말은 전설이 되었다.

낭중지추라는 말도 잊혀졌다.

청출어람청어람이라는 말을 사용하는 사람도 사라졌다.

당대의 중원무림은 삼패세의 핵심을 이루고 있는 문파 출신이 아니면 행세를 하기 어려웠다.

세력의 변화가 사라진 후 다른 변화가 일어났다.

누가 정한 것은 아니었지만 무림인들 사이엔 은연중 신분의 차이가 생겨난 것이다.

삼패세 이전에 신분의 차이가 없던 건 물론 아니었다.

거대 문파들이나 한 지역을 석권하고 있는 무림세가들은 존중을 받았으며, 높은 자부심을 갖고 있었다.

그러나 삼패세 이후의 신분 질서는 과거와 달랐다.

과거의 신분 차이는 극복이 가능했다.

피나는 노력과 목숨을 건 승부를 통해 입지를 세우는 자들을 보는 건 어렵지 않았었다.

삼패세 정립 이후 이런 현상은 사라졌다.

능력이 아무리 출중해도 중원무림 그 자체라 해도 과언이 아닌 삼패세의 벽을 넘을 수 있는 자는 없었다.

삼패세의 힘은 세월이 흐를수록 공고해졌고, 그 그늘 아래서 좌절한 사람들은 삼패세에 몸을 담거나 검을 부러뜨리고 은거에 들었다.

 그렇게 신분질서는 고착화되었다.

 신분질서의 상층부를 차지한 사람들은 삼패세의 핵심 문파 출신들이었고, 중하부는 삼패세 외의 문파 출신들이 되었다.

 이런 체제가 고착화되는 것에 대해 강한 불만을 가진 사람들도 있었다.

 무림은 황조의 질서에 저항하던 자유로운 무인들에 의해 개척된 세상이다.

 그런 무림에 신분질서가 만들어지는 것을 달가워하지 않는 사람은 적지 않았다. 하지만 그들 중 누구도 그 불만을 겉으로 드러내지 못했다.

 삼패세의 힘은 불만을 가진 사람들이 어찌할 방법을 찾을 수 없을 정도로 막강했다. 그리고 천공삼좌는 저항을 꿈꿀 수 없을 정도의 절대고수들이었다.

 백성휴 등은 중원무련을 이루는 핵심 문파 중에서도 중핵이라 할 수 있는 문파의 후예들이었다.

 산중이 아니었다면 떠돌이 낭인 따위가 어찌 그들에게 말이라도 붙일 수 있었으랴.

 그들의 성정이 태어날 때부터 오만하거나 가문의 훈육이 잘못되어서가 아니었다.

 그들은 자신들이 남과 다르다는 것을 당연하게 여길 수밖에 없는 환경 속에서 자랐을 뿐인 것이다.
 서문락도 백성휴 등의 기색을 알아차린 듯했다.
 그는 머쓱한 표정으로 검엽의 눈치를 슬쩍 살폈다.
 그는 마치 세속의 풍진을 초월한 듯이 보이는 검엽의 탈속한 기품에 반한 상태였다.
 그는 분위기를 바꿔야겠다는 생각에 조금 과장되게 소리쳤다.
 "뭐, 그럼 잘됐군. 우리와 함께 가세!"
 검엽은 싱긋 웃었다.
 그리고 고개를 저었다.
 "마음은 고맙지만 사양하겠어. 여러 사람과 어울리는 것에 익숙하질 않거든."
 서문락의 얼굴에 서운한 기색이 떠올랐다.
 그는 약간 맥빠진 목소리로 검엽의 말을 받았다.
 "한 번 더 생각해 봐."
 "마음만 받지."
 검엽의 어조는 담담했지만 더 이상 말붙일 여지가 없을 정도로 단호했다.
 서문락은 입맛을 다셨다.
 그는 원망스러운 눈초리로 백성휴 등을 힐끔 보았다.
 그들 때문에 검엽의 기분이 상한 거라고 생각했기 때문이다.
 그때였다.
 말없이 모닥불만 보고 있던 제갈유빈이 불쑥 검엽에게 물었다.

"고 소협이 황보세가엔 무슨 일로 가시는 건지 알 수 있을까요?"

사람들의 시선이 일제히 그녀를 향했다.

검엽도 그녀를 보았다.

'흠, 역시 머리 좋기로 소문난 제갈가의 후예라는 건가……'

다른 사람들은 당연히 검엽이 황보천경의 생일 때문에 황보세가로 가고 있는 중이라고 생각했다.

하지만 제갈유빈은 검엽이 서문락과 대화를 나누는 동안 생일축하를 하기 위해 황보세가로 가고 있다는 말을 한 적이 없다는 것에 주목한 것이다.

검엽과 눈이 마주친 제갈유빈의 이마에 드러날 정도의 주름이 여러 가닥 잡혔다.

그녀의 눈에 노기가 떠올랐다.

그녀를 보는 검엽의 눈에 떠오른 기색은 분명히 어린아이가 기특한 것을 했을 때 어른들이 보이는 그런 기색이었던 것이다. 하지만 검엽의 기색을 읽은 사람은 그녀뿐이었다.

다른 사람들은 제갈유빈을 보고 있었으니까.

검엽이 말했다.

"맞소. 나는 황보세가에 다른 볼일이 있소. 하지만 볼일의 내용이 무엇인지까지 말해주기는 곤란하오."

검엽의 입가에 드리워진 미소가 진해졌다.

그가 말을 이었다.

"기분 나빠할 것까지는 없을 거요. 우리는 황보세가에서 만나게 될 것이고, 그때 소저는 내가 황보세가를 무슨 일로 찾았는지 그 이유도 알게 될 테니까 말이오."

백성휴와 팽문위, 이하연은 눈살을 찌푸렸다.

검엽의 반응이 오만하다고 느껴진 것이다.

눈을 부릅뜬 팽문위가 굵은 음성으로 소리쳤다.

"보자 보자 하니 너무하는군. 질문을 한 사람이 누군지 모르는가. 일개 낭인이 신기제갈세가의 소저께서 한 질문을 그리 성의없게 대답하다니."

"팽 소협, 그만하세요. 저분이 대답할 의무가 있는 건 아니니까요."

제갈유빈이 팽문위를 말렸다.

하지만 그녀의 음성에는 기분 상한 기색이 역력했다.

검엽은 내심 쓴웃음을 지었다.

그는 자리에서 일어섰다.

서문락 때문에 어울릴 마음이 일긴 했지만 서문락을 제외한 네 명은 그를 받아들일 생각이 없는 듯했다.

그가 무엇이 아쉬워 자신을 받아들이지 않는 아이들과 자리를 함께하겠는가.

버릇이 없는 아이들이었지만 혼을 낼 생각은 애초에 하지도 않았다.

백성휴 등 네 명과 그의 정신적 격차는 하늘과 땅의 차이보다도 더 크고 넓었다.

저들 넷은 검엽의 정신세계 안에서 티끌보다도 더 작았다.
먼지가 어깨에 앉았다고 노여워할 사람은 없는 것이다.
서문락은 혀를 차며 검엽의 뒤를 따라 일어섰다.
"쩝, 고 형… 황보세가에서 기다리겠네."
그를 보는 검엽의 눈빛이 심원하게 가라앉았다.
그는 담담한 어투로 말했다.
"만나고 헤어지는 때마다 사람을 마음에 담아두는 건 자신을 힘들게 할 뿐이야. 만날 때마다 반가울 수만은 없는 게 사람 사이거든."
그의 말에 담긴 의미를 서문락이 어떻게 알 수 있으랴.
그는 그저 검엽도 일행이 보인 태도에 기분이 상한 거라고 생각했다.
어깨를 으쓱한 뒤 말했다.
"어려운 말은 사양이야. 나는 우리 가문에서도 머리 나쁘기로 소문난 사람이라구."
말을 마칠 때 서문락은 검엽을 향해 장난스럽게 한쪽 눈을 찡긋했다.
"하하하."
검엽은 낮게 웃었다.
서문락은 마음에 맺힌 게 없고 낙천적이었다.
그것이 검엽을 유쾌하게 했다.
미래는 시간의 영역.
인간은 현재를 살아가도록 운명 지워진 존재가 아니던가.

머지않아 서문락의 마음엔 피멍이 들지도 몰랐다. 아니, 확실히 그럴 것이다.

그러나 그것을 받아들이고 극복하는 것 또한 서문락의 몫이었다.

자신이 그릴 미래를 알고 있는 검엽은 서문락에게 미안해해야 하는 걸까.

보통의 평범한 사람이라면 그럴지도 모른다.

하지만 검엽은 평범한 사람이 아니었다.

검엽은 검엽의 길을 갈 뿐이고, 서문락은 또한 그의 길을 갈 뿐이다.

지금 이 자리는 그렇게 각자의 길을 가는 사람들이 잠시 만나는 교차점이었다.

서문락 일행과 헤어진 검엽은 태산의 정상인 옥황정 쪽으로 방향을 잡고 움직였다.

옥황정을 넘는 것이 황보세가로 가는 지름길이었다.

급히 가는 길은 아니지만 굳이 우회할 필요는 없었다.

밝은 달빛 아래 누워 있는 태산의 모습은 평화로웠다.

옥황정의 중턱에 서서 내려다보이는 태산의 전경을 보던 검엽은 근처의 나무 밑에 가부좌를 틀고 앉았다.

밤을 도와 태산을 넘으려던 검엽의 생각이 바뀐 것이다.

바람은 선선했고, 공기는 맑았다.

검엽은 지존천강력이 아닌 구환공의 기운을 일깨웠다.

언제나 그의 마음을 둘로 나누던 양의분심공이 거두어졌다.

아득히 먼 곳까지 의지와 무관하게 기척을 감지하던 심안과 감각도 닫혔다.

그는 마음을 붙잡고 있던 모든 것을 놓았다.

이곳은 산, 도가의 이치에 기반한 구환공이 잘 어울리는 곳이었다.

눈을 반개하며 내부를 관조해 가던 그는 찰나지간 천지를 잊고 자신도 잊었다.

무아지경.

그의 하단전에서 일어난 구환공의 기운은 천천히 허리의 대맥을 따라 돌았고, 이어 등 쪽의 임맥과 가슴 쪽의 독맥을 거쳐 회음과 백회를 수직으로 잇는 충맥으로 솟으며 중단전과 상단전을 차례로 지났다.

일주천을 한 구환진기는 세 개의 단전을 가득 채운 후 흘러넘쳐 동심원을 그리며 전신으로 퍼져 나갔다.

경락을 따른 흐름이 아니었다.

검엽은 그저 흐름을 볼 뿐 제어를 하지 않았다.

구환공의 극성인 전륜구환경에 도달한 그였다.

진기는 자연스러움을 따라 전신의 세맥 끝까지 흘러갔다.

지존천강력이 사(死)와 멸(滅)의 궁극을 추구하는 신공이라면 구환공은 생(生)과 활(活)의 극의가 담긴 공부였다.

구환공의 파괴력은 지존천강력과 비교할 바가 못되었다. 하지만 그것은 구환공뿐만 아니라 천하의 어떤 신공, 마공도 마찬가지라 할 수 있어서 논할 가치가 없었다.

그러나 파괴력을 제외하고 난 구환공은 지존천강력이 따르지 못하는 놀라운 묘용을 갖고 있었다.

그것은 포용력과 안정성이었다.

무위자연에 기반한 구환공은 상극이 존재하지 않는 공부여서, 어떤 신공과도 함께 익히는 것이 가능했다.

그리고 다른 신공이 불안정할 때 그것을 위험하지 않도록 끌어안을 수 있었다.

구환공이 없었다면 검엽이 지존천강력을 자신의 뜻대로 변형시키는 건 불가능했을 것이다.

달과 별, 그리고 태산.

인위가 존재하지 않는 곳에서의 운기는 심마지해를 나온 후 계속해서 이어진 혈로(血路)로 인해 몸에 배어 있던 혈향을 어느 정도는 지워주는 듯했다.

외부를 감지하는 감각은 모두 닫힌 상태.

무림인이라면 이해할 수 없는 운기였다.

무방비 상태라 할 수 있었으니까.

그러나 무방비라는 말은 검엽과는 관계가 없는 말이었다.

검엽은 감각을 닫은 상태에서도 부자연스럽거나 자신에게 해가 될 가능성이 있는 움직임에 대해서는 몸과 마음이 즉각적으로 반응하는 경지에 도달한 지 오래였다.

심마지해는 그런 정도가 되지 않으면 살아남을 수 없는 곳이었다.

그가 이룩한 경지는 무림사에 유래가 없었고, 십방무맥 내에서도 전례가 드물 정도인 것이다.

 무아지경은 길었다.

 검엽이 반개했던 눈을 뜬 것은 동녘 지평선에 해가 모습을 드러냈을 즈음이었다.

 그는 일어나 남쪽을 보았다.

 옥황정의 뒤편이다.

 "시끄럽군."

 낮게 중얼거린 그는 팔짱을 꼈다.

 열 정도의 시간이 지났을 때 그의 입가에 쓴웃음이 떠올랐다.

 "제 앞가림도 못하는 녀석들이야. 자신도 모르고 상대도 모르는 저런 아이들을 무슨 생각으로 강호로 내보낸 건지, 저들 문파의 어른들 속내가 궁금하군."

 혀를 찬 그의 두 발이 마치 앞에 계단이라도 있는 것처럼 허공을 밟았다.

 두 발 이외에 움직이는 신체 부위는 하나도 없었다.

 일보의 거리는 이십 장.

 표표히 날리는 백의와 긴 머리카락.

 뒷짐을 진 채로 지면과 석 자 되는 허공에 떠오른 그의 신형은 일직선을 그으며 남쪽으로 움직였다.

 그의 두 발은 전혀 땅에 닿지 않았다.

 느린 듯하지만 실상 그의 운신 속도는 가공스러울 정도였다.

 보이는 것은 한 가닥 백색선뿐이었으니까.

 전설상의 축지성촌이나 육지비행술이 재현되기라도 한 듯

했다.

 오래전 그가 척천산장에서 창안했던 암천부운행의 요결 중 암귀행이 궁극의 경지로 펼쳐지고 있었다.
 천제산에서 그가 펼쳤던 암천신마행에 비한다면 손색이 있었다.
 그러나 그것은 신마행이 구환마벽과 결합되어 있는 신법이기에 나타나는 차이일 뿐이었다.
 본연의 공능만을 보았을 때 암귀행 또한 현존하는 무림의 경신법과는 차원을 달리하는 것이었다.
 그리고 암귀행을 포함한 암천부운행의 요결들이 기반이 되었기에 암천신마행은 완성될 수 있었다.
 그가 오백여 장을 나아가는데 걸린 시간은 그야말로 눈 서너 번 깜박일 정도밖에 되지 않았다.
 검엽은 나무가 울창하게 자란 계곡의 입구에서 걸음을 멈추었다. 그리고 입구의 가장 높은 나무 꼭대기로 유유히 날아올랐다.
 나무의 높이는 십 장이 넘어서 그 정점에 서자 계곡 안에서 벌어지고 있는 일이 한눈에 들어왔다.
 계곡은 입구가 좁고 안으로 들어갈수록 넓어지는 구조였다. 그렇다고 아주 넓은 것은 아니어서 폭은 이십여 장쯤이었고, 막힌 후면까지는 백여 장가량 되었다.
 후면은 오십여 장 높이의 절벽으로 막혀 있었는데 절벽 면은 도끼로 찍은 것처럼 매끈했다.

第三章

검엽의 시선이 향한 곳은 입구와 절벽의 중간 지점이었다.

그곳에 일 대 오의 드잡이질이 한창 벌어지고 있었기 때문이다.

다섯은 지난밤 검엽이 만났던 서문락 일행이었고, 그들과 싸우는 사람은 허리까지 내려오는 회색의 봉두난발에 산짐승의 가죽으로 만든 옷을 입은 괴인이었다.

싸움은 기묘했다.

다섯 명의 젊은이는 다섯 배의 수적 우위에도 불구하고 괴인에게 연신 얻어맞으면서 이리저리 땅을 구르고 있었던 것이다.

괴인은 허리춤에 석 자 일곱 치 길이의 검을 차고 있었는데,

검이 아닌 권을 사용해 싸우고 있었다.

그의 보법은 믿기지 않을 정도로 빠르고 오묘해서 간간이 이어지는 서문락 등의 반격은 괴인의 옷자락도 건드리지 못했다.

보법뿐만 아니라 서문락 등을 격타하는 괴인의 손발은 그 움직임이 절묘하기 이를 데 없어 다섯 젊은이는 비명을 지를 틈도 없었다.

그들 다섯이 토할 수 있는 것은 오직 거친 숨소리뿐이었다.

"헉헉……."

"크으윽……."

억눌린 숨소리와 비산하는 땀방울.

다섯은 물먹인 솜처럼 푹 젖어 있었다.

괴인은 여자라고 봐주는 법이 없어서 제갈유빈과 이하연도 쉴 새 없이 얻어맞으며 이리저리 굴러야 했다.

두 사람의 표정은 새파랗게 질려 있었다.

모욕과 분노, 그리고 두려움이 복합된 표정이었다.

괴인은 무림의 금기라 할 수 있는 두 여인의 가슴과 사타구니까지 손발로 거침없이 두들겨 댔기 때문이다.

욕을 할 시간도, 비명을 지를 시간도 없을 정도라 두 여인은 치미는 분노를 이기지 못하고 금방이라도 숨이 넘어갈 것처럼 보였다.

그녀들은 귀하게만 커온 터라 지금까지 이런 치욕을 당한 적이 없었다.

그러나 다섯 젊은이는 머리가 하얗게 비어버릴 정도로 화가 난 상태여서 간과한 것이 있었다.

괴인이 펼치는 무공에는 살기가 담겨 있지 않았다.

만약 그가 살기를 품었다면 다섯 명은 찰나지간에 시신으로 화했을 것이다.

입도 열지 못하는 다섯 명 대신에 장내는 간헐적으로 터져나오는 괴인의 기괴한 웃음소리로 가득 차 있었다.

"크크크크크."

검엽은 팔짱을 꼈다.

그의 눈에 의혹이 떠올라 있었다.

심안과 육안이 합일지경에 이른 그다.

그의 눈은 괴인을 보는 순간 그의 내부에 흐르는 기의 흐름까지도 함께 보고 있었다.

'머리 쪽의 경락이 엉켜 있다. 정신이 온전치 못한 자야. 수십 년 이상 된 증상으로 보이는데… 경락의 흐름과 내력의 수발을 보면 마공을 수련한 자다. 하지만 혼탁함이 거의 느껴지지 않는다. 흠, 순수해. 절대역천마기에 필적할 정도로 정화된 마기다. 마기가 정화되며 마공이 품고 있는 살기를 없앴다. 마기가 정화되지 않았다면 저 다섯은 벌써 시체가 되었겠지. 제정신을 잃기 전에 이룬 성취가 대단했던 자다. 갈무리된 기세가 단목천이나 초평익에 버금갈 정도야. 하지만 지닌 힘이 무언가에 의해 금제되어 있는 것으로 보이는군. 수족의 공부가 대단해 보이는 건 저들 다섯이 형편없기 때문일 뿐 저자가 본래 익힌 주력 무공은 무기술이다. 손바닥이 얇고 팔이 긴 것으로 봐서는 검인 듯한데… 아무튼 꽤나 독특한 무공을 익힌 자로군. 누구지?'

그가 속으로 중얼거리는 말을 누군가가 들었다면 경악을 금치 못했을 것이다.

다섯 명의 젊은이와 드잡이질을 벌이는 괴인이 당세제일에 근접하고 있다는 고수들과 어깨를 나란히 할 정도라니 놀라지 않을 수 없는 일이었다.

그의 생각이 이어지는 동안 일방적으로 다섯 젊은이를 몰아붙이던 전황에 약간의 변화가 일어났다.

이하연과 제갈유빈이 핍박당하는 것을 견디지 못한 서문락이 목숨을 도외시하며 괴인에게 달려들었던 것이다.

그의 손에 들린 삼 척 장검에서 서릿발같은 검광 수십 가닥이 괴인의 전신을 쓸어갔다.

서문세가 비전의 세류환룡검의 절초였다.

그것이 괴인을 자극한 듯했다.

봉두난발로 가려진 괴인의 눈 부위에서 시퍼런 두 줄기 빛이 뻗어 나왔다.

"크크크크크."

괴소와 함께 괴인의 신형이 미끄러지듯 다섯 자를 우측으로 움직이며 서문락의 검세를 수월하게 벗어났다.

그리고 괴인의 우수가 기이하게 비틀리며 서문락이 들고 있는 검을 후려쳤다.

쨍강!

요란한 쇳소리와 함께 서문락의 검이 중간에서 부러져 나갔다.

"커억!"

전력을 다한 공격이었던 터라 그것이 도중에 차단되고 검까지 부러져 나가자 충격을 이기지 못한 서문락이 한 움큼의 피를 토하며 뒤로 이 장여를 튕겨 나갔다.

그의 그림자가 되기라도 한 듯 괴인의 신형이 미끄러지듯 서문락에게 접근하며 가슴을 향해 일장을 뻗어냈다.

격중당하면 즉사할 수밖에 없는 막강한 진력이 실린 일장이었다.

피할 방법이 없다는 것을 직감한 서문락의 안색이 절망으로 시커멓게 죽어갔다.

그때였다.

서문락은 자신의 앞에 흰빛이 어른거리는 것을 보았다.

뒤이어,

콰앙!

마른하늘에 날벼락이 치는 듯한 굉음이 났다.

서문락은 그렇게 자신과 일행을 괴롭히던 봉두난발의 괴인이 태풍에 휘말린 낙엽처럼 사오 장을 날아가 지면에 처박히는 것을 볼 수 있었다.

싸움은 소강상태가 되었다.

서문락은 자신의 앞에 표표하게 백의자락을 날리며 선 백의인의 등을 경이에 찬 눈으로 보았다.
 네 명의 젊은이도 서문락과 다르지 않았다.
 그들을 장난감처럼 가지고 놀던 괴인을 단 일 장에 날려 버린 백의인.
 백의인의 측면을 볼 수 있는 자리에 있던 제갈유빈의 속눈썹이 격렬하게 떨렸다.
 "당신은……."
 검엽은 제갈유빈을 일별한 후 서문락에게 고개를 돌렸다.
 "어떻게 된 거냐?"
 질문을 받으며 검엽과 눈이 마주친 서문락은 가슴이 답답해지는 것을 느끼고 숨을 크게 들이쉬었다. 하지만 답답함은 가시지 않았다.
 그는 입술을 깨물었다.
 눈이 저절로 검엽의 턱밑으로 떨어졌다.
 검엽은 겉으로 천강지기를 드러내지 않고 있었다. 그럼에도 서문락은 검엽의 기세를 이겨내지 못했다.
 당연했다.
 검엽의 기세는 무공에서 오는 것이 아니라 정신에서 오는 것이었으니까.
 그와 서문락의 정신력은 비교하는 것이 무의미할 정도로 차이가 극심했다. 가히 차원이 다르다고 할 정도.
 서문락이 검엽의 눈빛을 정면으로 받는 것은 불가능했다.
 "그게……."

서문락은 선뜻 대답하지 못하고 제갈유빈을 보았다.

검엽의 시선이 제갈유빈을 향했다.

제갈유빈의 안색은 파리했다.

그녀는 믿기지 않는다는 기색을 감추지 않고 검엽을 보고 있었다.

기품이 범속하지 않은 사람이긴 했지만 자신들 다섯 명이 일방적으로 밀릴 정도로 강한 적을 단 일거수에 날려 버린 백의인.

그녀가 말했다.

"근처를 지나다가 보기(寶氣)가 보여서 이곳에 온 거예요. 저 괴인은 저희가 계곡을 들어서자마자 다짜고짜 아무 말도 없이 무작정 공격을 했고요. 그게 전부예요."

말을 하던 제갈유빈의 얼굴빛이 변했다.

후우우우웅!

안색이 변할 수밖에 없는 막강한 장력이 검엽의 전신을 뒤덮는 것이 보였던 것이다.

고수가 구름처럼 많다는 그녀의 본가, 제갈세가 내에서도 본 적이 없는 가공할 위세가 장력에는 실려 있었다.

검엽을 공격한 것은 쓰러졌던 괴인이었다.

양손을 풍차처럼 후두르며 검엽을 후려쳐 오는 그는 대로한 듯 파뿌리처럼 뒤엉킨 머리카락이 하늘 높이 곤두섰고, 눈에서는 불같은 신광이 이글거렸다.

괴인의 한 걸음에 오 장 거리가 사라졌고, 손은 어느새 검엽의 가슴 한 자 거리에 도달하고 있었다.

하지만 검엽은 괴인의 쌍수가 접근하는 것을 힐끗 보았을 뿐 눈빛 하나 변하지 않았다.

괴인의 두 손이 그의 가슴에 닿을 즈음 검엽은 오른손을 들어 올려 파리를 쫓듯 가슴 앞에서 가볍게 반원을 그렸다.

푸쉬쉬시—

마치 바람이 빠지는 듯한 기음이 들리더니 언제 그랬냐는 듯 검엽을 휩쓸어 버릴 것처럼 몰아치던 장력의 위세가 흔적도 없이 사라졌다.

그리고 괴인의 신형이 회오리에 휘말린 것처럼 회전하며 십여 장을 날아가 다시 땅에 처박혔다.

쿵!

"크으으으… 울컥……."

짐승 같은 신음을 흘리며 나뒹구는 괴인의 입에서 한 덩이의 선지피가 토해졌다.

그의 눈빛이 사정없이 흐트러졌다.

신광이 사라진 자리는 멍한 기색이 채웠다.

그는 자신에게 무슨 일이 일어났는지 제대로 이해하지 못하고 있는 듯했다.

검엽이 제갈유빈과 서문락을 시야에 담으며 말했다.

"떠나라."

제갈유빈의 눈썹이 성큼 올라갔다.

그녀가 입술을 잘끈 씹으며 말했다.

"이곳에는 보기를 뿜어내는 물건이 있어요."

"능력없는 자의 과욕은 명을 재촉할 뿐만 아니라 추한 짓이라는 것을 모르느냐."

검엽의 어투는 하대였고, 내용은 매몰차기 이를 데 없었다.

제갈유빈뿐만 아니라 다른 사람들의 얼굴빛도 창백하게 변했다.

곱게만 자란 그들이 어디에서 이런 말을 들어보았으랴.

하지만 그들은 감히 발작하지 못했다.

그들이 합격을 해도 상대할 수 없었던 괴인을 어린아이 팔목 비틀 듯 무력화시킨 백의인이었다.

그들로서는 어찌할 수 있는 인물이 아닌 것이다.

백성휴가 한 걸음 앞으로 나섰다.

"지난밤 실례에 대해서는 사과하겠소. 우리를 도와주시오. 보물을 얻는다면 섭섭지 않게 사례하겠소."

검엽의 입꼬리가 미미하게 비틀렸다.

그는 백성휴처럼 상대의 능력에 따라 태도가 변하는 자를 좋아하지 않았다.

"꺼져라."

낮고 담담해서 오히려 더 기분 나쁘게 들리는 음성이었다.

백성휴의 안색이 참혹하게 일그러졌다.

그는 분노와 살기가 드리워진 눈으로 검엽을 보며 말했다.

"으득, 당신이 고수라는 것은 이 눈으로 충분히 보아 알겠소. 하지만 머지않아 지금 그 말을 한 것에 대해 가슴을 치며 후회하게 될 거요."

 살의가 깔린 음성.

 그러면서도 백성휴는 감히 검엽에게 하대하지 못했다.

 검엽의 전신에서 흘러나오는 설명하기 어려운 기세가 함부로 말하는 것을 막고 있었다.

 검엽은 눈살을 찌푸렸다.

 어린아이의 투정을 받아주고 싶은 마음은 조금도 없었다.

 서문락이 아니었다면 눈앞에 있는 젊은 남녀는 벌써 시체가 되었을 것이다.

 사람은 자신의 말과 행동에 대해 책임을 져야 한다.

 그것은 변하지 않는 검엽의 지론이었다.

 "한마디만 더하면 가고 싶어도 가지 못하게 될 것이다."

 그 말을 끝으로 검엽은 입을 다물었다.

 그는 무심한 눈으로 백성휴 등을 바라보았다.

 감정이라고는 한 점도 담겨 있지 않은 흑백이 분명한 눈동자.

 다섯 젊은 남녀는 갑작스레 엄습하는 오한에 몸을 떨어야 했다.

 그리고 알 수 있었다.

 검엽의 말이 진심이라는 것을.

 백성휴는 감히 더 이상 입을 열지 못했다.

 괴인의 일격도 감당하지 못한 그였다.

 검엽이 마음만 먹는다면 그의 삶은 더 이상 이어질 수 없을 것이 자명했다.
 막 노화를 터뜨리며 앞으로 나서려던 팽문위의 몸도 밧줄에 묶이기라도 한 것처럼 그 자리에 멈췄다.
 얼굴을 일그러뜨린 채로 검엽에게 포권을 한 서문락이 백성휴와 팽문위의 소맷자락을 잡아끌었다.
 서문락을 제외한 네 명의 젊은이는 검엽을 향해 분노의 눈빛을 던지며 계곡을 떠났다.
 검엽은 뒷짐을 진 채 서문락 일행이 떠나는 것을 지켜보았다.
 그리고 그들의 모습이 보이지 않게 된 후 괴인이 쓰러진 곳으로 시선을 돌렸다.
 괴인은 큰 대자로 쭉 뻗어 있었는데 거칠었던 숨결이 많이 안정되어 있었다.
 자생력이 남다른 자였다.
 검엽의 눈에 푸르스름한 귀기가 어렸다.
 미약하긴 하지만 분명한 지존신마기의 기운이 그의 전신에서 흘러나왔다.
 그에게는 정신이 온전치 못한 자의 광태를 보아줄 이유가 없었다.
 지존신마기 때문일까.
 충격을 받기라도 한 것처럼 괴인의 몸이 허공으로 서너 치 튕기듯 튀어 오르는가 싶더니 그의 사지가 꽈배기처럼 꼬이며 꿈틀거렸다.
 버둥거리던 괴인은 간신히 상체를 일으켜 앉았다.

그는 두려움이 완연한 눈으로 검엽을 올려다보기만 할 뿐 손끝 하나 움직이지 못했다.

그의 눈에 깃든 두려움은 시간이 흐를수록 짙어져 갔다.

그는 정신을 놓은 후 본능의 지배를 받아온 사람.

그의 눈앞에 있는 건 사람이 아니었다.

그것은 하늘과 땅 사이에 홀로 존재하는 거대한 마(魔), 항거할 수 없는 초월적인 마(魔)의 그림자였다.

허옇게 얼굴이 질려가던 괴인은 더 이상 견딜 수 없다는 듯 사지를 버둥거리며 뒤로 정신없이 물러났다.

벌벌 떨며 물러나는 그의 몸짓은 숲 속에서 맹수를 만난 어린아이의 그것과 닮아 있었다.

괴인은 본능적으로 펼치던 절세의 경공조차 생각을 못하고 있는 것이다.

넋이 나간 것처럼 행동하는 괴인을 일별한 검엽은 계곡의 후면 왼쪽 절벽 밑을 보았다.

절벽 밑은 사오 장 높이의 나무들이 우거져 있었고, 나무와 나무 사이는 잡목과 넝쿨들이 우거져 있었다.

"나오너라."

음의 고저가 거의 없는 무심한 어조였고 숨어 있는 사람이 있다는 것을 확신하는 몸짓이었다.

서문락 등이 있었다면 어리둥절할 수밖에 없었을 말과 태도였다.

다섯 정도 셀 시간이 지났을까.

나무 사이의 넝쿨이 출렁이더니 부스럭거리는 소리가 났다. 넝쿨을 헤치고 나타난 사람은 뜻밖에도 여인이었다.

삼십을 갓 넘어 보이는 훤칠한 키의 여인.

짐승 가죽으로 만든 옷을 입은 그녀는 오관이 단정했고, 허리춤까지 내려온 길고 풍성한 머리카락이 인상적인 절세의 미인이었다.

입고 있는 옷은 추레했다. 하지만 그녀의 아름다운 외모와 고아하고 단아한 기품을 가리지는 못했다. 그녀의 외모에서 풍기는 느낌은 그렇게 우아했다.

그러나 지금 그녀의 별처럼 빛나는 두 눈에 떠도는 건 소름 끼치도록 차가운 냉기였고, 오른손에는 고색창연한 사 척 장도가 들려 있었다. 그래서 그녀를 여자로 보는 걸 어렵게 했다.

그녀는 꺼리는 점이 있는 듯 검엽과 오 장가량 떨어진 곳까지 걸어온 후 더 이상 거리를 좁히지 않았다.

그녀가 나타나자 괴인의 태도가 변했다.

사색이 되어 전신을 떨고 있던 괴인은 번개가 무색할 정도로 빠른 신법을 펼쳐 여검수의 등 뒤로 몸을 숨겼다. 그리고 고개만 내밀어 검엽을 힐끔거렸다.

체구가 여인보다 세 배는 더 큰 괴인이 여인의 뒤에 몸을 숨긴 모습은 일견 우스운 듯하면서도 기괴했다.

여인은 그런 괴인의 모습을 지켜보다가 검엽을 향해 말했다.

"당신은… 대체… 누군가요?"

그녀의 음성은 가늘게 떨리고 있었다.

냉혹하게만 보이던 눈동자에도 미미한 떨림이 엿보였다.
검엽을 대하는 괴인의 행동을 보고 충격을 받은 듯했다.
검엽은 대답하지 않았다.
그는 뒷짐을 지고 있는 손을 풀지도 않았다.
장신이기에 그의 눈은 여인을 조금 내려다보고 있었다.
더없이 오만해 보이는 모습.
그러나 여인은 검엽의 그런 모습이 더할 수 없이 자연스럽다는 느낌을 받고 있었다.
천지간에 오직 홀로 존귀하다는 듯한 오연함.
그 오연함이 더할 나위 없이 어울리는 사람이 바로 그녀의 앞에 서 있는 백의인이었다.
검엽은 여인의 눈을 응시하며 말했다.
"말해준다고 알 수 있겠는가?"
검엽의 대답을 들은 여인은 이를 악물며 숨을 크게 들이마셨다.
그녀의 눈엔 누구라도 알 수 있을 만큼 확연한 공포가 드리워져 있었다.
검엽의 지존신마기는 마공을 익힌 자들에겐 재앙이나 다름없다. 마공의 성취가 높은 자일수록 그 영향을 더욱더 크게 받는다.
현재 여인의 몸과 정신은 정상적인 상태가 아니었다. 그렇다 해도 그녀는 타인의 기세에 이처럼 쉽게 압도당할 리가 없는 사람이었다.

지존신마기였기에 가능한 현상이었다.
 여인의 눈에서 시선을 뗀 검엽은 여인이 들고 있는 도를 눈짓으로 가리키며 물었다.
 "그대의 손에 들린 도의 이름이 명왕마도(明王魔刀)인가?"
 여인의 얼굴이 돌처럼 굳어졌다.
 그녀가 들고 있는 도는 고색창연하기도 했지만 형태도 흔히 볼 수 없는 것이었다.
 손잡이의 길이가 한 자에 달했고, 도갑에 들어 있는 석 자 두 치의 도신은 초승달 형태로 휘어져 있었다. 도갑의 폭은 네 치였고, 도첨으로 올수록 끝이 뾰족해졌으며 끝부분은 송곳과 같았다.
 일백 년래에 이런 형태의 도를 사용했던 사람은 단 한 명밖에 없었다. 그리고 군림성주 군림마제 혁세기가 이끄는 육마성이 나타나기 전까지 그, 아니, 그녀는 한 명의 벗과 함께 마도를 석권했었다.
 굳어진 여인의 얼굴에서 자신의 추측이 틀리지 않았다는 것을 안 검엽의 눈에 섬광이 스쳐 지나갔다.
 "그대가 도마존(刀魔尊) 지옥혈후(地獄血后) 섭소홍? 그렇다면 저자는 검마존(劍魔尊) 파산검군(破散劍君) 곽호겠군."
 서문락 등이 지금 이 자리에 있어 검엽의 말을 들었다면 아마도 심장이 멎었을 것이다.
 검마존(劍魔尊) 파산검군(破散劍君) 곽호.
 도마존(刀魔尊) 지옥혈후(地獄血后) 섭소홍.

구주삼패세가 등장한 이후 무림사의 뒤로 쓸쓸히 사라져 간 이름이지만 아직도 마도에서는 전설처럼 회자되는 초강고수들이 그들이었다.

 천추군림성주 일마제 군림마제 혁세기의 뒤를 잇는 마도의 초강자, 쌍마존이라 불리우는 존재가 바로 그들이었기 때문이다.

 그들이 강호상에서 모습을 감춘 지도 사십여 년이 넘었다.

 그 이유가 무엇인지는 아무도 알지 못했다.

 하지만 대부분의 강호인들은 그들이 군림칠마성에 의해 제거되었을 거라 믿었다.

 군림칠마성의 등장과 동시에 그들은 사라졌고, 그 이후 군림칠마성은 군림성을 세워 마도를 석권했으니까.

 섭소홍과 괴인을 번갈아 보는 검엽의 눈에 뜻밖이라는 기색이 떠올라 있었다.

 강호의 인물에 대해 견식이 일천한 그였지만 쌍마존은 안다.

 칠마성의 등장 이전 쌍마존이 보여주었던 위엄은 아직도 마도의 전설로 남아 있을 만큼 대단했었다.

 그런데 그처럼 대단했던 사람들의 현재는 눈이 의심스러울 정도로 초라하기만 했다.

 한 사람은 무공이 금제된데다 광태를 보이고 있고, 다른 한 사람은 고작 강호의 절정고수 수준의 기도밖에 보여주지 못하고 있었다.

 검엽조차 섭소홍의 손에 들린 그녀의 애도 명왕마도를 보지 않았다면 그들이 과거의 쌍마존이라는 것을 알아차리지 못했을 것이다.

 그만큼 그들의 기도는 보잘것없었다.
 물론 그것은 검엽의 입장에서였다.
 일반 무인들에게는 아직도 두 사람은 대단한 능력자로 보일 터였다. 서문락이나 백성휴처럼 후기 가운데 빼어나다는 평을 받는 다섯 명을 일방적으로 구타할 수준이니까.
 섭소홍의 얼굴에는 혼란스러워하는 기색이 완연했다.
 평소의 그녀였다면 하대하는 자의 목을 일도에 날려 버렸으리라. 그러나 지금 검엽의 하대를 염두에 둘 마음의 여유 따위는 없었다.
 그녀의 마음은 눈앞의 백의인에 대한 설명할 수 없는 처절한 공포로 짓눌려 있는 상태였다.
 다른 한편으로는 혈후라 불리는 자신이 생면부지의 청년에게 공포를 느끼고 있다는 현실이, 잠재되어 있는 그녀의 마성을 자극하며 분노를 증폭시켰다.
 하지만 그녀의 분노는 폭발할 가능성이 전무한 것이었다.
 그녀의 능력이 온전했다면 검엽의 지존신마기에 어느 정도의 저항을 할 수 있었을지도 몰랐다.
 그러나 지금의 그녀는 지난날 자신이 지녔던 능력의 사오 성 정도밖에 발휘할 수 없는 금제에 묶여 있었다.
 그 정도로는 검엽의 지존신마기에 결코 저항할 수 없었다.
 검엽은 잠시 그녀와 괴인을 보다가 아무 말 없이 신형을 돌렸다.

지존신마기의 기세가 사라졌다.

검엽이 거둔 것이다.

그리고 그는 계곡의 입구를 향해 걸어갔다.

섭소홍은 멍해졌다.

그녀는 서문락 등이 계곡에 들어섰을 때부터 모든 것을 지켜보았다. 바람처럼 나타난 백의인이 곽호를 일격에 물리치는 것도 보았다. 그리고 백의인은 이제 그녀와 곽호의 정체도 안다.

그녀는 자신들의 정체를 파악한 백의인이 여러 가지를 물어볼 거라고 생각했다.

무림인이라면 두 사람이 강호에서 갑자기 사라진 이유, 사십여 년이 넘는 동안 강호에 나타나지 않은 이유가 궁금할 것이 분명했기 때문이다.

그런데 백의인은 그냥 몸을 돌려 떠나가고 있었다. 아무것도 묻지 않고.

이제는 반대가 되었다.

섭소홍은 백의인의 정체와 그가 아무것도 묻지 않고 떠나는 이유가 알고 싶어 머리가 터질 것 같은 기분을 느꼈다.

그녀는 한 걸음 앞으로 나섰다.

그 한 걸음으로 그녀는 걸어가는 검엽의 앞을 막아설 수 있었다.

"잠깐만…요."

검엽은 눈살을 살짝 찌푸리며 걸음을 멈췄다.

그의 마음이 움직이자 사라졌던 신마기의 기운이 무서운 기세로 일어났다.

 신마기에 직격당한 섭소홍의 얼굴은 시체처럼 하얗게 질렸다. 그녀는 비틀거리며 서너 걸음 뒤로 물러났다. 그녀의 입가에 가는 핏물 한 가닥이 점점이 맺혔다.

 기세의 충격을 이기지 못하고 내상을 입은 것이다.

 그녀의 앞을 그녀의 등 뒤에 숨어 있던 괴인, 곽호가 막아섰다.

 곽호의 어깨는 눈에 보일 만큼 크게 떨리고 있었다. 두려움이 극에 달한 듯했다. 그런데도 곽호는 비켜서지 않았다.

 검엽은 혀를 차며 뒷짐을 졌다.

 그리고 지존신마기를 거두었다.

 그제야 곽호의 어깨에서 일던 떨림이 조금씩 잦아들었다.

 검엽이 섭소홍에게 물었다.

 "다시 한 번 내 앞을 막으면 너는 죽는다."

 명왕마도를 쥔 섭소홍의 손이 주체할 수 없을 정도로 덜덜 떨렸다.

 백의인의 말에 사람의 감정이라 할 만한 것은 섞여 있지 않았다.

 그녀는 백의인의 말이 진심이라는 것을 깨달았다.

 그녀가 다시 그를 막아선다면 그는 망설임없이 그녀를 죽일 것이다.

 죽음을 두려워할 그녀는 아니었다.

 그러기에는 그녀의 삶이 너무 거칠었고, 삼십대의 외모와 달리 그녀가 살아온 세월이 너무 길었다.

그러나 그녀는 두려웠다.

죽음이 아니라 백의인이.

백의인의 음성에는 공포를 넘어선 공포, 원초적이며 근원적인 공포를 자극하는 무엇인가가 있었다.

사색이 된 그녀는 방금 전 자신을 강타한 기운을 떠올리며 진저리를 쳤다.

과거 절세의 마공을 극에 이르도록 연마했고 마도의 초강자들과 수많은 비무를 치른 그녀였다. 하지만 그녀는 방금 전 백의인의 전신에서 흘러나온 마기와 같은 기운을 겪어본 적은 단 한 번도 없었다, 들은 적도 없었고.

그녀는 곽호의 팔을 잡아 옆으로 밀쳐 냈다. 그리고 이를 악물며 소리치듯 큰소리로 물었다.

"당신은 대체…누구십니까?!"

"그것이 왜 궁금한가?"

"당신의 앞에 서면 이제 갓 무공에 입문한 초심자처럼 무기력해지기 때문입니다. 어떻게 이런 일이 일어날 수 있단 말입니까?"

검엽은 똑바로 자신의 눈을 마주쳐 오는 섭소홍의 눈을 보며 소리없이 웃었다.

그가 말했다.

"천지간에 마로써 나와 맞설 수 있는 자는 없다. 그래서 그대와 곽호가 힘을 쓰지 못하는 것이다."

거두절미한 대답.

섭소홍의 입이 저절로 벌어졌다.
정신을 놓은 곽호와 함께 사십 년을 산 그녀도 받아들이기 어려운 말을 눈앞의 백의인은 아무렇지도 않게 말하고 있었다.
천하없이 광오한 자라 할지라도 제정신을 가지고 있는 자라면 어떻게 자기 입으로 저런 말을 할 수 있으랴.
그러나 이상하게도 섭소홍은 백의인의 허황되기 짝이 없는 말이 믿어졌다.
그것도 아주 절절하게.
그렇지 않다면 그녀와 곽호가 마치 뱀을 만난 개구리처럼 공포에 질려 있는 현상을 설명할 방법이 없었기 때문이다.
그녀는 고개를 떨어뜨렸다.
더 이상 검엽의 눈을 똑바로 바라볼 수가 없었다.
그녀의 정신력이 한계에 도달한 것이다.
검엽이 물었다.
"그것을 묻기 위해 내 앞을 가로막은 것이냐?"
섭소홍은 입술을 깨물었다.
앞의 질문은 의식하지 못한 사이에 저절로 나온 것이었다. 그녀가 검엽의 앞을 막은 진정한 이유는 따로 있었다.
그녀가 말했다.
"저희를… 도와… 주세요……."
검엽의 눈이 기이하게 빛났다.
"그대들이 받고 있는 금제를 풀어달라는 건가?"
대경한 섭소홍이 고개를 번쩍 들었다.

그녀는 심원하게 빛나는 검엽의 눈을 볼 수 있었다.

"어떻게……?"

검엽은 그녀의 의혹을 이해했다. 그러나 설명해 줄 마음은 없었다.

신마기와 심안은 설명을 듣는다고 이해할 수 있는 성질의 것들이 아니었다.

"내가 그대들을 도와줄 수 있다고 확신하는가?"

"저는 당신이라면 가능하리라 믿어요."

섭소홍의 어조는 강했다. 그리고 절실했다.

검엽은 잠시 말을 하지 않고 섭소홍을 바라보았다.

섭소홍은 피가 나도록 입술을 깨물며 그의 눈빛을 받아냈다. 그녀의 전신이 풍 맞은 노인처럼 덜덜 떨렸다.

검엽의 마음이 움직였다.

섭소홍의 절박한 눈빛 때문이 아니었다.

그는 쌍마존이라 불렸던 절대의 고수들이 이처럼 초라한 모습으로 변한 현실이 마음에 들지 않았다.

무인이 무공을 금제당하는 것은 죽는 것보다 더 견디기 힘든 일이 아니던가.

저들은 지난날에 비하면 천 번이라도 자결을 하고 남았을 만큼 치욕스러운 상황을 감내하며 살고 있었다.

이유가 있을 터였다.

"곽호가 저렇게 변한 것은 신기(神氣)를 무리하게 몸 안에 받아들이며 신기와 마기가 상단전에서 충돌한 때문이다. 그대의 내공이 금제된 것도 같은 이유이고. 아마도 그대가 온전한 정신을 유지하고 있는 건 상당한 양의 신기가 곽호에게 간 덕분일 것이다. 그대가 받아들인 신기의 양이 적었던 거지. 신기와 마기가 충돌한 곳도 곽호와는 달리 하단전이었고."

섭소홍의 입이 딱 벌어졌다.

검엽은 마치 그들이 당한 일을 옆에서 지켜보기라도 한 사람처럼 말을 하고 있었다.

섭소홍은 명왕마도의 도첨으로 지면을 찍으며 고개를 숙였다.

"도와주신다면… 무엇이든 하겠습니다. 종이 되라 하셔도 상관없습니다. 평생이라도 모시겠습니다."

한때 도의 마존이라 불리던 여인의 말이었다.

그녀가 본신의 능력을 회복한다면 천하고수의 서열이 바뀔 것이다.

그런 사람을 종으로 부릴 수 있는 기회가 있다면 누가 그것을 거절할까.

그런데 거절하는 사람이 있었다.

검엽은 무표정한 얼굴로 말했다.

"종 따위는 필요없다."

섭소홍의 눈빛이 크게 흔들렸다.

지금 그녀가 내걸 수 있는 최선의 조건이 거절당했다.

검엽이 그녀를 돕지 않으려는 것이라고 판단할 수밖에 없었다.

그녀는 암울한 얼굴로 고개를 숙였다.

그런 그녀에게 검엽이 말했다.

"그대들이 당한 신기는 자연력이 아니라 사람의 손이 닿아 기운이 더욱 증폭된 것이다. 그 물건이 있는 곳으로 나를 안내해라. 그것이 있으면 그대들의 금제를 푸는 게 훨씬 수월하다."

얼굴에 화색이 돈 섭소홍은 말도 제대로 못한 채 입만 벙긋거리다가 곽호의 목덜미를 잡아챘다.

그리고 전력을 다해 자신이 나온, 잡목이 우거진 곳을 향해 달려갔다.

그녀가 소리쳤다.

"따라오세요. 안내해 드리겠습니다!"

격하게 흥분한 탓에 섭소홍은 검엽의 말에 담겨 있는 다른 의미를 미처 알아듣지 못했다.

검엽은 물건이 없어도 쌍마존의 금제를 풀 수 있었다. 물건이 있으면 수월해질 뿐이었다.

섭소홍은 그것을 알아듣지 못한 것이다.

그리고 후일 검엽은 섭소홍이 알아듣지 못한 것을 진심으로 고마워했다.

섭소홍이 그의 말을 알아들었다면 검엽의 운명, 나아가 천하의 운명은 전혀 다른 방향으로 전개되었을지도 몰랐다.

第四章

천마
검섭
전

섭소홍의 뒤를 따른 검엽은 잡목으로 가려진 절벽 밑의 동굴 입구를 볼 수 있었다.
입구는 좁아서 높이 두 자, 폭 석 자가량밖에 되지 않았다.
입구를 일별한 검엽의 눈이 빛났다.
'기관이로군.'
섭소홍과 곽호가 나오며 문을 열어둔 듯했다.
기관은 정교하기 이를 데 없었고, 잡목에 가려져 있어서 그곳에 입구가 있다는 것을 알지 못하는 사람은 백날을 찾아도 발견하기 어려울 정도였다.
섭소홍은 곽호를 먼저 밀어 넣고 자신이 들어갔다.
그 뒤를 검엽이 따랐다.

동굴은 일 장가량 들어서자 바로 높이 여덟 자 폭 다섯 자로 넓어졌다.

두세 사람이 어깨를 나란히 하고 걸어도 될 정도.

동굴은 아래쪽으로 나 있었다.

섭소홍의 뒤를 따르며 검엽은 동굴을 건축한 자의 능력이 대단하다는 것을 깨달을 수 있었다.

통로는 잘 다듬어진 사각형이었고, 일 장 간격으로 야명주가 박혀 있어 만월이 뜬 밤처럼 환했다.

게다가 천장과 벽, 그리고 바닥을 가릴 것 없이 보보마다 무서운 기관이 설치되어 있었다.

'고대에 실전된 삼십육천절절명관(三十六天絶絶命關)의 이치를 따르는 기관이다. 절세고수를 전문적으로 상대하기 위해 창안된 기관… 이 안에 보관되어 있는 신기가 대체 무엇이기에 이렇게 삼엄하기 짝이 없는 기관을?'

기관들은 움직이지 않았다.

곽호와 섭소홍이 손을 써놓은 때문일 터였다.

통로를 걸으며 검엽은 기관의 상당수가 파괴된 흔적을 발견했다. 흔적은 상당히 오래된 것들이었다.

적게 잡아도 이백여 년 이상 되었다.

'쌍마존이 이곳에 들어오면서 파괴한 건 아닌데… 범상한 기관이 아니어서 현재 저들이 보여주는 능력으로는 이들을 파괴하지도 못했을 것이다…… 꽤 능력이 있는 선객이 있었던 모양이로군.'

생각에 잠겼던 검엽의 눈매가 가늘어졌다.

입구에서 백여 장을 내려온 지점이었다.

그의 혼을 타고 흐르는 신마기가 희미하게나마 경직되고 있었다.

느껴지는 것은 창창한 신기(神氣).

그는 앞서 가던 곽호와 섭소홍의 발길과 몸놀림이 둔해졌다는 것을 깨달았다.

그들의 기색은 묘했다.

뒤로 물러나고 싶다는 기색과 앞으로 빨리 가고 싶다는 기색이 동시에 엿보였다.

전혀 상반되는 기색이 공존하고 있는 것이다.

이해하기 어려운 일.

그러나 검엽은 그들을 온전히 이해했다.

'몸 안에서 신기와 마기가 충돌하며 감정이 혼란에 빠졌다. 신기는 저들의 마기를 억누르는 역할을 하고 있는 것만이 아니다. 저들의 마기를 신기로 전환시켜 주고 있다. 아직 마기의 힘이 강해서 금제되어 있을 뿐 마기의 전부가 신기로 전환되면 저들은 과거보다 두 배 이상 강해질 것이다. 내력이 늘어나는 건 아니지만 순수함과 정심함에 있어 바깥세상의 마기는 신기에 비해 절반 정도의 공능밖에 갖고 있지 못하기 때문이지……'

신기와 마기는 상극이다.

그러나 평범한 사람들은 신과 마의 기운을 함께 갖고 살다가 죽는다. 크게 문제가 되지도 않는다.

무인의 경우에도 수준 낮은 무인이라면 두 가지 기운을 어느 정도까지는 혼용해도 별문제가 되지 않는다.

하지만 절세라는 말을 들을 정도의 고수들이 두 기운을 혼용하는 건 대단히 위험한 짓이다.

물론 신기든 마기든 궁극의 경지를 넘어서면 신과 마의 경계를 벗어나 위험조차 비웃을 수 있긴 하다. 하지만 그것은 아직까지 현세한 적이 없는 전설에 불과하다.

무의 천외천, 봉황천 십방무맥의 무공을 익힌 무인들조차 두 기운을 혼용하지 않는다.

상반된 성질의 무공 비급을 넘치도록 갖고 있는 그들이 시도를 하지 않는 것은 신기와 마기의 충돌로 인해 혼과 육신의 균형이 붕괴될 위험이 너무 크기 때문이다.

곽호와 섭소홍처럼 절대고수라 칭해지던 사람들조차 신기와 마기의 충돌로 인해 본신 능력의 절반도 발휘하지 못할 정도로 무력해져 있지 않은가.

그런 면에서 신마기를 혼에 품은 자들이 모여 만든 검엽의 가문 창룡신화종은 천하무림계의 이단이라 불러도 무방한 문파라 할 수 있었다.

동굴은 삼십여 장을 더 나아갔을 때 끝이 났다.

그곳에 높이 일 장에, 폭 일곱 자가량 되는 거대한 돌로 만든 석문이 보였다.

검엽은 심안을 열었다.

오색의 서기 어린 신기가 석문의 안쪽에서 안개처럼 흘러나오고 있었다.

파도처럼 일렁이고 있는 오색의 서기 어린 신기는 앞선 곽호와 섭소홍의 몸을 넘나들었고, 검엽의 몸을 밧줄처럼 휘감았다.

그러나 곽호와 섭소홍의 몸을 가볍게 통과한 신기는 검엽의 몸 안으로는 들어오지 못했다.

신기는 앙탈난 새색시처럼 검엽의 전신을 톡톡 쳤다. 그러나 그의 몸 안으로 들어가는 것은 불가능했다. 이리저리 뒤틀리던 신기에 날카로운 각이 섰다.

신기는 천천히 뒤로 물러났고 석문의 안쪽으로 휘돌아 들어갔다.

곽호와 섭소홍의 얼굴에 떠올랐던 묘한 기색이 사라졌다.

섭소홍은 어리둥절한 얼굴로 고개를 갸웃했다.

혼란스럽던 마음이 차분해졌고, 어지럽던 머리가 안정되었다.

동굴에 머문 사십여 년 동안 한 번도 없었던 일이 벌어진 것이다.

하지만 방금 전 벌어진 신기와 검엽의 신마기의 부딪침은 심안이 열린 사람만이 볼 수 있는 것.

섭소홍으로서는 정확한 원인을 아는 것이 불가능했다.

그러나 그녀는 지금의 변화가 검엽과 관련이 있다는 것은 알아차렸다.

그 외에 평소와 다른 점은 아무것도 없었으니까.

그녀는 검엽을 돌아보았다.

검엽은 무표정한 얼굴로 뒷짐을 진 채 그녀의 일 장 뒤에 정물처럼 고요한 모습으로 서 있었다.

그녀는 석문의 오른쪽 하단에 손을 대고 무언가를 어루만졌다.

그그그긍—

육중한 소리와 함께 지면이 흔들리며 석문이 왼쪽으로 밀려났다.

"들어가시지요."

시간이 갈수록 검엽을 대하는 그녀의 태도는 더할 나위 없이 정중해졌다.

그녀는 검엽이 반로환동한 전대의 노고수일 거라고 굳게 믿었다. 외모는 문제가 되지 않았다. 그녀 자신도 세월과 무관한 젊음을 유지하는 사람이 아니던가.

검엽은 두 사람과 함께 석실 안으로 들어섰다.

석실의 안쪽은 웅장한 대전이었다.

삼십여 개의 돌기둥이 별의 형태로 배치되어 천장을 떠받치고 있었고, 중앙에는 한 층의 높이가 두 자인 칠층 높이의 제단이 설치되어 있었다.

검엽은 칠층 제단의 위, 허공에 시선을 주었다.

그의 눈이 깊어졌다.

길이 석 자, 폭 세 치의 홀(笏)이 상서로운 빛을 사방에 뿌리며 허공에 떠 있었다.

 전체의 색은 투명에 가까운 백색.

 한 치 크기의 백색 구슬이 박혀 있는 두부(頭部)엔 재질을 알 수 없는 일곱 치 길이의 황금빛 수실 한 움큼이 부드럽게 출렁였다.

 홀은 백금빛의 찬연한 섬광을 꼬리에 달고 마치 살아 있는 생물처럼 느릿하게 제단의 위를 부유하고 있었다.

 기이하고 신비로운 광경.

 검엽의 입술 사이로 낮은 음성이 흘러나왔다.

 "…만겁천왕홀(萬劫天王笏)… 천여 년이 넘도록 인세에 나타난 적이 없는 절대삼신기(絶代三神器)의 하나를 이곳에서 볼 수 있다니 뜻밖이로군."

 섭소홍의 눈이 경악으로 흐트러졌다.

 "저 물건이 무엇인지 아십니까?"

 "몰랐나?"

 검엽은 소리없이 이를 드러내며 웃었다.

 섭소홍의 기색으로 보아 그녀는 만겁천왕홀의 정체를 알고 있지 못했던 것 같았다.

 예상대로였다.

 섭소홍은 한숨을 내쉬며 말했다.

 "후우, 곽 사형과 저는 지금까지 저 물건의 이름을 알지 못했습니다."

 "그러면서 이곳에는 왜 머물고 있었나?"

"이곳은 사형의 사문 선조 중 한 분이 이백여 년 전 발견한 곳입니다. 보기가 태산 옥황정을 물들이는 것을 보시고 찾아내셨다고 전해지지요. 저 물건은 마공을 익힌 사람에게는 본신 능력을 금제하는 악영향을 미치지만 제아무리 중한 상처도 숨만 붙어 있다면 완치시키는 공능이 있습니다. 이 물건을 최초에 발견하신 분도 적과의 싸움에서 얻은 치명적인 상처를 저 물건 덕분에 치유할 수 있었지요. 저것이 없었다면 사형과 저도 벌써 백골로 화했을 것이고요. 선대의 그분은 저 물건을 가지고 사문으로 가려고 했지만 그렇게 하지 못하고 이곳에 둘 수밖에 없었습니다. 손에 넣으려고 아무리 시도해도 불가능했기 때문이죠. 저희도 마찬가지였습니다."

"누구에게 상처를 입었나?"

섭소홍의 눈에 불길이 일어났다.

그녀는 이를 갈며 말했다.

"혁… 세기와 그의 아우들이었습니다. 사형은 혁세기의 군림무적강기에 당해 죽음 직전까지 몰렸고, 저 또한 초평익과 요진당의 합공으로 치명적인 상처를 입어야 했습니다."

쌍마존의 실종에 대한 호사가들의 예측이 맞았다. 쌍마존은 군림칠마성에 의해 무림에서 축출되었던 것이다.

그날이 떠오른 듯 섭소홍의 전신에서 살기가 크게 일어났다.

"그들로부터 달아난 후 저와 사형은 이곳으로 왔습니다. 그리고 사형은 정신을 잃었습니다. 저와 사형의 상처는 일 년여의 시간이 흐르면서 완치되었지만… 사형은 그 이후로 지금까지 온전한 정신을 찾지 못했습니다……."

그녀는 입을 다물었다.

감정이 격해진 듯 그녀의 어깨가 거칠게 유동했다.

섭소홍을 응시하던 검엽은 만겁제왕홀로 시선을 옮겼다.

그의 눈은 끝을 알 수 없을 정도로 깊게 가라앉아 있었다.

'삼신기의 둘을 보는군. 나와 인연이 있는 건가……? 구천겁화혈주와 만겁제왕홀……. 연휘람 문주에게 혼천여의신륜이 있으니 삼신기가 모두 현세한 거라고 봐야 하는 것일까? 신기현세(神器現世) 천하혈세(天下血洗)… 분명 대륙무맹의 회계산 수련장에서 보았던 천하기보편람에는 그렇게 적혀 있었지…….'

절대삼신기(絶代三神器).

누가 언제 만들었는지 어떻게 삼신기에 대한 전설이 만들어졌고 후대에 전해졌는지, 자신있게 말할 수 있는 사람은 없다.

삼신기가 존재한다는 것을 아는 자조차 극히 드물어서 당세의 무림천하를 통틀어도 채 수십 명이 되지 않을 것이다.

그러나 삼신기의 존재를 아는 자라면 어느 누구도 그 위력과 공능을 의심하지 않는 신비로운 무기들이 바로 절대삼신기다.

삼신기가 지닌 공능이 어떤 것인지 명확하게 전해지는 것은 없다. 아득한 세월 동안 신기를 실제로 본 사람도 거의 없는 형국이니 그럴 수밖에.

그나마 신기들 중 강호상에 모습을 드러냈던 것은 구천겁화혈주가 유일했다.

무림사상 최악의 살인마이자 대마두라 전해지는 혼세염왕의 손에 들려서.

'서열 삼위인 구천겁화혈주의 위력만으로도 천하는 혼비백산해야 했었다.'

검엽의 시선이 마음에 들지 않는 것일까.

만겁제왕홀에서 뿌려지는 빛이 무서울 정도로 강렬해졌다.

석실 안은 눈부신 빛의 향연으로 빠져들어 갔다.

곽호와 섭소홍은 넋이 나간 사람처럼 눈의 초점이 흐려졌다.

'신마기에 저항하고 있다. 신기(神器)라 이건가······.'

검엽의 입꼬리가 살짝 올라갔다.

비웃음이었다.

천하기보편람상의 절대삼신기에 대한 기록은 불완전했다.

삼신기 각각의 공능이 무엇인지 상세하게 적혀 있지 않았고, 기록의 상당 부분은 구천겁화혈주에 대한 것이었다.

당연히 만겁제왕홀이 어떤 공능을 갖고 있는지에 대해서는 기록되어 있지 않았다.

'삼신기······. 본종의 천무신화전에도 삼신기에 대한 기록은 그 명칭과 간단한 평만 남아 있을 뿐 구체적인 설명은 없었다. 기록을 남기신 분은 삼신기가 사람의 손으로 만들어진 것이 아닐 거라는 추정을 하셨지. 하지만 상관없다. 사람이 만들

었든 신이 만들었든, 아니면 악마가 만들었든…….'
검엽의 두 눈에 푸르스름한 귀화가 떴다.
가공스러운 마중마의 기운이 석실을 태풍처럼 휩쓸었다.
지존천강력에 의해 형성된 파멸천강지기가 발동한 것이다.
섭소홍은 정신을 차렸다.
그리고 안색이 파리하게 질렸다.
그녀의 두 눈이 두 배는 넘게 커졌다.
그녀의 눈앞엔 상상을 초월한 광경이 펼쳐지고 있었다.
검엽의 전신에서 흘러나온 묵청광이 중앙의 제단을 제외한 석실 전체를 가득 채우며 퍼져 나갔다.
찰나지간 안개처럼 일렁이며 석실을 밝히던 제왕홀의 백금광은 묵청광에 밀려 중앙의 제단으로 모여들었다.
백금광의 뒤를 쫓아 제단의 아래까지 파도처럼 밀려든 묵청광은 단숨에 제단의 삼층을 넘어 사층으로 오르려 했다.
위기를 느낀 것일까.
만겹제왕홀의 찬연한 백금광이 절정에 달했다.
제단을 포위한 묵청광은 끊임없이 위로 오르려는 시도를 멈추지 않았고, 백금광은 몸부림치며 묵청광을 아래로 밀어내려 했다.
제단은 두 개의 휘황한 빛에 휩싸여 제대로 보이지 않았고, 두 기운이 부딪칠 때마다 석실은 지진을 만난 듯 뒤흔들렸다.
드드드드드.
무서운 기세로 서로를 물어뜯으려 하는 묵청광과 백금광의 모습은 두 마리의 용이 뒤엉켜 있는 것처럼 보일 만큼 신비롭고 두려운 광경이었다.

천장에서 쏟아지는 돌조각과 먼지를 온몸에 뒤집어쓴 섭소홍은 전신을 떨며 석상처럼 그 자리에 굳어버렸다.

강호를 종횡하며 많은 기사(奇事)를 접했던 그녀였다. 하지만 석실 안에서 벌어지고 있는 현상과 같은 건 본 적도 들은 적도 없었다.

신마기와 제왕홀의 싸움은 뒷짐을 진 채 서 있던 검엽이 손을 풀고 발을 내딛으며 승부가 났다.

저벅저벅.

낮지만 뚜렷한 발자국 소리.

걸음 소리를 들은 섭소홍은 전신 경락이 뒤틀리고, 심장이 내려앉는 듯한 충격을 받았다.

정신이 번쩍 든 그녀는 검엽을 돌아보았다.

저벅.

두근.

섭소홍은 손으로 심장을 짚었다.

그녀의 얼굴이 식은땀으로 뒤덮었다.

검엽의 발걸음 소리에 담긴 기세는 절대적이었다. 근접해 있는 그녀가 파멸천강지기가 실린 그 소리를 어찌 버틸 수 있으랴.

그녀만이 아니었다.

정신을 놓은 곽호조차 두 눈 가득 두려움을 담고 검엽을 보며 전신을 떨어대다가 더 이상 견디지 못하고 그 자리에 무릎을 꿇었다.

섭소홍도 휘청거리며 무릎을 꿇었다.

그들의 손이 저절로 바닥을 짚었다.

그렇지 않으면 몸을 가누지 못하고 쓰러질 것이 분명했기 때문이다.

촌각밖에 지나지 않았는데도 그들의 얼굴은 시체처럼 창백했고, 칠공에서 가는 핏물이 스며 나왔다.

검엽도 그들의 상태를 보았다. 그러나 검엽은 천강지기의 기세를 거두지 않았다.

신마기가 제단의 층을 올라갈수록 제왕홀의 저항력은 폭발적으로 증가했다.

그 증가폭은 그의 예상보다 훨씬 강해서 비록 일시적이나마 쌍마존을 돌아볼 여유를 가질 수 없었던 것이다.

검엽의 귀화가 피어오르는 눈은 제왕홀에 고정되었다.

그 눈에 무시무시한 섬광이 번뜩였다.

"한낱 물건 따위가!"

그의 입술이 미미하게 벌어지며 스산한 일갈이 터져 나왔다.

그리고,

우우우우우우웅!

고막을 먹먹하게 만드는 굉음이 석실에 가득 차며 묵청광과 백금광이 무시무시한 기세로 부딪쳤다.

화아악!

천지가 빛의 홍수에 휩쓸리는 듯했다.

무릎을 꿇고 두 손으로 바닥을 짚은 채 엎드리다시피 하고 있던 곽호와 섭소홍은 빛의 폭풍에 직격당했다.

가을바람에 휘말린 낙엽처럼 날아간 그들은 세차게 벽에 부딪쳤다가 떨어져 지면을 굴렀다.

쿠웅!

콰당탕!

평범한 사람은 사지육신이 부러지고도 남을 충격.

울컥!

한 덩어리의 피를 토해낸 섭소홍은 고개를 돌려 곽호를 보았다. 곽호는 아직도 정신을 차리지 못하고 바닥에 널브러져 있었다.

그녀는 곽호의 숨결이 거칠기는 해도 크게 중상을 입지는 않았다는 걸 확인하고 검엽을 보기 위해 중앙 제단으로 시선을 돌렸다.

검엽은 오른손에 찬연한 빛을 뿌리던 제왕홀을 들고 제단의 정상에 서 있었다.

제왕홀의 빛은 여전히 아름답고 찬연했지만 방금 전에 비하면 일 할도 되지 않을 만큼 빛의 세기가 약해진 상태였다.

그 빛이 검엽의 전신을 에워싼 채 어루만지듯 천천히 출렁이고 있었다.

검엽의 역용은 풀려 있었다.

섭소홍의 눈이 커졌다.
진면목을 드러낸 검엽은 일백 년 가까운 세월을 산 그녀의 마음을 흔들어놓을 만큼 아름다웠다.
조각처럼 아름다운 백의인의 전신에서 후광처럼 뻗어 나오는 서기 어린 빛의 향연.
인세의 것이 아닌 듯한 신비로움이 그곳에 있었다. 그런데 검엽의 상태가 조금 이상했다.
섭소홍은 검엽의 모습이 지금까지 보아온 것과 다르다는 것을 곧 알아차렸다.
감정이 실려 있지 않아 더 두렵게 느껴지던 검엽의 눈동자는 풀려 있었다.
초점을 잃은 건 아니었다.
정면을 응시하고 있는 그의 눈은 흑백이 뚜렷했다. 그런데도 느낌은 눈이 풀린 사람과 비슷했다.
고개를 갸웃거리던 섭소홍은 검엽의 정신이 이곳에 있지 않기 때문에 그의 눈이 저처럼 보인다는 것을 어렴풋이 눈치챌 수 있었다.
'무슨 일이 일어나고 있는 걸까? 저분은 지금 다른 곳을 보고 있는 듯한데… 대체 어디를?'
일각가량이 흘렀을 즈음.
검엽의 손에 들린 제왕홀의 서기가 서서히 줄어들다가 홀의 머리 부분에 박혀 있는 백색의 구슬 속으로 사라졌다.
잠에서 깨어난 사람처럼 검엽의 눈에 섬광이 스쳐 지나갔다.

손에 든 제왕홀을 들어 찬찬히 보던 그는 석실 전체를 둘러보았다.
 "…잃을 수밖에 없는 것을 잃지 않는다. 그리고 생사의 경계에서 생의 단서를 찾게 된다……. 운명은 그렇게 이어지는가……."
 어딘지 쓸쓸한 여운이 담긴 음성.
 그러나 잠시 후, 검엽은 흰 이를 드러내며 소리없이 웃었다.
 "흐르는 것은 막지 않는다. 그러나 순순히 따르지는 않을 것이다. 그건 그렇고, 다음 생의 나는 꽤나 고지식한 모양이로군. 바늘로 찔러도 피 한 방울 나오지 않게 생겼는걸……."
 도통 이해할 수 없는 중얼거림.
 검엽의 두 발이 아무것도 없는 허공을 마치 평지처럼 밟았다. 그는 섭소홍의 앞에 섰다.
 그리고 말했다.
 "금제가 풀렸는데 알고 있는가?"
 "헉!"
 검엽의 말에 깜짝 놀란 섭소홍은 경호성을 토해냈다.
 석실 안에 들어서고 난 후 벌어진 일들이 너무나 비상식적이어서 그녀는 자신의 몸 상태도 살피지 못하고 있었다.
 잠시 눈을 감고 몸 안을 관조한 그녀의 얼굴이 부들부들 떨렸다. 그녀의 눈에 굵은 눈물이 흘러내렸다.
 단전에 광포한 힘이 터질 듯 넘쳐 나고 있었다.
 평생을 고련한 수라명왕마공(修羅明王魔功)의 기운이었다.

그 기운은 지난날보다 배는 더 강했고, 더 순수했으며, 더 파괴적이었다.
그때였다.
"사… 매……?"
의혹과 놀람이 섞인 사내의 음성이 그녀의 귓전을 울렸다.
고개를 돌린 그녀는 상체를 일으키며 자신을 보는 곽호와 눈을 마주할 수 있었다.
"사형!"
"정녕 사매로구나!"
두 사람은 서로의 손을 잡고 입술만 떨 뿐 일시간 아무 말도 하지 못했다.
격동을 간신히 진정시킨 곽호가 물었다.
"얼마나… 지난 것이냐? 상처의 흔적이 남아 있지 않을 걸 보니까 상당한 시일이 지나긴 한 듯한데……."
섭소홍은 침묵했다.
지난 세월이 정확하게 사십삼 년이었다.
이곳에 올 때 오십대 후반이었던 그들의 나이는 구십을 넘어 일백을 바라보고 있었다.
그녀의 기색에서 무언가를 느낀 곽호가 중얼거렸다.
"많은 세월이 흐른 듯하구나."
섭소홍이 고개를 끄덕였다.
"사형은… 사십삼 년 동안 정신을 잃고 계셨어요."
"……."

곽호는 입만 벙긋거릴 뿐이었다.
"허… 허… 그렇게나 긴 세월이 흘렀단 말이냐……."
"……."
섭소홍은 그저 곽호의 손을 꼭 잡고 있기만 했다.
삶의 절반을 잃어버린 사람에게 그 이상 해줄 수 있는 것이 무엇이 있으랴.
"회포는 나중에 풀어라."
너무도 담담하게 분위기를 깨버리는 말.
검엽이었다.
섭소홍은 곽호를 잡은 손에 힘을 꾹 쥐며 일어섰다.
지난날 곽호는 비위를 거스르는 말을 들으면 반드시 발작을 했었다. 만약 예전의 성질이 그대로 남아 있어서 곽호가 발작을 한다면 결과는 자명했다.
섭소홍은 곽호를 죽도록 내버려 둘 생각이 전혀 없었다.
백의인은 그녀나 곽호가 백 번 죽었다 깨어난다 해도 상대할 수 있는 인물이 아니었다.
그러나 그녀의 우려는 기우에 그쳤다.
곽호는 발작하지 않았다.
오히려 검엽의 음성이 들린 이후 숨도 제대로 쉬지 못할 만큼 기세가 위축되었다.
그는 고개를 들지도 못했으며 허리조차 구부정하게 숙이고 있었다. 그리고 마치 검엽의 명을 기다리는 시종처럼 두 손을 모으고 서 있었다.

섭소홍의 예상과는 정반대되는 상황.

전혀 예상치 못한 반응이었다.

어리둥절한 그녀는 곽호의 눈을 보았다. 그리고 그의 눈에 깃든 깊은 두려움을 읽어냈다.

그녀가 지난날보다 강한 능력을 회복한 것처럼 곽호 또한 능력을 회복했다.

그것을 자각하지 못할 그가 아니었다.

그런데도 곽호는 검엽의 앞에서 고개조차 들지 못했다.

게다가 저런 두려움이라니.

'사형이 왜 이러시는 걸까?'

의혹이 섭소홍의 마음을 채웠다.

하지만 다행스러운 일이었다.

곽호가 발작을 했다면 그녀도 뒷감당을 하지 못했을 것이다.

그녀의 마음을 읽은 듯 검엽이 말했다.

"곽호는 정신을 놓은 무방비 상태에서 내 기세에 노출되었다. 마음의 준비를 한 후 내 기세를 받아들인 그대와는 입장이 다르다. 그가 받은 충격은 그대가 받은 충격의 몇 배야."

검엽의 설명을 들은 후에야 그녀는 곽호의 반응이 이해되었다.

그녀는 길게 한숨을 내쉬었다.

"사형은 회복하지 못하는 것인가요?"

"회복할 수는 있지만 불가능에 가깝다. 충격을 받은 것이 그의 혼이기 때문이다. 육신이 충격받은 것이라면 다른 사람이 치유하는 게 가능하겠지만 혼을 치유할 수 있는 것은 그 자신뿐이다. 극복의 문제인 것이지. 충격이 막대하기에 극복하는 것도 그만큼 어렵다. 하지만 걱정할 필요 없다. 내 앞이 아니라면 그는 지난날의 파산검군의 위세를 잃지 않을 테니까."

섭소홍은 안도의 한숨을 내쉬었다.

곽호가 지금 검엽의 앞에서 보이고 있는 반응을 다른 사람에게도 보인다면 차라리 혀를 깨물고 죽는 편이 더 나았다.

검엽이 섭소홍에게 불쑥 손을 내밀었다.

내민 그의 손에는 만겁제왕홀이 들려 있었다.

놀란 섭소홍이 고개를 번쩍 들었다.

"왜……?"

그녀의 앞으로 제왕홀이 휘익 하고 날아왔다. 그녀는 다급하게 제왕홀을 받아 들었다.

"가져라. 이 물건은 그대들의 것이다."

검엽은 제왕홀을 짐짝 취급했다.

"……"

섭소홍은 뭐라 말해야 할지 알지 못했다.

그녀는 검엽이 제왕홀을 보며 절대삼신기의 하나인 만겁제왕홀이라고 중얼거리는 말을 들었다.

절대삼신기도 만겁제왕홀도 처음 들어보는 명칭이었다.

그러나 범상치 않은 명칭과 제왕홀이 사십삼 년간 그녀와 곽호에게 보여준 공능은 실로 대단했다.
 치유가 불가능했던 상처를 치유했을 뿐만 아니라 그들의 마공을 극에 이르도록 해주었던 것이다.
 비록 신기의 금제로 인해 능력을 발휘하지 못한 채 수십 년의 세월을 보내야 하는 뼈아픈 대가를 치르긴 했지만.
 제왕홀은 절세기보라는 말이 부족한 공능을 가진 물건이었다.
 그런 물건을 검엽은 저잣거리에서 산 노리개 취급을 하고 있는 것이다.
 제왕홀을 받아 든 섭소홍은 검엽을 물끄러미 바라보았다.
 "그대들의 금기는 제왕홀이 뿜어내는 신기에 의한 것이었지만 이제는 제왕홀의 신기가 그대들의 능력을 금제하지 못한다. 그런 금제가 가능했던 건 그대들의 마공이 기반으로 하고 있는 마기가 순수하지 못하고 탁했기 때문이다. 하지만 그대들의 마기는 정화되었다. 신기의 침습을 받을 일은 없을 것이다."
 섭소홍은 검엽의 말을 알아들었다.
 검엽의 전신에서 흘러나오던 묵청광.
 그곳에서 흘러나오던 처절한 마기는 사라졌지만 그녀의 뇌리엔 너무도 선명하게 각인되어 있었다.
 곽호와 그녀의 마기를 순수하게 정화한 것은 눈앞의 백의인이었다.
 그녀는 가슴이 떨려왔다.

그녀와 곽호는 쌍마존이라 불리며 일세를 풍미한 절대고수들.

그들의 마공이 쌓은 마기의 양과 질은 평범한 것이 아니었다.

백의인은 그런 마기를 단숨에 정화시키고 신기의 침습을 받지 않을 정도로 안정시킨 것이다.

그녀는 눈앞의 백의인과 같은 능력을 가진 사람이 존재하리라고는 꿈에서도 생각해 본 적이 없었다.

그녀는 곽호의 손을 잡고 그 자리에 정중하게 무릎을 꿇고 두 손과 이마를 바닥에 댔다.

오체복지.

절대복종의 의사 표시.

막 몸을 돌려 떠나려던 검엽의 얼굴에 의혹이 떠올랐다.

"무슨 뜻이냐?"

"지존이시여, 저희를 거두어주십시오!"

어이가 없어진 검엽은 절로 웃음이 나왔다.

"훗, 지존? 너희를 거두어달라고?"

지존신마기 때문에 지존이라는 말은 숨쉬는 것만큼 익숙한 그다. 하지만 다른 사람이 그를 향해 지존이라 부르는 걸 들은 경험은 아직 전무했다.

닭살이 돋을 일이 아닌가.

검엽의 반문에 대답하는 섭소홍의 어조는 진지하고 절박했다.

"그렇습니다. 지존의 손과 발이 되어 살고 싶습니다."
"싫다."
덤덤하지만 단호한 어투.
섭소홍은 입술을 깨물었다.
천하에 적이 드물다는 절대고수, 쌍마존이었다.
그런 두 사람이 종이 되겠다는 것을 거절하는 사람이 있을 수 있다니.
장중에 다른 사람이 있어 검엽이 거절하는 것을 보았다면 땅을 치며 아까워했을 것이다.
그러나 검엽은 전혀 아까워하지 않았다.
그는 다른 사람의 도움을 받을 생각이라고는 단 한 번도 해본 적이 없는 사람이었다. 그리고 그에게 사람을 옆에 두는 것은 귀찮음을 자초하는 일이었다.
섭소홍은 이마를 바닥에 찧었다.
쿵.
"지존이시여, 저희들이 모실 수 있도록 제발 허락해 주세요. 지존께서 저희들의 힘을 필요로 하실 분이 아니라는 것을 저도 알고 있습니다. 저희를 불쌍히 여겨 새로운 무(武)의 차원으로 인도해 주세요, 지존이시여!"
그녀는 솔직했다.
짧은 시간이지만 그녀가 겪은 검엽은 욕망이라는 것이 전무한 사람이었고, 무엇에도 매이지 않는 사람이었다.
그녀는 그런 유형의 사람에게 입에 발린 말을 하는 건 오히려 역효과를 낼 뿐이라는 걸 알고 있었다.

그녀가 산 일백여 년의 삶에서 얻은 지혜였다.

그녀의 말이 이어졌다.

"지존께서는 사형과 제가 온전한 몸으로 백 년을 수련해도 이룩할 수 없는 경지를 얻을 수 있도록 해주셨어요. 이 은혜는 결코 작지 않습니다. 그것을 갚을 수 있게 해주세요. 저희가 드리는 것보다 지존께서 저희에게 베푸시는 게 더 많을 거라는 걸 알아요. 제 바람이 이기적이라는 것도 알아요. 그래도 저희는 지존을 모시고 싶습니다. 목숨을 바쳐 모시겠습니다. 제발 허락해 주세요."

섭소홍은 자신과 곽호가 검엽에게 줄 것이 없다고 인정했다.

검엽의 눈이 깊어졌다.

섭소홍과 곽호에겐 한(恨)이 있었다.

그들이 품은 한의 대상은 혁세기를 비롯한 군림칠마성.

제왕홀의 신기가 검엽의 신마기에 제압되며 그들을 금제하던 신기는 사라졌고, 마공은 다른 차원으로 진화했다.

그러나 그들 둘의 능력으로 군림칠마성을 상대하는 건 여전히 무리였다.

검엽은 뒷짐을 졌다.

그는 앞으로의 중원행을 위해 무슨 특별한 계산을 하고 있지 않았다.

그럴 필요를 느끼지 못했기 때문이다.

심마지해를 나선 후 그를 지배하는 것은 지난날 선친 고천강이 그에게 베풀었던 가르침이었다.

"진정한 무적자는 병법을 필요로 하지 않는다. 우회하지도 않는다. 적을 만나면 쓰러뜨릴 뿐이고, 길이 막히면 부숴 뚫을 뿐이다."

고천강은 진정 마백(魔伯)이라는 별호에 걸맞은 인물이었다.
검엽은 단신으로 천하를 상대할 생각이었고, 그럴 자신도 있었다. 타인의 힘을 필요로 할 까닭이 없는 것이다.
쌍마존의 정수리를 내려다보는 검엽의 눈에 기이한 빛이 스쳐 지나갔다.
'…흠, 이들도 쓰임새가 있을 듯하긴 하군.'
중원에 들어와 그가 했던 고민은 한 가지에 집중되어 있었다. 지금 황보세가로 가고 있는 이유도 그 때문이었다.
소문.
광범위한 지역으로 빠르게 퍼져 나가는 소문.
그것을 위해 그는 몇 가지 일을 했고, 계산도 했다. 오직 그것을 위해서만.
다른 일에는 별 소용이 없는 쌍마존이지만 소문을 만들어내는 데는 분명 도움이 될 존재들이었다.
그들은 한때 중원마도를 석권했던 거마들이었으니까.

검엽이 말했다.
"내 앞은 혈로가 기다리고 있다, 자신들의 목숨은 자신들이 건사하도록."
허락이었다.
섭소홍과 곽호는 누가 먼저랄 것도 없이 이마를 지면에 댔다.
"감사합니다, 지존."
"그런 말은 나를 좀 더 겪어본 다음에 해도 늦지 않는다."
그 말을 끝으로 검엽은 신형을 돌렸다.
이곳에서의 일은 모두 끝났다.
가던 길을 가야 할 시간이었다.
섭소홍과 곽호가 공손한 자세로 그 뒤를 따랐다.
몇 걸음 걸었을까.
검엽이 말했다.
"검군."
"예, 지존."
"그대는 어디 가서 씻고 와라. 개방의 거지들이 그대를 보고 방주라고 부를까 걱정된다."
시커먼 때로 덮인 곽호의 뺨이 붉어지고, 섭소홍은 입술을 깨물며 웃음을 참았다.
곽호의 신형이 동굴의 통로를 따라 번개처럼 사라지는 데는 찰나의 시간밖에 걸리지 않았다.
검엽의 뒤를 따라 동굴을 나선 섭소홍은 절벽 면의 기관을 조작해 입구를 막았다.
 햇살이 따스했다.
 시간은 진시 중반(오전 8시경)쯤이 되어 있었다.
 검엽이 아직도 제왕홀을 손에 들고 있는 섭소홍을 불렀다.
 "혈후."
 "예, 지존."
 "그 물건은 함부로 밖에 내보이지 않도록 주의해야 한다. 강호상에 잘 나오지는 않는 자들이지만 그들의 눈에 제왕홀이 띄면 곤란한 상황이 벌어진다."
 섭소홍은 허리춤에서 천을 꺼내 제왕홀을 둘둘 말았다. 그리고 허리춤에 찔러 넣었다.
 그녀가 말했다.
 "지존께서 말씀하신 자들이 누군지 알 수는 없지만 그들에게 쉽게 당할 정도로 제 무공이 형편없지는 않아요."
 조금 강경하게 느껴지는 어조.
 검엽은 소리없이 웃었다.
 그리고 말했다.
 "자신감을 갖는 것은 좋은 일이지. 하지만 그들은 혈후의 능력으로는 대항할 수가 없는 인물들이다. 그들의 수뇌부에 속한 자들이 나선다면 혈후는 삼 초를 버티지 못한다."
 그의 말은 냉정했다.
 섭소홍은 내심 경악했다.
 검엽의 불가사의한 능력을 눈으로 직접 본 그녀다. 그랬기에 그녀는 검엽의 말을 의심하지 않았다.
"지존, 그들이 대체 누구이기에?"
"봉황천 십방무맥. 들어본 적이 있는가?"
섭소홍의 얼굴이 딱딱하게 굳었다.
그녀는 고개를 끄덕이며 대답했다.
"그들에 관한 선대의 기록을 본 적이 있어요. 그저 전설이라 여겼었는데……."
"그들은 실존한다. 강호에 나서지 않을 뿐이지. 하지만 나서지 않는다는 것이 어느 한 곳에 틀어박혀 세상과 담을 쌓고 사는 것을 의미하는 건 아니다. 무공을 쓰지 않는 것일 뿐 그들은 사람들 속에 섞여 살아가고 있다. 그러니까 그렇게 살아가는 자들이 제왕홀을 볼 수도 있다. 내가 옆에 있다면 문제가 없겠지만 혼자 있을 때 그들을 만나면 그대는… 죽는다."
섭소홍은 침을 삼켰다.
"조심하겠습니다, 지존."
검엽은 계곡의 입구로 걸음을 옮겼다.
한 걸음 뒤에서 섭소홍이 따랐다.
망설이며 검엽의 옆모습을 힐끔거리던 그녀가 물었다.
"지존, 궁금한 것이 있는데 여쭈어봐도 되나요?"
검엽은 망설임없이 고개를 끄덕였다.
그는 섭소홍과 곽호에게 어느 정도까지는 자신의 정체를 밝힐 생각이었다.
그들의 마음은 거짓이 없었고, 무엇보다도 그들의 혼은 그의 영향하에 있었다.
 그들은 그에게 거짓을 행할 수도 심지어 마음먹는 것조차 불가능했다.
 그들의 혼에 각인된 검엽의 기세가 미치는 힘은 그렇게 막대했다.
 "지존께서는 어떻게 십방무맥에 대해 아시는지요?"
 검엽은 걸음을 멈추지 않고 대답했다.
 "나 또한 그곳에서 왔다."
 섭소홍의 걸음이 순간적으로 비틀거렸다.
 설마 했던 예상이 들어맞았다. 그런데도 충격은 컸다.
 침묵이 흘렀다.
 섭소홍은 더 이상 무언가를 질문하고 싶다는 마음 자체가 생기지 않았다.
 검엽과 관련된 것은 보고 듣는 것 전부가 불가사의한 것들뿐이었으니까.
 두 사람은 계곡을 빠져나왔다.
 그 즈음 섭소홍이 지나가는 어조로 물었다.
 "지존, 제가 막아섰을 때 왜 저를 살려주신 것인지요?"
 "손을 쓸 가치를 느끼지 못했기 때문이다."
 검엽의 대답은 너무나 자연스러웠다.
 섭소홍은 쓰게 웃을 수밖에 없었다.
 그녀와 곽호가 금제당한 상태였다고는 하지만 아무리 그래도 손을 쓸 가치조차 느끼지 못했다니.

쌍마존의 이름이 이렇게나 가치없게 느껴진 적이 없었다.
검엽의 앞이라면 자존심 같은 건 일 푼의 가치도 부여하지 않게 된 그녀가 아니었다면 마음이 상했을 수도 있는 말이었다.
'아마 지존의 광오함은 고금에 유래가 없을 거야. 그리고 그 광오함이 이렇게 잘 어울리는 분도 없겠지.'
두 사람의 어깨 위로 화사한 아침 햇살이 내려앉았다.
맑은 공기.
푸른 하늘.
밝고 따스한 햇살.
검엽의 앞에 기다리고 있는 날들과는 하늘과 땅만큼이나 차이가 나는, 상쾌한 아침이었다.

第五章

천마
검섭
전

산동성 태안.

중원오악(中原五嶽)의 으뜸이라는 중악(中嶽) 태산(泰山)을 지나 일백여 리를 남하하면 사방이 탁 트인 넓은 평야를 만나게 된다.

그리고 그 평야의 한복판, 걸어서 한 바퀴를 돌려면 반나절 이상 걸린다는 말을 들을 만큼 광대한 부지를 차지하고 세워진 수십 채의 고루거각들을 보게 된다.

무림 중에 권법을 익힌 자들이라면 예외없이 이 고루거각으로 이루어진 건물군의 정문 앞에서 옷깃을 여민다.

이곳이 바로 권법으로 산동성 전역을 제패하였을 뿐만 아니라 당대 천하제일권사로 불리우는 일권무적(一拳無敵) 황보무군(皇甫武君)이 머물고 있는 권(拳)의 종가(宗家), 신권세가(神拳世家)라고도 불리는 황보세가이기 때문이다.

황보세가의 저력은 당대 무림 최고 수준이라고 공인받고 있다.

일백 이십 년이라는, 단 사대(四代)뿐인 일천한 역사를 가지고 그들은 중원칠대세가의 한 자리를 당당히 차지했다.

그들에 대한 세간의 평은 결코 과한 것이 아니었다.

  *   *   *

황보세가의 정문.

두 마리의 백호 석상이 버티고 선 정문은 너비가 이 장이 넘었다.

평소에는 굳게 닫혀 있을 정문은 활짝 열려 있었고, 엄중한 기세로 정문을 지키던 호위무사들의 모습도 보이지 않았다.

호위무사들 대신 정문 앞에는 여러 개의 방명록이 놓인 일장 길이의 탁자가 자리 잡고 있었다.

방명록은 세 개였는데 각 방명록의 앞에는 차례를 기다리는 사람들로 인해 장사진을 이루고 있었다.

미시 초(오후 1시경)로 넘어가는 시간이라 햇살은 아직 따가웠다.

줄을 서서 기다리는 사람들 중에는 먼 길을 온 듯 옷에 먼지가 뽀얗게 앉은 사람들이 여럿 보였다.

그들은 짜증이 많이 난 듯 인상을 잔뜩 찌푸리고 있었다. 그래도 손님을 맞이하는 세가의 소속 무사에게 항의하는 사람은 없었다. 좋은 일로 왔는데 화를 낼 수는 없는 일이었기 때문이다.

해가 서편으로 질 무렵.

손님의 수는 많이 줄어들었다. 하나의 방명록당 줄을 선 사람은 삼십여 명 정도였다.

가운데에서 방명록을 관리하던 원필은 탁자 앞에 선 세 사람을 보며 침을 삼켰다.

세 사람은 이남일녀였다.

평소 여자를 밝히는 편인 원필의 시선이 가장 먼저 간 사람은 물론 여인이었다.

맑은 초록색의 궁장을 입은 삼십 초반의 여인은 원필의 정신을 혼미하게 만들 정도로 절세미인이었다.

잡티 하나 보이지 않는 궁장여인의 투명한 이마부터 허리춤까지 한 번에 훑어가던 원필의 두 눈에 흠칫한 기색이 떠올랐다.

궁장여인의 왼손에 들린 넉 자가 넘는, 고색창연한 장도를 본 것이다.

원필은 한겨울에 얼음물을 한 바가지 뒤집어쓴 것처럼 정신이 들었다.

그는 무공의 수준은 간신히 일류에 턱걸이하는 수준이지만 고수를 보는 안목은 나름대로 일가견이 있었다.

고수가 구름처럼 많다는 황보세가에 몸담은 지 이십여 년이나 된 덕분이었다.

원필은 여인의 크고 둥글어 보석을 연상시킬 정도로 아름다운 두 눈이 조각하여 박아 넣기라도 한 것처럼 미동도 하지 않고 자신을 보고 있다는 것을 깨달았다.

그의 등골에 식은땀이 쭉 돋았다.

'태양혈이… 밋밋하네. 게다가 눈의 초점이 분명하고 깊다. 흔들림도 없고. 도를 들고 있는 것으로 보아 도법으로 절정에 이른 고수다. 이렇게까지 정지된 눈빛과 기도는 본가의 장로분들에게서도 본 적이 거의 없는데…….'

침을 꿀꺽 삼킨 그는 다급하게 시선을 옆으로 비꼈다.

여인은 감히 그가 상대할 수 없는 고수였다.

여인의 옆에 서 있는 사내는 삼십대 중반쯤으로 보이는 흑포장년인이었다.

이목구비의 선이 뚜렷하고 굵은 미남이었지만 눈빛이 서릿발처럼 차가웠다.

보는 것만으로도 가슴이 써늘하게 식는 기분을 느끼게 만드는 분위기를 가진 사내였다.

'허걱, 이 장년인도… 고수네…….'

한 번 더 침을 삼킨 원필은 두 남녀의 뒤에 뒷짐을 지고 서 있는 백의인에게 시선을 옮겼다가 멍한 얼굴이 되었다.

원필뿐만이 아니었다.

장내는 언제부터인가 낙엽이 떨어지는 소리도 들릴 만큼 조용해져 있었다.

분위기가 변한 지는 일다향 전이었다.

궁장여인에게 넋이 나간 원필만 그것을 느끼지 못하고 있었던 것이다.

침묵은 백의인 때문이었다.

스물 두세 살의 나이로 생각되는 백의인은 키가 컸다.

육 척을 훌쩍 넘을 정도.

입고 있는 백의는 촉감이 기이해서 빛이 흘러내릴 듯 맑고 환했다.

백의에 감싸인 몸매는 완벽한 균형이란 이런 것이라고 웅변하는 듯 조화로워서 절로 보는 이의 감탄을 자아냈다.

백건으로 묶은 검고 긴 머리카락은 윤기가 흘렀고, 백의자락 밑으로 보이는 신발은 먼지 하나 묻어 있지 않은 백피화였다.

흰빛 일색.

그러나 복장의 신비로움은 백의인의 용모와 전신에 흐르는 기품에 비하면 진정 보잘것없는 것이었다.

원필은 태어나서 지금까지 백의인과 같은 외모의 사내는 처음 보았다.

잘생겼다거나 멋지다거나 하는 세속적인 표현으로 설명할 수 있는 생김새가 아니었다.

원필은 앞서 궁장여인과 장년인을 보았을 때는 그들의 외모를 훑어볼 여유가 있었다. 하지만 백의인을 보고 나서는 여유를 잃었다.

'허… 엄청난… 외모다. 여자가 황제라면 나라를 기울게 할 만한 사내야.'

같은 사내를 보면서 경국지색이라는 말을 떠올렸을 정도로 원필은 큰 충격을 받았다.

그때 차가운 눈빛의 장년인이 원필에게 말했다.

"자네는 손님을 받지 않을 건가?"

화들짝 놀란 원필은 허둥지둥 방명록과 붓을 장년인의 앞으로 내밀었다.

장년인은 그런 원필이 마음에 들지 않는 듯 눈살을 찌푸리고 보고 있다가 붓을 들었다. 그리고 뒤의 백의청년에게 돌아서서 언제든 붓을 건네줄 수 있는 자세를 취하며 말했다.

"주공, 서명을 하시겠는지요?"

원필은 눈을 끔벅거렸다.

백의청년의 기도가 범상치는 않았지만 장년인의 기도 또한 그에 뒤지지 않았다.

그런데 장년인의 어조와 두 사람의 태도를 보아하니 장년인은 백의청년의 종인 듯했다.

백의청년은 고개를 끄덕이며 손을 내밀었다.

곽호의 손에서 붓을 건네받은 검엽은 방명록에 서명했다.

고검엽.

그가 말했다.

"일이 어떻게 풀리든 손님으로서의 예는 차려야겠지."

그의 뒤를 이어 곽호와 섭소홍이 서명을 했다.

세 사람이 문 안으로 모습을 감춘 후 원필은 방명록을 앞으로 당겨 세 사람의 이름을 보았다.

"고검엽? 들어본 적이 없는 이름인걸……."

그의 시선이 아래쪽으로 내려갔다.

"곽호? 섭소홍?"

그는 고개를 갸웃거렸다.

고검엽이라는 이름도 그랬지만 곽호와 섭소홍의 서명 밑에도 별호나 출신지는 적혀 있지 않았다.

원필의 이마가 잔뜩 일그러지며 굵은 주름 여러 개가 생겨났다.

그가 중얼거렸다.

"…어디선가 들어본 이름인데……. 생각이 나질 않네……."

그는 주먹으로 자신의 머리를 가볍게 쥐어박았다.

"이제 나도 늙었나……."

피식 웃은 그는 다음 사람의 앞으로 방명록의 다음 장을 펼쳐 내밀었다.

그는 세 사람을 곧 기억 저편으로 묻었다.

세 사람의 기도는 대단했지만 원필이 그들을 주목할 이유는 없었다.

그는 그저 방명록을 받는 세가의 최말단 무사에 불과했다.

이틀 전까지는 세가의 중견 간부급이 정문에서 손님을 맞았지만 그 이후로 정문은 말단무사들의 차지가 되었다.

세가에서 초청장을 보낸 무림세나 문파의 요인들이 모두 도착했기 때문이었다.

이틀 전부터 방명록은 세가를 찾아온 사람들의 수가 몇 명인지 파악하기 위한 요식행위로 전락했던 것이다.

그러니 원필이 검엽 일행을 주목하지 않은 것은 탓할 수 없는 일이었다.

당대 무림의 이면에 불온한 기운이 감도는 것은 사실이었다. 하지만 칠대세가의 일각을 차지하고 있는 신권황보세가의 축일에 다른 뜻을 품고 찾아올 사람이 있을 것이라고는 원필은 물론이고 그의 윗선에 있는 인물들조차 상상하지 못했다.

정문 안쪽에는 방문자들을 안내하는 시녀들이 배치되어 있어서 숙소를 찾는 건 어렵지 않았다.

전통 깊은 무림세가들의 내부가 대부분 내원과 외원으로 분리되어 있는 것에 반해 황보세가의 내부는 그런 구분이 되어 있지 않았다.

정문의 반대쪽 깊은 곳에 황보세가의 직계들이 사는 건물군이 있고 그 주변에 방사형의 건물군이 배치되어 있는 구조였다.

이번 황보천경의 생일은 현재 가주인 황보무군이 세가의 실권을 황보천경에게 넘겨줄 거라는 풍문이 있어서인지 세가를 찾은 사람의 수가 대단히 많았다.

그 손님들을 기존의 손님용 숙소에서 다 받을 수 없게 되자 황보세가에서는 세가 내의 연무장에 임시숙소를 여러 개 건설했다.

임시숙소로 안내되는 사람들은 무림 중의 위치가 낮은 사람들이었다. 중요한 인물들을 이런 곳에서 머물게 하는 건 큰 실수이기에.

검엽 일행이 안내된 곳은 그 임시숙소 중의 한 곳이었다.

급조한 티가 역력한 숙소는 두꺼운 천으로 지붕을 삼고, 기둥 몇 개를 천으로 휘감고 있어서 막북의 빠오를 연상시켰다. 그래도 나름대로는 상당히 공을 들여 급조한 숙소였다.

시녀는 귀엽게 생긴 열여섯가량의 소녀였는데 안내를 마치고 돌아서는 순간까지 검엽에게서 시선을 떼질 못했다.

섭소홍이 뒤를 자꾸 돌아보는 시녀를 보며 새어 나오려는 웃음을 억지로 삼켰다.

검엽이 지나가는 어조로 말했다.

"웃으려면 웃어."

그럴 수야 있나.

섭소홍은 정색을 했다.

웃음을 참느라 그녀의 뺨이 만두처럼 부풀어 올랐다.

검엽은 고개를 절레절레 저었다.

계곡을 나서며 역용했던 그가 다시 역용을 푼 것은 황보세가를 십여 리 앞에 두었을 즈음이었다.

역용을 풀며 그는 앞으로 역용을 하지 않으리라 마음먹었다.

펼쳤다 풀었다 하는 것이 귀찮기도 했다. 하지만 그 이유보다는 진면목을 드러내고 움직이는 것이 그가 하고자 하는 일에 더 많은 도움이 될 것이 분명했기 때문이다.

그러나 역용을 풀고 직면하게 된 문제는 그의 예상보다 훨씬 심각했다.

사람들의 시선이 떠나질 않는 것이다.

의도한 것이긴 해도 남녀를 불문하고 끈적끈적하게 달라붙는 시선이 달가울 수는 없었다.

그들에게 배정된 방은 하나뿐이었다. 게다가 침상도 없고, 바닥엔 얇은 천이 깔린 나무판 하나밖에 없었다. 나무판의 크기가 사람 서너 명이 눕기에 충분하다는 걸로 위안을 삼아야 할 상황이었다.

곽호와 섭소홍은 자신들이 지존으로 모신 검엽이 묵을 곳이 형편무인지경이라는 것을 알게 되자 속이 부글거렸다. 그러나 겉으로 내색은 하지 않았다.

정작 기분 나빠해야 할 검엽의 표정에 별다른 변화가 없었던 것이다.

검엽은 바닥에 정좌를 하고 앉았다.

그의 눈짓을 받은 곽호와 섭소홍이 그의 앞에 무릎을 꿇고 앉았다.

"편하게들 앉아."

그는 눈을 지그시 내리감으며 말했다.

그의 음성은 담담했다.

하지만 곽호와 섭소홍은 지체없이 무릎 꿇은 자세를 정좌로 바꾸었다. 촌각의 머뭇거림도 없었고, 어떻게 그럴 수 있겠냐는 식의 사양도 없었다.

그들은 검엽을 새벽에 만났다.

그리고 세가에 도착한 시간은 오후로 접어들 무렵이다.

검엽과 그들이 함께한 시간이라고 해야 네 시진이 될까 말까 했다. 나눈 대화도 별로 없었다. 그러나 검엽의 성정을 파악하는 데는 충분했다.

그들은 검엽의 성정이 복잡하지 않다는 것을 알 수 있었다. 생각은 많은 듯했지만 겉과 속이 다르지 않았다. 맺힌 것도 없었고, 마음의 걸림도 없었으며 경계조차 보이지 않았다.

광활함.

그들이 본 검엽의 내면을 표현하기에 이보다 적합한 말은 없었다. 그래서 그들은 검엽을 더 어려워하게 되었다.

그들은 중원무림의 흑백도를 막론하고 무인들 중 최고라 불리기에 어색하지 않은 경지에 이른 사람들이었다.

그들이 볼 때 검엽의 성정은 단순하게 태어날 때부터 가지고 있던 천성이 아니었다.

천성적인 기질이 전혀 없다고는 할 수 없었다. 하지만 그와 더불어 그가 익힌 무의 성취가 복합되어 형성된 것이 그의 성정이었다.

검엽과 같은 성정은 한때 중원마도를 석권하다시피 했던 쌍마존조차도 아직 갖추지 못한 것이었다.

추측할 수 없는 무공과 천의무봉한 성정, 사람으로 여겨지지 않을 만큼 신비로운 기품.

반나절 만에 쌍마존은 검엽을 신처럼 여기게 되었다. 그가 죽으라고 하면 죽을 정도가 된 것이다.

그들이 자세를 바꾸어 앉으라는 검엽의 지시를 지체없이 따른 이유였다.

검엽은 감고 있던 눈을 떴다.

그는 쌍마존을 보며 소리없이 웃었다.

"궁금한 것이 많을 텐데 어째서 묻지 않는가?"

찰나지간 숙소 안의 외벽을 타고 단음강벽(斷音罡壁)이 펼쳐졌다.

섭소홍은 우아하게 고개를 조아리며 대답했다.

"저희는 주공께서 무엇을 하든 그저 따를 뿐입니다."

검엽의 무심한 눈길이 섭소홍과 곽호를 훑었다.

그가 천천히 입술을 뗐다.

"내일… 황보세가는 봉문하게 될 것이다."

"흡……."

곽호와 섭소홍은 자신들도 모르게 숨을 삼키며 눈을 크게 떴다.

섭소홍은 그저 복종하겠다고 대답했다. 그렇지만 검엽이 황보세가로 가는 이유마저 궁금하지 않았던 건 아니었다.

잔치 음식을 먹기 위해 가는 건 아닌 게 분명했다. 하지만 설마 세가를 봉문시키기 위해서라고는 상상도 하지 않았었다.

"그대들이 진심으로 나를 따를 생각이라는 것을 안다. 그래서 말해주려 한다, 앞으로 내가 어떤 일을 하고자 하는지를."

검엽은 미소를 지우지 않은 얼굴로 쌍마존을 보며 말을 이었다.

"얘기를 들은 후 함께할 생각이 없다면 그대들은 나를 떠나도 좋다."

곽호와 섭소홍은 숨을 죽였다.

무슨 얘기를 하려 하기에 시작을 저리 무겁게 하는지 감이 오지 않았다.

그들은 검엽의 말에 온정신을 집중했다.

"십수 년 전 나는 무(武)를 수단으로 삼아 권력을 얻고, 그 권력으로 천하의 정세에 영향을 미치는 자라면 그가 개인이든 세력이든, 흑도든 백도든 여하를 막론하지 않고 쓰러뜨리겠다고 맹세했다. 황보세가는 그 맹세를 지키기 위한 나의 천하행(天下行)의 목표 가운데 하나다."

곽호와 섭소홍의 눈이 휘둥그렇게 떠지고 입은 쩍 벌어졌다.

검엽의 능력을 보지 못했다면 광인의 흰소리로 치부하는 것이 당연할 만큼 광오한 얘기가 아닌가.

곽호가 떨리는 목소리로 물었다.

"홀로… 말씀이십니까?"

황보세가는 쌍마존이 활동하던 시절에도 칠대세가의 말석

을 차지하고 있었던 거대 문파다.

 쌍마존도 무림의 손꼽히는 초강자들이었지만 단신으로 황보세가를 상대해서는 승산이 전무했다.

 하지만 검엽은 쌍마존이 아니다.

 "그렇다."

 그는 아무렇지도 않게 대답했다.

 곽호와 섭소홍의 입은 금방이라도 턱이 어긋날 것처럼 크게 벌어졌다.

 검엽의 미소가 짙어졌다.

 "중원행은 천하행의 일부이고, 그 종착점은 대륙무맹이 될 것이다. 무련에 이어 군림성이 무맹에 앞서 쓰러지겠지. 그대들이 나와 함께한다면 시산혈해에 발을 담글 각오가 되어 있어야만 한다."

 곽호와 섭소홍은 피가 배어 나올 정도로 입술을 깨물었다. 그들의 눈이 활화산처럼 타올랐다.

 혁세기와 육마성에게 당했던 원한을 갚고 싶다는 비원은 그들의 마음에서 깨끗하게 지워졌다. 빈자리를 채운 것은 너무 오래되어 빛이 바래져만 가던 무인(武人)의 강렬한 열망이었다.

 천하의 강자와 강세를 모두 쓰러뜨리는 것.

 무(武)를 익힌 자들이 꾸는 궁극적인 꿈, 대야망이 아닌가.

 백도인이든 흑도인이든 상관없이 무인이라면 누구나 꾸는 꿈.

그리고 그저 꿈으로 끝나고 마는 꿈.
전설처럼 전해지는 고금팔대고수와 같은 절대초강고수들조차도 실현하지 못했다는 꿈.
검엽은 그 꿈을 말하고 있었다.
성공할 것인지 실패할 것인지는 염두에도 두지 않는 기색.
쌍마존은 검엽의 말과 모습에서 칠마성에 의해 무너진, 그래서 잃어야만 했던 자신들의 꿈을 보았다.
그 길을 갈 수만 있다면 죽음 따위는 초개와 같았다.
곽호와 섭소홍은 이마를 바닥에 댔다.
"옆에만 두어주십시오. 주공의 꿈이 실현되는 것을 볼 수만 있다면 죽어 혼백이 흩어진다 해도 원이 없을 것입니다."
검엽은 싱긋 웃었다.
"과한 말들을 하는군. 내 옆에 있고 싶다면 머물러도 좋다. 하지만 떠나고 싶어지면 언제든지 떠나도록. 내게 떠나겠다고 말할 필요도 없다."
"그럴 일은 없을 것입니다, 주공!"
곽호가 벌게진 얼굴을 들어 검엽을 보며 소리쳤다.
검엽은 말없이 웃고, 곽호와 섭소홍은 흥분으로 뛰는 가슴을 달래느라 바빠졌다.
검엽이 두 사람에게 말했다.
"앞으로 몇 사람이 합류할 가능성이 있으니 일단 그대들의 자리를 정해주어야겠다. 검군은 우비위, 혈후는 좌비위로 하도록 하지. 그대들은 원하는 순간까지 나와 가장 가까운 자리에 있어도 좋다."

"저희들의 목숨이 다하는 날까지 주공의 옆을 지키겠습니다, 주공."

두 사람의 거침없는 대답을 들으며 검엽은 쓴웃음을 지었다.

"그대들은 다 좋은데 어투가 지나치게 경극조야. 사십여 년 전에는 어땠는지 모르지만 요즘 그런 말투를 쓰면 정신이 어긋난 사람 취급받기 딱 좋다."

곽호와 섭소홍은 어색하게 웃으며 서로를 보았다.

그들은 지난날 강호를 종횡할 당시 자신들을 따르던 자들로부터 지금 그들이 사용한 것과 같은 투의 말을 수없이 들었다. 그리고 그런 말을 좋아했었다.

그랬기에 그들은 자신들의 어투가 더할 나위 없이 마음에 들었다. 그런 터라 검엽이 왜 마음에 들어 하지 않는지 이해가 되질 않았던 것이다.

검엽의 눈이 섭소홍에게 향했다.

"그런데 그대들은 한 사문에서 무공을 익혔는가?"

섭소홍과 곽호는 서로를 사형과 사매로 호칭했다. 통상의 경우라면 그렇게 호칭하는 사람들은 같은 스승 밑에서 배운 사람일 터라 검엽의 질문은 의미없을 수도 있었다.

그러나 그가 무의미한 질문을 할 리는 없는 일.

섭소홍은 고개를 저었다.

"그렇지 않습니다, 주공. 저희는 서로 다른 사문을 갖고 있습니다. 단지 스승님들께서 깊은 우의를 나누신 사이고 어렸을 때부터 알고 지내서 그리 부를 뿐입니다."

검엽은 고개를 끄덕였다.

그가 심안으로 본 섭소홍과 곽호는 내력의 운용 방법이 완전히 달랐다.

섭소홍의 수라명왕마공은 음유지기에 기반하고 있는 반면 곽호의 혈류건천마공은 양강의 극을 추구했다.

하나의 사문에서 그처럼 상극 관계에 있는 무공을 전수하는 경우는 찾아보기 어렵다.

그래서 검엽이 두 사람의 관계를 물었던 것이다.

"검군, 혈후."

"예."

"몸을 풀어두도록. 내일은 피를 많이 보게 될 것이다."

"존명."

쌍마존의 대답을 들으며 검엽은 눈을 감았다.

소리가 밖으로 새어나가는 것을 차단하던 단음강벽이 흔적도 없이 사라졌다.

곽호와 섭소홍은 조심스러운 몸짓으로 숙소를 나왔다.

연무장을 가득 채운 임시숙소 사이사이엔 수백 명의 사람이 나와 삼삼오오 모여 이야기를 나누고 있었다. 그들로 인해 연무장은 상당히 소란스러웠다.

곽호의 입술이 달싹였다.

[사매.]

전음이었다.

[왜요, 사형?]

[주공께서 대체 어떤 방법으로 황보세가를 봉문시키시려는지 아는 바가 있냐?]

[주공과 함께 있었던 시간이 얼마나 된다고 제가 알겠어요? 저도 몰라요, 사형.]

두 사람은 인상을 찡그렸다.

검엽은 내일 황보세가를 봉문시키겠다는 말을 했다. 그러나 방법은 말하지 않았다.

곽호가 말했다.

[주공이 봉문을 명하면 알겠습니다 하고 봉문할 자들이 아닌데……]

[그렇겠지요. 오히려 사생결단을 내리고 달려들 테죠.]

[곳곳에서 느껴지는 기운으로 보면 고수들의 수가 적지 않아. 저들 중 주공의 편을 들 자들은 한 명도 없어. 주공은 어떻게 저들을 상대하려 하시는 걸까? 대량살상을 할 수 있는 화탄이나 독을 갖고 계신 걸까?]

[그렇지는 않으실 거예요. 그런 걸 갖고 계시다면 제가 벌써 냄새를 맡았을 거예요.]

섭소홍의 대답에 곽호는 고개를 끄덕였다.

섭소홍의 청각과 후각은 선천적으로 예민했다. 거기에 높은 무공이 더해진 터라 감각의 날카로움은 곽호에 비할 바가 아니었다.

동행하는 시간 동안 검엽은 섭소홍과 일 장도 떨어지지 않은 거리 안에 있었다.
 그가 화약이나 독을 갖고 있었다면 섭소홍의 후각을 피하지 못했을 것이다.
 곽호가 말했다.
 [그런데 왜 내일일까? 주공께서 피곤해하시는 것처럼 보이지는 않았잖냐?]
 섭소홍이 고개를 저으며 한숨을 내쉬었다.
 [사형, 사형은 저와 계속 함께 있었잖아요. 사형이 모르는 건 저도 모른다고요.]
 곽호는 피식 웃었다.
 맞는 말이었다.
 그가 말했다.
 [아무튼 주공께서 오늘 움직이지 않을 생각이시니 우리에게 시간이 있다. 어떤 방법을 사용하시려는 건지는 모르겠지만 일단 이곳에 머무는 자들의 능력과 수는 파악을 해놓아야 할 것 같아.]
 섭소홍도 곽호의 의견에 동의했다.
 [아무래도 그것이 주공께 도움이 되겠지요.]
 결론을 내린 곽호와 섭소홍이 막 움직이려 했을 때였다.
 무서운 기세가 담긴 장중한 음성이 그들의 뇌리를 쇠 북 치듯 강타했다.
 [쓸데없는 짓 하지 말고 쉬도록 해라!]

두 사람은 식은땀을 비 오듯 흘리며 머리를 부여잡고 그 자리에 털썩 주저앉았다.

검엽의 음성이었다.

그들은 파리한 얼굴로 서로를 쳐다보았다.

눈에 깃든 기색은 선명한 공포.

그들의 뇌리를 파고든 음성은 전음이었지만 단순한 전음이 아니었다.

그 음성은 뇌리를 파고들며 그들의 경락을 뒤흔들었고, 전신 경락을 타고 흐르던 마공의 흐름 또한 가닥가닥 끊어놓았다.

음성만으로 쌍마존과 같은 절세고수들을 단숨에 무력화시키는 위세.

게다가 그들이 전음으로 나눈 대화를 듣지 않았다면 할 수 없는 내용의 말, 상상할 수도 없는 능력이었다.

두 사람은 비틀거리며 일어나 숙소 안으로 들어갔다.

그들은 더 이상 검엽의 뜻과 다른 행동을 할 엄두조차 내지 못했다.

第六章

천마
검섭
전

아침이 밝았다.

황보세가는 해가 뜨기 전부터 분주하게 움직이는 사람들로 인해 정신없이 바빠졌다.

강호의 명숙이라 할 만한 축하객의 수가 일백여 명에 달했고, 대문파와 세가의 후기지수들이 삼십여 명, 정식으로 초청장을 받은 일반 하객의 수도 이천 명을 가뿐하게 넘었다.

그들을 수행하는 종자와 제자, 초청장을 받지 못한 손님까지 포함하면 손님들의 총 수는 사천에 육박했다.

중원 각지에서는 물론이고 산동무림에서 미약한 무명이라도 얼은 자라면 거의 대부분이 온 것이다.

근래에 보기 드문 대성회였다.

장강이북에서 손꼽히는 경극단과 기예단들이 여럿 고용된 데다 세가의 숙수로는 손이 모자라 산동성에서 최고라 일컬어지는 숙수들이 자신들의 제자들과 함께 임시로 고용되었다.

그들 전부가 새벽부터 맡은 일을 하거나 이곳저곳 기웃거렸으니 소란스러워질 수밖에 없었다.

하늘은 구름 한 점 없이 맑고 푸르렀다.

사시 말(오전 11시)경.

검엽이 눈을 떴다.

쌍마존은 내심 혀를 내둘렀다.

전음으로 그들을 제어한 후 이 시간까지 검엽은 눈을 감고 정좌를 한 채로 미동도 하지 않았다.

덕분에 쌍마존은 한숨도 자지 못한 채 뜬눈으로 밤을 지새워야 했다.

절대고수에게 하룻밤 새우는 것은 일도 아니지만 연공실도 아닌 이런 곳에서 일부러 날을 새는 사람은 거의 없다.

외부의 충격에 취약한 환경이라 운기조식으로 피로를 풀며 날을 새는 것이 어렵기 때문이었다.

검엽이 본래 잠을 자지 않는다는 것을 아직 알지 못하는 쌍마존은 그의 행동이 기이하기 이를 데 없었다.

그러나 하루 만에 검엽을 살아 있는 신처럼 여기게 된 그들이라 검엽이 무엇을 하든 그들은 어떤 해석도 덧붙이지 않고 있는 그대로 그를 받아들였다.

검엽이 곽호를 보며 말했다.

"축하연이 시작되려는가 보군."
"그렇습니다, 주공. 일각쯤 전부터 숙소에서 사람들이 나와 안쪽으로 몰려가고 있습니다."
"우리도 가도록 하지."
"예."
세 사람은 일어나 숙소를 나왔다.
숙소의 문 역할을 하는 장막을 젖히고 마지막에 나온 검엽은 간신히 웃음을 눌러 참는 섭소홍의 얼굴을 볼 수 있었다.
검엽의 얼굴에도 쓴웃음이 떠올랐다.
어제 그들을 안내했던 귀여운 십대 소녀가 장막 앞에서 그들을 기다리고 있었다.
시녀는 옷매무새를 다듬고 검엽을 향해 인사를 했다.
"제가 행사장까지 모시겠습니다, 공자님."
하지만 시녀는 고개를 들지도 못했다.
볼이 붉었고, 눈에는 실핏줄이 가득했다.
일찍 와서 오랫동안 기다린 것이 역력한 얼굴이었다.
검엽은 고개를 끄덕였다.
시녀의 귀여운 행동을 보며 미소를 짓던 섭소홍의 안색에서 웃음이 사라졌다.
검엽의 목적과 그로 인해 벌어질 잠시 후에 생각이 미친 것이다.
그녀는 내심 탄식했다.
'아이야, 네 상처가 심하겠구나…….'

하지만 그뿐이었다.

땅을 딛고 살아가는 사람들은 모두 제각각의 삶을 산다. 그리고 그 사람들의 삶이 충돌하며 천하를 만든다.

그 충돌이 천하를 만들고 역사를 이룬다.

모두가 충돌없이 조화를 이루며 사는 천하는 일장춘몽과 같을 뿐만 아니라 이상적이지도 않다.

충돌이 없다면 자극도 없다. 그리고 자극이 없으면 발전이 없이 정체된다.

역사가 그것을 보여주는 것이다.

섭소홍은 일백여 년 가까운 세월을 산 사람.

삶과 운명의 무거움을 아는 만큼 그것을 비울 줄도 알았다.

오란이란 이름의 시녀의 안내를 받은 일행은 축하연이 준비된 행사장까지 헤매지 않고 갈 수 있었다.

황보세가의 내부는 명불허전이어서 숙소에서 행사장까지의 거리가 오 리는 족히 되었다.

길에는 사람들이 별로 없었다.

축하연에 참석하기 위해 방문한 손님들은 이미 행사장으로 간 것이다.

축하연이 벌어지는 행사장은 세가의 뒤쪽, 가족들이 거주하는 지역 바로 앞에 위치한 대연무장이었다.

행사는 벌써 시작되어 있었다.

대연무장의 동서남북 가에는 크고 작은 수십여 개의 천막이 설치되어 있었고, 천막이 설치되어 있지 않은 장소에는 일 장

길이의 탁자 수백여 개가 놓여 있었다.
 천막 아래와 탁자 주변에는 수천 명의 사람이 왁자지껄하게 웃고 떠들며 음식을 먹고 있었고, 연무장의 중앙 지역에서는 경극단과 기예단들이 온갖 기예로 흥을 돋웠다.
 검엽의 입끝이 비틀렸다.
 행사장의 자리 배치는 묘했다.
 상석 쪽과 중간부, 그들 외의 사람들이 머무는 세 장소는 한눈에 알아볼 수 있을 정도로 엄격하게 구분되어 있었다.
 나누어진 장소에 있는 사람들은 다른 구역으로는 이동할 생각을 하지 않는 듯했다.
 간간이 움직이는 사람들은 상석에서 중간 구역으로 중간 구역에서 그 외의 지역으로 가는 사람들뿐이었다. 반대로의 움직임은 전혀 보이지 않았다.
 정해진 신분들이 있고, 그것을 어기면 안 되는 무언의 약조라도 되어 있는 듯한 광경이었다.
 그러나 그것을 이상하게 여긴 사람은 검엽밖에 없었다.
 수십 년 동안 그들은 그렇게 살아왔고 이제는 그것을 당연하게 여기기게 된 것이다.
 연무장의 상석 쪽에 설치된 사방 십여 장 크기의 거대한 천막 아래는 기도가 출중한 일백여 명의 남녀노소가 모여 웃으며 환담을 나누는 것이 보였다.
 그들 중 탁월한 기도를 보여주는 사람들은 창로한 백발백염의 거구노인과 오십대의 활력이 넘치는 초로인, 그리고 영준

한 청년이었다.
 여인들 몇 명도 함께 있었는데 세 명의 노소와 허물없이 대화를 나누는 것으로 보아 가족인 듯했다.
 아마도 저들이 황보세가의 주인 가족들이리라.
 연무장의 입구까지 검엽 일행을 안내한 오란은 공손히 인사를 한 후 떨어지지 않으려는 발걸음을 옮겨 돌아갔다.
 검엽은 걸음을 멈추고 뒷짐을 졌다.
 그의 무심하게 가라앉은 흑백이 뚜렷한 두 눈이 소란스런 장내를 천천히 훑었다.
 곽호와 섭소홍의 어깨가 굳었다.
 검엽의 분위기가 조금씩 변하고 있다는 것을 알 수 있기 때문이었다.
 검엽의 오른발이 앞으로 한 발 나가며 단단하게 다져진 연무장의 흙을 디뎠다.
 저벅.
 떠들고 웃으며 음식을 먹고 기예와 경극을 구경하던 사람들은 흠칫하며 움직임을 멈췄다.
 그 변화는 한꺼번에 일어났다.
 그들의 얼굴에 어리둥절한 기색이 떠올랐다.
 그들은 자신들이 왜 행동을 멈추었는지 그 이유를 깨닫지 못했던 것이다.
 그때였다.
 저벅.

발자국 소리.
쿵!
장내에 있던 사람들은 거의 동시에 자신들의 심장이 내려앉는 소리를 들었다.
저벅.
이어지는 발자국 소리.
일제히 사람들의 안색이 변했다.
장내에 있는 사람들 중 무공을 익히지 않은 사람은 하인들과 경극단, 기예단에 속한 자들밖에 없었다.
그들은 깨달은 것이다.
자신들의 움직임을 한꺼번에 멈추게 만든 것이 발자국 소리에 담긴 무서운 기세라는 것을.
그들의 안색이 변할 수밖에 없었다.
단순한 발자국 소리로 대연무장 전체를 침묵시킬 수 있는 절대고수가 등장한 것이다.
그리고 그는 호의를 갖고 이곳에 온 자가 아니었다. 호의를 갖고 왔다면 이런 식으로 분위기를 깨뜨릴 리가 없었다.
저벅저벅.
일정한 간격으로 울려 퍼지는 육중한 발자국 소리와 거대한 침묵이 대연무장 나아가 황보세가 전체를 지배했다.
상석의 천막에 있던 사람들은 모두 자리에서 일어나 있었다.
그들의 시선이 입구를 향했다.
그들은 이곳에 있는 사람들 중 가장 강한 사람들.

발자국 소리의 진원지를 파악한 것이다.

검엽이 일곱 번째 걸음을 내디뎠을 때였다.

상석의 화려한 천막 아래 있던 사람들 중 한 명이 몸을 일으켰다.

전신에서 막강한 패기가 자연스럽게 흘러나오는 백발백염의 거구노인이었다.

그가 검엽의 눈을 똑바로 보며 물었다.

"성함이 어찌 되는 분이신가?"

높지 않은 음성이었다. 하지만 천성적으로 목청이 큰데다 내공까지 실려 있어 그의 말을 듣지 못한 사람은 없었다.

검엽의 입가에 흐릿한 미소가 떠올랐다.

"고검엽이오."

노인의 눈살이 미미하게 일그러졌다.

들어보지 못한 이름이었다.

발자국 소리만으로 사천이 넘는 무인을 침묵시킨 능력자의 이름이 낯설다는 건 범상한 일이 아니었다.

"선의를 갖고 온 것 같지는 않아 보이는구만. 본가를 무엇 때문에 찾아왔는가?"

저벅.

노인이 질문을 던지는 동안에도 자로 잰 듯 일정하게 울려 퍼지는 발자국 소리는 계속되었다.

"내가 이름을 밝혔으면 다른 질문을 하기에 앞서 자신이 누구인지 밝히는 것이 예의가 아니겠소?"

그의 말을 들은 사람들의 얼굴이 분노로 일그러졌다.
쾅!
거구노인의 옆에 있던 오십대 초로인이 어린아이 머리통만 한 주먹으로 책상을 내려치며 벌떡 일어섰다.
"감히 이분이 뉘신 줄 알고 그따위 망발을 하느냐!"
초로인의 기세는 강맹하기 이를 데 없어서 그가 소리치자 벼락이 떨어지는 듯했다.
그때였다.
"황보 꼬마야, 못 본 사이에 네가 황보가를 이어받았나 본데 네가 나설 자리가 아니다. 입 닥치고 있어라!"
초로인을 사납게 노려보며 으르렁거리듯 말한 사람은 검엽의 우측 반보 뒤를 따르던 곽호였다.
초로인은 대로한 얼굴로 곽호에게 시선을 돌렸다.
그는 검엽의 기세가 심장을 답답하게 만들 만큼 압도적이어서 옆의 사람들에게까지 주의를 하지 않았었다.
곽호를 본 그의 눈에 의혹이 감도나 싶더니 잠시 후 안색이 대변했다.
"설마… 파산검군… 곽호?"
곽호가 피식 웃었다.
"오십 년 못 보았더니 간이 부었구나. 네놈 따위가 감히 본군의 이름을 함부로 부르고. 똥개도 자기 집 안마당에서는 한 수 먹고 들어간다 이거냐?"
연무장이 저잣거리처럼 시끄럽게 변한 것은 한순간이었다.

"곽호? 쌍마존의 그 곽호?"

"파산검군?"

"그럼 저 여인은 지옥혈후 섭소홍?"

"죽었다고 알려진 쌍마존이라고?"

경악에 찬 음성들은 하나같이 혼란에 빠져 있었다.

쌍마존이 사라진 지 사십삼 년.

생존한 그들을 눈앞에서 보고 있다는 실감이 나지 않는 것이다. 그러나 그들의 웅성거림은 일어나자마자 사그라졌다.

저벅.

절로 등골이 저리고 온몸에 소름이 돋게 만드는 검엽의 발자국 소리가 이어지고 있었기 때문이다.

초로인, 당대의 황보세가주 일권무적 황보무군은 안색을 무겁게 굳히고 곽호에게 말했다.

"곽 선배, 오랜만이외다. 전보다 더 젊어지신 걸 보니 좋은 일이 있으셨던 모양이구려. 아무튼 무슨 일로 오셨는지 모르지만 오늘은 본가에 기쁜 일이 있는 날이오. 제자의 버릇없음을 탓하지 않을 테니 이만하고 멈추시는 것이 서로를 위해 좋은 일이 아니겠소?"

"제자?"

어이없다는 어조로 반문하는 곽호의 입꼬리가 말려 올라갔다. 그가 말했다.

"너나 입 닥치고 조용히 있어라. 그리고 멈추고 말고는 지존께서 결정하신다. 너와 내가 왈가왈부할 일이 아니야."

황보무군의 안색이 돌덩이처럼 딱딱해졌다.

"지존?"

그의 시선이 검엽을 향했다.

불신과 경악에 찬 좌중의 시선도 일제히 검엽에게 쏠렸다.

파산검군 곽호가 섭소홍을 지존이라고 할 리는 없었다. 그렇다면 그런 극존칭을 받을 가능성이 있는 사람은 한 사람뿐인 것이다.

그리고 그 사람은 이제 고작 이십대 초반 정도로밖에 보이지 않는 청년.

누가 믿을 수 있을 것인가.

한겨울 삭풍과도 같은 정적이 연무장을 휩쓸고 지나갔다.

무겁기만 하던 정적은 어리둥절한 기색이 가득 담긴 젊은 사내의 목소리에 의해 깨어졌다.

"진짜 고 형이십니까?"

멈추지 않을 것 같던 검엽의 걸음이 정지되었다.

그는 질문을 던진 젊은이, 서문락을 돌아보았다.

서문락은 볼일을 보고 오는 중이어서 지금까지 무슨 일이 벌어졌는지 알지 못했다. 그는 검엽의 얼굴을 보며 연신 고개를 갸웃거렸다.

태산에서 만난 검엽과 지금의 검엽은 생김새가 달라도 너무 달랐다. 하지만 풍기는 분위기와 입고 있는 옷은 같았다.

그는 백의인이 태산의 검엽이라는 것을 확신하지 못했다. 그래서 말을 놓기로 했던 약속을 까맣게 잊고 존대와 평대가 뒤섞인 어투를 사용한 것이다.

검엽은 한결 부드러워진 눈빛으로 서문락을 보며 말했다.

"그래, 나다. 이곳에서 만나게 될 거라고 말했었던 걸로 기억하는데."

서문락은 어안이 벙벙한 기색으로 검엽과 다른 사람을 훑어보았다.

그는 둔한 사람이 아니었다.

돌아가는 상황을 알지는 못했지만 분위기가 묘하다는 걸 금방 깨달은 것이다.

서문락이 대답을 하기도 전에 엉뚱한 음성이 끼어들었다.

"황보가주님, 저자는 고검엽이라는 자로 요동에서 온 동이의 오랑캐입니다."

음성의 주인은 백성휴였다.

서문락을 보고 일순간이나마 부드러워졌던 검엽의 눈이 무색투명해졌다.

백성휴와 서문락 등의 자리는 황보무군과 이 장가량 떨어진 곳이었다. 그곳에는 황보천경으로 짐작되는 오늘의 주인공과 이하연, 그리고 제갈유빈과 팽문위를 비롯한 젊은이들 십여 명이 모여 있었다.

검엽의 눈과 백성휴의 눈이 마주쳤다.

검엽의 입술이 작게 달싹였다.

"나는 무례를 반복해서 용서할 만큼 마음이 넓은 사람이 아니다, 백성휴."

그의 목소리가 들린 순간 백성휴는 새파랗게 질린 얼굴로 물러나려 했다.

보이는 것은 아무것도 없었다.

그러나 무언가 상상할 수 없을 정도로 거대한 기운이 그를 향해 한 가닥 유성처럼 날아들고 있었다.

느낌은 선명했다.

그러나 그는 단 한 치도 움직이지 못했다.

그는 심마지해에서 완성된 암천유성혼을 피할 능력을 갖고 있지 못했다.

서걱!

푸확!

뼈와 살이 잘려 나가는 소름 끼치는 절삭음과 함께 붉은 피가 분수처럼 솟구쳤다.

툭!

목이 잘려 바닥을 구르는 백성휴의 눈은 자신에게 어떤 일이 벌어졌는지 이해할 수 없다는 듯 의혹에 잠겨 있었다.

황보무군과 황보무군의 부친이자 세가의 전대 가주인 거구의 노인 신권개세(神拳蓋世) 황보룡(皇甫龍)의 안색은 무서울 정도로 굳어졌다.

그들의 입에서 침음성이 거의 동시에 흘러나왔다.

"으음……"

검엽과 백성휴의 거리는 삼십여 장에 달했다.

그럼에도 그들은 백성휴를 죽인 수법이 어떤 것인지 보지 못했다.

그 의미는 작지 않았다.

그들은 천하에서 손꼽히는 초절정고수들인 것이다.

경악한 그들이 미처 무어라 말하기도 전에 놀란 비명과 고함 소리가 어지럽게 났다.

"휴아야!"

연무장 곳곳에서 이십여 명이 바람처럼 몸을 날려 천막으로 달려왔다.

그들 중 십여 명은 섬서 백가장에서 온 인물들이었고, 다른 사람들은 제갈세가와 팽가 등 백성휴와 함께 있는 젊은이들의 사문 어른들이었다.

다급하게 백성휴의 시신 앞으로 달려온 백가장의 무사들은 넋을 잃어버렸다.

창졸간에 벌어진 일이라 손을 쓸 틈 따위는 없었다.

그들 중 우두머리로 보이는 중년인이 이를 악물며 검엽을 향해 돌아섰다.

눈매가 매섭고 움직임이 한 자루의 잘 벼린 칼날을 연상케 하는 사내였다.

그가 이를 갈며 말했다.

"으드득, 감히 백가장의 후예에게 손을 쓰다니. 네놈은 누구냐?"

그의 질문을 받은 사람은 섭소홍이었다.

"호호호, 아가야. 어른들 말씀하시는데 끼어드는 건 버릇없는 짓이다. 열화천존 백운천이 잘못 가르쳐도 한참을 잘못 가르쳤구나."

중년인 섬룡검 백종악의 눈에 불똥이 튀었다.

평소의 그는 진중한 사람이었지만 사랑하는 조카의 허무한 죽음을 보고 눈이 뒤집혔다.

그가 이글거리는 눈으로 섭소홍을 주시하며 소리쳤다.

"한물간 퇴기보다 못한 여마두는 나서도 되고 나는 나서면 안 된다는 말이냐!"

섭소홍의 얼굴에 미소가 떠올랐다. 그러나 그녀의 눈은 웃고 있지 않았다.

부조화.

백종악은 섭소홍의 명성이 절정에 달했던 시절 막 걸음마를 배우던 아기였다. 그래서 그녀의 이름은 들어보았어도 그녀의 성품이나 능력이 어떤지는 제대로 알지 못했다.

섭소홍은 검엽을 향해 허리를 숙이며 말했다.

"제가 저 버르장머리없는 아해에게 교훈을 내려도 될는지요, 지존."

사람들의 예상과 달리 검엽은 간단하게 고개를 저었다.

"아직은 그대가 나설 때가 아니다."

두 마디는 필요없었다.

섭소홍은 조금 아쉬워하는 기색으로 백종악을 일별했다. 그리고 말없이 검엽의 뒤로 한 걸음 물러섰다.

그것이 사람들을 더 두렵게 했다.

천하의 쌍마존을 말 한마디로 침묵시킬 수 있는 사람이 있다는 것을 어떻게 믿을 수 있을 것인가.

섭소홍이 물러나자 백종악을 비롯한 백가장의 인물들은 일제히 검엽을 보았다.

그들의 눈에는 불신과 의혹, 그리고 분노가 복잡하게 뒤얽힌 빛이 떠올라 있었다.

백종악이 말했다.

"네놈의 정체를 알고 싶다."

검엽은 살짝 눈살을 찌푸렸다.

확실히 중원은 북해나 막북과 달랐다.

말 많은 인간이 너무 많은 것이다.

그의 소매가 슬쩍 흔들렸다.

퍼석!

푸화악!

허리 위의 상체가 흔적도 없이 사라진 백종악의 하체가 피를 뿌리며 뒤로 넘어갔다.

털썩.

…….

검엽은 백종악의 시신에 눈길도 주지 않은 채 황보무군에게 말했다.

"그대도 내 정체가 궁금하오?"

황보무군은 더 이상 검엽의 평대를 신경 쓰지 않았다.

경이적인 무공을 논하기 전에 쌍마존을 휘하에 거느린 사람이다.

하대하지 않는 것만도 다행이었다.

"물론이오."

"이름은 이미 말했고… 들어본 적이 있으려나 모르겠군. 장성 이북에서는 나를 천외무적천마라고 부르고 있소."

대부분의 사람은 이맛살을 찌푸렸다.

그들에게 천외무적천마라는 별호는 낯선 것이었다.

그러나 장중에 있는 사람들 중 거대 문파나 세가의 요인 급 인물들은 경악으로 눈을 부릅떴다.

황보룡과 황보무군도 예외는 아니었다.

황보무군이 놀람을 감추지 못한 어조로 되물었다.

"귀하가… 정말 북해빙궁과 청랑파를 단신으로 무너뜨렸다는 그 천마… 본인이란 말이오?"

그의 어투는 자신도 모르는 사이에 은은히 떨리고 있었다.

검엽은 간단하게 고개를 끄덕였다.

"내가 그대에게 거짓을 말할 이유는 없소."

검엽 근처에 있던 자들이 대경실색한 기색으로 자리를 떨치고 분분히 일어났다.

천외무적천마라는 별호는 듣지 못했어도 빙궁과 청랑파의 붕괴 소문을 듣지 못한 자는 없었다.

두 초거대 세력의 붕괴로 인해 최근의 북방무림은 대혼돈에 빠져 있다고 하지 않던가.

황보무군이 다시 물었다.

"귀하가 쌍마존 선배와 함께 본가를 방문한 목적이 무엇인지 이제 말해줄 때가 되지 않았소?"

"나는 황보세가의 봉문을 원하오."

검엽의 대답은 짧았다.

일시간 말뜻을 이해하지 못한 황보무군이 반문했다.

"봉문이라니? 무슨 말이오?"

"말 그대로요. 봉문하시오, 내가 개문을 허락할 때까지."

"이놈! 듣자 듣자 하니 못하는 말이 없구나. 네놈이 무엇이기에 감히 본가를 찾아와 제멋대로 봉문을 하라 마라 하느냐. 게다가 허락이라니. 이 하룻강아지 범 무서운 줄 모르는 놈 같으니라구!"

분노가 극에 달한 일갈과 함께 네 명의 무사가 천막을 박차고 뛰쳐나왔다. 그리고 무서운 기세로 검엽을 덮쳐 갔다.

그들의 운신은 바람과도 같아서 대여섯 걸음을 옮기자 검엽과 그들 사이에 있던 삼십 장의 거리는 일 장으로 줄어들었다.

연무장에 있는 사람들이 말릴 사이도 없이 창졸간에 벌어진 일이었다.

사실 사람들의 속내를 들여다보면 말릴 생각을 가진 사람도 없었다.

천외무적천마라 불리는 절대자가 빙궁과 청랑파를 단신으로 무너뜨렸다는 소문.

그것을 들은 사람은 여럿이었다. 하지만 소문의 현장을 본 사람은 한 명도 없는 게 이 자리의 현실이었다.

소문은 소문일 뿐이다.

그들은 소문이 과장되었다고 생각했다. 그래서 전부를 믿지는 않았다.

그들은 검엽이 백성휴와 백종악을 죽이는 것을 보고도 그렇게 생각했다.

그가 사용한 것이 무공이라는 생각이 들지 않았기 때문이었다.

삼십 장을 격해 사람의 육신을 부수고 자르는 것을 어떻게 무공이라고 할 수 있겠는가.

사람은 자신이 이해할 수 있는 범위 밖의 현상을 보면 그것을 사실대로 받아들이기보다는 자신이 이해할 수 있도록 변형시켜서 받아들인다.

사람들은 검엽의 무공이 눈속임에 가까운 사술의 일종이라고 여겼다. 그리고 검엽을 공격하는 사람들이 사술의 정체를 밝혀주기를 바랐다.

천막을 뛰쳐나온 무사 네 사람은 황보세가의 중견급 고수들로, 용림당주 운상권(雲霜拳) 이호를 비롯한 용호풍운 사당의 당주들이었다.

황보세가는 가주 휘하에 사당과 칠각이 있다.

칠각은 세가의 운영을 맡고 용호풍운 사당은 무력을 맡는 구조.

무력을 담당하는 자들이 약할 리 없다.

용호풍운 사당의 당주들은 세가 내에서 열 손가락 안에 드는 절정고수들이었다.

황보세가의 특성상 그들의 주력 무공은 권각법.

검엽과 그들의 거리는 일 장.

주먹만 뻗으면 찰나지간 권세가 도달할 짧은 거리였다.

한 발 먼저 검엽의 근거리에 도착한 염호와 호림당주 조명의 신형이 좌우로 갈라지며 주먹을 내질렀다.

목표는 검엽의 인중과 가슴.

노한 상태임에도 몸의 균형이 전혀 흐트러지지 않았고, 주먹과 어깨에서 허리로 이어지는 힘의 배분은 더할 수 없이 효과적이었다.

무거운 힘이 실린 주먹의 위력은 상당해서 보는 이들의 탄성을 자아냈다.

두 사람이 갈라진 사이로 풍림당주 홍생과 운림당주 문량의 신형이 번개처럼 튀어나왔다.

홍생은 허공으로 떠올라 신형을 돌개바람처럼 회전하며 발뒤꿈치로 검엽의 정수리를 찍어왔고, 문량은 전신을 지면과 수평이 되게 눕힌 후 손으로 바닥을 짚고 검엽의 무릎 뒤 오금을 걷어차 왔다.

주먹과 발이 도달하기도 전에 네 사람의 권각이 만들어낸 권풍과 권기의 거센 기운이 방원 이 장을 휩쓸었다.

사람들이 볼 때 검엽은 바람 앞의 촛불처럼 위태로웠다.

염호 등 네 사람은 세가 내에서는 물론이고 산동성에서도 적수가 드물다고 알려진 권법의 고수들인 것이다.

그러나 검엽의 안색은 조금도 변하지 않았다. 심지어 뒷짐을 지고 있는 손조차 풀지 않았다, 마치 자신을 공격하는 네 사람이 보이지 않는 사람처럼.

그는 자신이 나설 필요가 없다는 것을 알고 있었다.

그를 대신해 나설 사람이 이 자리에는 둘이나 있었으니까.

"지존께 무례한 자는 죽는다!"

냉혹한 일갈과 함께 시퍼런 검강과 도강이 폭발하듯 염호 등을 쓸어갔다.

검엽의 옆에서 화살처럼 튀어나온 곽호와 섭소홍이었다.

곽호의 손에 들린 혈류마검과 섭소홍의 명왕마도에서는 일곱 자가 넘는 강기가 솟아나 있었다. 무기의 길이가 일 장이 넘게 보일 정도였다.

염호를 비롯한 네 사람의 안색이 흙빛으로 변했다.

지난날 쌍마존의 명성은 대단했다. 하지만 그들이 강기를 일곱 자나 뽑아낼 수 있다는 얘기를 들어본 적은 없었다.

그들의 얼굴이 경악과 절망의 빛으로 젖어들었다.

그들은 절정의 고수였다. 그러나 강기를 사용할 수 있는 수준은 되지 못했다.

강기는 단순히 내공이 강하다고 해서 쓸 수 있는 것이 아니다.

무공에 대한 이해와 보다 낮은 단계, 검풍(劍風)과 검기(劍氣), 그리고 검사(劍絲)를 차례로 얻은 후 철저한 수련이 더해지고 그 위에 수많은 경험 속에서 얻은 깨달음이 복합되지 않으면 꿈도 꿀 수 없는 것이 강기다.

곽호의 혈류마검강과 섭소홍의 명왕마도강이 염호 등의 사

지를 갈기갈기 찢어놓으려는 찰나,
 "아미타불, 멈추시오."
 "무량수불, 손에 사정을 두시구려."
 장중한 불호와 도호가 장내를 울렸다.
 동시에 십여 명의 인영이 쌍마존과 염호 등의 사이로 뛰어들었다.
 챙챙챙!
 쿠쿵!
 "으윽!"
 "컥!"
 "잡스런 놈들이 본군의 흥을 깨는구나!"
 "오호호호호호!"
 무기가 부딪치는 요란한 소음과 비명 소리, 그리고 곽호의 노한 외침과 섭소홍의 날카로운 웃음소리가 혼란스럽게 엇갈렸다.
 호림당주 조명은 목이 잘린 시체가 되었고, 염호는 곽호의 혈류마검에 오른팔이 잘려 나간 채 정신없이 뒤로 물러나고 있었다.
 사당주 중 사지를 붙이고 있는 사람은 풍림당주 홍생과 운림당주 문량뿐이었다. 그러나 그들도 전신을 가로지른 십여 개의 자상에서 흘러나온 피로 전신을 목욕하고 있었다.
 그나마 그들의 위험을 보고 뛰어든 사람들이 있었기에 그 정도 상처로 그친 것이었다. 그렇지 않았다면 모두 죽었을 것이다.
 싸움은 갑자기 끼어든 사람들로 인해 난전으로 치닫고 있었다. 그들은 검엽 일행의 양편에 있는 사람들 중 가장 가까이에 있던 자들이었다.

쌍마존의 움직임은 너무 갑작스러웠고, 손에 전혀 사정을 두지 않았다.

손을 쓰자마자 최강의 무공인 강기를 사용한다는 건 황보세가와 아예 타협할 의도가 없다는 뜻으로밖에 해석할 수 없는 일.

강호상에서 이루어지는 대부분의 갈등은 이렇게 초반부터 극단적인 파국으로 치닫지는 않는다.

그래서 황보무군 등은 어느 정도 돌아가는 상황을 지켜보려 했는데 쌍마존은 그들의 예상을 비웃듯이 사당주를 일수에 죽이려 들었다.

일이 그처럼 급전직하로 흐를 거라고는 생각지 못한 황보무군 등이 사당주를 돕기 위해 나올 시간적 여유는 태부족했고, 거리 또한 멀었다.

그것을 깨달은 군웅들 중의 일부가 손을 쓴 것이다.

곽호와 섭소홍의 손에 들린 마검과 마도에서는 찬연한 섬광을 뿌리는 강기들이 솟아나 가공할 기세로 전장을 휘저었다.

파죽지세.

사당주를 구한 무인의 수는 십여 명이 넘었지만 그들 중 누구도 곽호와 섭소홍을 제대로 막지 못했다.

벌써 두 명이 시체가 되었고, 서너 명은 운신을 못할 정도의 중상을 입었다.

나선 사람들은 상대가 쌍마존임을 알고서도 나섰다. 그만큼 자신의 무공에 자신을 갖고 있는 사람들이었다.

그럼에도 전세는 일방적으로 흘러갔다.

수적 우세가 아니었다면 전부 죽어나가도 이상하지 않을 상황이었다.

그나마 그들이 마검과 마도에 몰살을 당하지 않고 버틸 수 있었던 건 가장 먼저 끼어든 일승일도(一僧一道)의 놀라운 무공 덕분이었다.

일곱 자 길이의 선장을 젓가락처럼 휘두르는 삼십대의 장년 승과 송문검을 든 장년 도인의 기도는 군계일학이었다.

그러나 그들의 무공은 높게 봐준다 해도 사당주와 평수거나 반수가량밖에 우위에 있지 못했다.

그들만으로는 전세의 흐름을 바꿀 수 없는 것이다.

열 명이 넘는 수적 우위에도 불구하고 쌍마존에 의해 금방이라도 피를 뿌리며 쓰러질 듯한 광경을 본 사람들의 얼굴빛이 무거워졌다.

그들은 분분히 자리에서 일어섰다.

보고만 있을 수 있는 상황이 아닌 것이다.

십여 명의 사람이 쌍마존을 공격하는 사람들 속에 섞여 들어갔다.

그때까지도 검엽은 뒷짐을 지고 황보룡과 황보무군이 있는 천막에 시선을 두고 있을 뿐 말이 없었다.

第七章

천마
검섭전

황보무군이 한 걸음 앞으로 나서며 말했다.
"나는 피가 흐르는 것을 원치 않소. 이쯤에서 걸음을 멈추고 돌아선다면 그대의 광망한 행사에 대해서는 더 이상 추궁하지 않으리다."
무표정하던 검엽의 얼굴에 흰 선이 그어졌다.
그는 소리없이 웃고 있었다.
그의 입술이 천천히 벌어졌다.
"몇 마디의 말만 나누고 돌아가려 했다면 내가 왜 이곳까지 왔겠소. 나는 그대들에게 세가의 문을 닫으라고 하기 위해 왔소. 그대의 태도를 보아하니 거절인 듯한데 확실하게 대답을 해주지 않겠소?"

황보무군의 눈썹이 역 팔자로 곤두섰다.

그로서는 많은 양보를 했다.

아들의 생일축하연에 찾아와 피를 뿌린 자에게 더 이상의 추궁을 하지 않겠다고 했으니 그로서는 많은 양보를 한 것이다. 그런데 상대는 그것을 무시했다.

"그대가 계속 고집을 부린다면 쌍마존이 그대를 호위한다 해도 살아서 본가를 벗어날 수 없을 터. 그것을 모른다면 그대는 지옥에서 스스로의 어리석음을 통탄하게 될 것이다!"

검엽은 천천히 뒷짐을 풀었다.

"나는 봉문을 원하고, 그대는 그것을 받아들일 의사가 없다. 나는 뜻을 바꿀 생각이 없고, 그대 또한 물러날 의사가 없다. 더 이상의 대화가 필요하다는 생각은 들지 않는군."

황보무군의 어투가 평대로 바뀌자 검엽의 어투도 평대가 되었다.

검엽은 움켜쥔 오른손을 느릿하게 들어 올렸다.

"우리는 무인. 자신의 의지를 무로써 관철하는 존재들이 아닌가."

분위기가 삼엄해졌다.

"검군, 혈후. 물러나라."

조용한 명령.

곽호와 섭소홍의 눈에서 불같은 신광이 토해졌다. 동시에 혈류마검과 명왕마도에서 일순간 눈을 뜨지 못하게 할 만큼 강렬한 빛이 터져 나왔다.

"크아악!"

"으윽!"

처절한 비명이 연이어 터졌다.

빛이 스러진 뒤 드러난 광경은 무참했다.

여섯 명이 사지가 떨어져 나간 시체로 화해 있었다.

곽호와 섭소홍은 처음에 서 있던 그 자리, 검엽의 좌우로 돌아가 시립해 있었다.

검엽이 황보무군을 보며 말했다.

"의지를 보여라. 나를 막지 못한다면 황보세가는 무너질 것이다."

"감히!"

황보무군은 노호성과 함께 천막 밖으로 걸어나왔다.

그와 함께 대연무장에 있던 사람들 전체가 일어나 원을 그리며 검엽과 쌍마존을 에워쌌다.

쌍마존은 흥겨운 미소를 지었다.

이렇게 판이 큰 싸움은 칠마성이 강호에 등장한 이후 처음이었다.

그들은 피가 끓어오르는 것을 느끼며 애병의 손잡이를 힘차게 거머쥐었다.

보는 것만으로도 소름이 돋는 시퍼런 강기의 기둥이 혈류마검과 명왕마도의 끝에서 다시 모습을 드러냈다.

그리고,

멈췄던 검엽의 걸음이 재개되었다.

저벅.

그의 앞을 가장 먼저 막아선 사람들은 쌍마존을 제지했던 일승과 일도였다.

일승은 소림 십팔나한의 일곱째 벽운이었고, 일도는 무당칠검의 넷째 일진자였다.

그들은 둘 다 사십대 중반이었으며, 자파에서 무공을 인정받는 절정의 고수들이었다.

검엽의 허리를 후려쳐 가는 벽운의 선장은 소림칠십이종절예 가운데 하나인 이십칠로항마장법의 투로를 따랐다. 그리고 검엽의 미간을 찔러가는 일진자의 검은 무당사상류검이었다.

검엽의 허리와 미간 두 자 앞에 푸른빛이 유성처럼 떠오르며 방패의 형상을 이루었다.

구환마벽.

쩡, 쩡.

구환마벽과 부딪친 선장과 송문검이 중동까지 가루로 변해 부서졌다.

"헛!"

상상도 못한 일이라 벽운과 일진자의 입에서는 경악성이 흘러나왔다.

그것이 그들의 마지막이었다.

검엽의 우수가 장난처럼 허공을 움켜잡았다.

퍼석!

사람들은 벽운과 일진자의 몸이 화탄에 맞은 것처럼 폭발하며 사방으로 피와 살점을 흩뿌리는 것을 보아야 했다.

모두 치를 떨었다.

손을 쓰면 시신조차 온전하게 남지 못할 만큼 사람의 몸이 으스러진다.

일초 일초가 무림사에 보기 드물 정도로 잔혹한 손속이었다.

누군가의 입에서 비명 같은 고함이 터져 나와 연무장을 뒤흔들었다.

"사람 목숨이 파리 목숨이더냐!"

"저 대마두를 죽입시다!"

"저 마두를 죽이지 못하면 천하의 정의가 땅에 떨어지고 무림이 혼란에 빠질 것입니다."

사람들의 분기에 가득 찬 음성이 이어지며 검엽과 쌍마존을 향해 검도를 비롯한 각양각색의 무기와 권장이 우박처럼 쏟아졌다.

황보무군도 가만히 있지 않았다.

그가 소리쳤다.

"사당의 무사들은 협사들을 도와 저 대마두를 죽여라!"

연무장 주변을 호위하던 사당의 무사들이 전장으로 속속 뛰어들었고, 변괴를 듣고 달려온 다른 곳에 있던 무사들도 계속해서 도착했다.

검엽은 세가를 찾아왔다.

그들이 주(主)였다.

먼저 검엽 일행을 공격한 사람들은 객(客)인 것이다.

객이 일을 마무리 짓게 해서야 어떻게 주인의 면목이 서겠는가.

황보무군은 검엽과 쌍마존이 아무리 강하다 해도 손님 사천여 명과 세가의 무인 일천이 연합한 힘이라면 세 사람을 어렵지 않게 제압할 수 있으리라 믿었다.

상식적인 판단이었고 바람이었다.

삼 대 오천이다.

애당초 말이 되지 않아야 정상인 싸움이었다.

그러나 싸움의 전개는 그의 바람을 무시하며 정반대되는 상황으로 흘러갔다.

검엽의 일 장 이내는 아무도 접근할 수 없었다.

유성처럼 나타났다 사라짐을 반복하는 푸른빛의 육각형 방패가 접근을 허락하지 않았던 것이다.

절대무쌍의 구환마벽.

그를 향해 공격하는 자들은 구환마벽과 부딪친 그들의 병기 혹은 손발이 가루로 변하는 끔찍한 경험을 해야 했다.

그 뒤를 이어 번개처럼 날아드는 검푸른 초승달 형태의 수강(手罡)도.

"으아악!"

"크헉!"

비명이 어지럽게 난무하고 사람들의 신형이 메뚜기처럼 이리저리 뛰어올랐다.

수강, 천강월인수를 피하기 위해 사력을 다하는 몸짓이었다.

그러나 천강월인수는 마음으로 움직이는[意形隨形] 심즉살(心卽殺)의 초절기.

누구도 공간을 건너뛰어 날아드는 달의 칼날[月 刃]을 피하지 못했다.

사람들의 얼굴에 두려움의 기색이 뚜렷해졌다.

어떤 경공을 펼쳐도 월인을 떨쳐 내지 못한다는 것을 깨달은 것이다.

추풍낙엽(秋風落葉).

비명과 함께 목이나 허리가 잘려 쓰러지는 자의 수가 눈덩이처럼 불어났다.

눈 한 번 깜박이는 동안 서너 명이 죽어 넘어갔다.

시산혈해(屍山血海).

검엽의 좌우, 그리고 후면 곳곳에 거대한 피웅덩이가 생기고 높은 시체의 언덕이 만들어졌다. 그러나 한 방향, 그가 전진하는 정면만은 깨끗했다.

핏물도 시신도 누가 밀어내는 것처럼 좌우로 밀려나며 길을 내주고 있었다.

바닥엔 핏물이 스며든 흔적도 없었다.

반 각여 만에 죽어간 자의 수가 삼백 명을 넘었다.

휘파람이라도 불 것처럼 흥에 겨운 기색으로 검엽의 뒤를 호위하던 쌍마존의 얼굴도 돌덩이처럼 딱딱하게 굳어 있었다.

일백 년래 마도무림이 배출한 초강자 중 열 손가락 안에 든다는 평을 듣는 그들조차 간이 떨릴 정도의 상황이 펼쳐지고 있는 것이다.

사람들 사이엔 두려움과 분노가 뒤섞인 복잡한 기류가 흘러넘쳤다.

황보무군은 이를 물었다.

죽어간 사람들의 절반은 그가 심혈을 다해 키운 세가의 무사들이었다.

황보무군은 황보룡을 돌아보았다.

"뒤를 부탁드립니다, 아버님."

황보룡은 굳은 신색으로 고개를 끄덕였다.

천외무적천마라는 자는 그의 평생 처음 보는 강자였다. 그러나 그는 아들이 그와 싸워 질 거라 생각하지 않았다.

더구나 연무장에는 아들과 함께 천마를 상대할 무인들이 수천 명이나 있었다.

그런 믿음이 있었기에 그는 나서지 않았다.

황보무군은 시체처럼 창백한 안색으로 친우들과 함께 서 있는 황보천경을 일별했다.

그가 나직한 전음으로 누군가를 불렀다.

[현제.]

[예, 가주님.]

모습은 보이지 않고 전음만이 황보무군의 귓전을 파고들었다.

황보무군이 말을 이었다.

[아버님을 모시게. 그리고 천경이와 가족들의 안위를 부탁하네. 만에 하나 내가 저자를 막는 데 실패한다면 세가를 재건할 사람은 천경이밖에 없네.]

그의 음성은 잠겨 있었다.

[최선을 다하겠습니다.]

대답이 떨어지기도 전에 황보무군은 검엽을 향해 신형을 날렸다.

황보가는 하북팽가의 후손들만큼이나 거구로 유명하다.

장대한 체구의 그가 달려오는 것을 본 사람들은 걸음을 옮겨 길을 내줬다.

검엽을 공격하던 자들도 손을 멈추고 뒤로 물러났다.

황보무군은 검엽의 이 장 앞에서 신형을 세웠다.

널브러진 시신들과 피웅덩이를 본 황보무군의 보기 좋게 기른 수염이 부르르 떨렸다.

"사람이 어찌 이리 잔인할 수 있단 말인가! 삼패가 쟁패하던 시절 그렇게 날뛰었던 군림성의 무리들조차 너처럼 잔악하지는 않았다! 이들은 백도의 협사들, 하늘을 우러러 부끄럽지 않은 삶을 살기를 염원하며 의와 협을 따라 살아온 사람들이다. 네가 사람이라면 어찌 이럴 수가 있단 말이냐!"

검엽은 화를 내지 않았다.

그는 무심한 눈빛으로 황보무군의 살기 가득한 눈을 마주 보았을 뿐이었다.

그가 말했다.

"이들은 악인이라서 내 손에 죽는 것이 아니다. 이들은 무인의 자격으로 내 앞을 막아섰기에 죽는 것이다. 내가 이들에게 손을 쓰지 않는다면 나는 내 의지를 꺾고 돌아가야 한다."

검엽의 흑백이 뚜렷한 눈동자가 무색투명해졌다.

"나는 그렇게 하지 않을 것이다. 나는 나아가고자 하고, 그대들은 나를 막고자 한다. 그렇다면 답이 나와 있는 일이 아닌가. 모르겠는가? 더 이상의 대화는 공허할 뿐이라는 것을. 내 앞을 막는 자는 그가 설령 천하제일의 협객이라 할지라도 내 손에 죽는다."

"그전에 내가 네놈을 죽일 것이다!"

굉렬한 외침과 함께 황보무군은 검엽에게 몸을 던지며 두 주먹을 내질렀다.

그의 주먹과 같은 크기의 권강이 주먹 앞에 형성되었다. 그리고 거대한 송곳처럼 날카로운 기세로 검엽에게 날아들었다.

산동성의 이름없던 작은 무가를 오늘날의 황보세가로 만들어준 천왕권의 후반 양대 절초 중의 제일초 천왕탈명추(天王奪命錐)였다.

권강이 날아드는 길목에 푸른빛의 방패가 환상처럼 떠올랐다.

쾅!

구환마벽과 권강은 충돌과 동시에 소멸되었다.

황보무군의 이름은 헛되지 않았다. 그는 구환마벽의 암흑생

사망이 만들어내는 흡인력을 세가의 천왕신공으로 뿌리쳤다.
 그와 함께 황보무군은 일 장 오 척을 전진했다.
 검엽과 그의 거리는 일 장 오 척.
 그의 두 손이 반원을 그리며 태풍처럼 검엽의 전신을 휩쓸어갔다.
 산악이라도 뽑아버릴 것 같은 막대한 힘이 실린 권강이 방원 삼 장 이내를 뒤덮었다.
 천왕권 최고의 절초인 천왕탁탑(天王擢塔)이었다.
 구환마벽은 나타나지 않았다.
 대신 검엽은 오른손을 장난처럼 불쑥 앞으로 내밀었다.
 그의 두 손을 중심으로 회오리치던 묵청색 강기의 색이 변했다. 붉은빛을 띤 반투명한 점 하나가 그의 장심에 어른거렸다.
 처음 반점의 색은 옅은 노을빛이었다. 그러나 찰나지간 그 빛은 핏빛으로 물들었다.
 혈광을 흘리는 반점은 가공할 기세로 장심을 뛰쳐나와 천왕탁탑의 권강을 마중해 갔다.
 일수유.
 반점의 형상은 천왕탁탑과 충돌할 즈음 혈옥(血玉)으로 조각한 듯 아름다운 손[手]의 모습으로 변했다.
 지존천강수 제육초 천강혈옥수(天罡血玉手)의 초현이었다.
 콰콰쾅!
 마른하늘에 날벼락이 치는 듯한 굉음과 함께 두 사람을 중심으로 한 반경 칠팔 장 이내에 있던 기물들이 산산조각으로 부서졌다.

그 범위 안에 있던 사람들도 피를 토하며 나뒹굴었고, 웅덩이를 이룬 핏물과 곳곳에 쌓여 있던 시신들은 사방으로 날아갔다.

어마어마한 충격의 여파.

범위 밖에서 일 장의 격돌을 지켜보던 사람들은 넋을 잃었다.

그들은 황보무군의 몸이 철벽에 충돌하기라도 한 것처럼 뒤로 튕겨 나가는 것을 보았던 것이다.

황보무군의 가슴은 박살이 나 있었고, 상의는 가루로 변해 보이지도 않았다.

철퇴에 맞은 듯 으스러진 그의 가슴 한복판에 어린아이 손처럼 작고 붉은 빛을 띤 장인 하나가 남아 있었다.

장중에 있는 자들 중 두 사람의 충돌에 끼어들 능력이 있던 자들이 받은 충격은 엄청났다.

손을 쓸 틈도 없었다.

당대의 초절정고수라고 자타가 공인하는 황보무군이 설마 단 일 초를 받아내지 못하고 쓰러질 거라 예상한 사람이 누가 있으랴.

아들의 죽음이었다.

장내로 뛰어들어 황보무군의 시신을 들고 천막으로 돌아가는 황보룡의 입술이 터졌다. 붉은 피가 그의 턱을 적셨다.

황보무군의 죽음을 본 사람들의 눈에 핏발이 곤두섰다.
 누군가가 소리쳤다.
 "황보 대협의 복수를 하자!"
 "저 대마두를 천참만륙하지 않는다면 우리가 어떻게 하늘을 보고 살 수 있을 것이며, 백도의 무인을 자처할 수 있겠습니까!"
 외침들은 절절했고, 진정이 가득했다.
 그들에게 검엽은 일세의 대마두였다.
 그들은 무림의 정기를 지키는 백도인들이었고, 의와 협을 추종하는 사람들이었다.
 그런 자신들에게 잔혹한 살수를 뿌려대는 자가 대마두가 아니라면 누가 대마두일 것인가.
 검엽은 쏟아지는 분노와 살기를 무표정한 얼굴로 받아넘겼다.
 그는 남들이 자신을 어떻게 보든 관심이 없었다.
 그리고 그는 자신의 행동을 좋게 해석하고자 하는 마음도, 말로 상대를 설득시키고 싶다는 마음도 없었다.
 그는 목표가 있었고, 그것을 이루고자 할 뿐이었다.
 그리고 그는 목표를 향해 걸어가는 도중에 발생하는 모든 결과는 당연히 받아들일 생각이었다.
 악마라 불리든 대마두라 불리든, 혹은 쌍마존이 칭하는 것처럼 지존이라 불리든.
 그를 향해 날아든 무인들의 수는 헤아릴 수 없을 만큼 많왔다.

 검도편창을 비롯한 십팔반병기는 물론이고, 강호상에 이름을 날린 온갖 암기가 폭우처럼 쏟아져 내렸다.

 일시지간 검엽의 머리 위 하늘이 사라졌다.

 곽호와 섭소홍은 애병을 고쳐 쥐며 검엽의 좌우를 지켰다.

 그들은 긴장한 기색이 역력했다. 하지만 두려워하는 빛은 없었다.

 생사에 대한 미련 대신 그들의 전신을 채운 것은 놀랍게도 즐거워하는 기색이었다.

 마도를 걷는 자들의 소원 중의 하나는 전장에서 싸우다 죽는 것이다.

 쌍마존은 타의에 의해 중원무림에서 축출되었던 사람들.

 그들은 전장의 칼바람 속에 자신을 던지는 날을 매일 매 시각 염원하며 살았다.

 그런 그들에게 이 전장에서 죽는 것이 두려울 까닭이 없었다.

 오히려 소원이 이루어지는 일이었다.

 그러나 불행하게도 그들이 나설 기회는 없었다.

 검엽의 두 눈에 푸르스름한 귀화가 이글거리기 시작했다.

 신마기의 인력에 이끌려 와 응축된 절대역천마기가 그의 내부에서 연쇄적으로 폭발했다.

 폭발의 횟수는 마흔 다섯 번.

 육각형의 푸른 방패 아홉 개가 그의 전신을 방호하며 유성처럼 명멸하고, 홍광을 뿌리던 그의 두 손은 다시 두터운 묵청광의 강기로 뒤덮였다.
따다다다다당!
검엽을 공격했던 무기와 암기들은 요란한 금속성과 함께 가루로 변해 땅으로 흘러내렸다.
'귀조!'
검엽의 마음에 오직 그만이 불러낼 수 있는 새의 형상이 떠올랐다.
다음 순간, 사람들의 안색이 허옇게 떴다.
아홉 개의 푸른 유성으로 가려진 안쪽에 칠흑처럼 검은 안개를 뿌리는 거대한 날개 두 장이 나타났던 것이다.
나타난 귀조의 모습은 장성 이북과 조금 달랐다.
그때는 날개 두 장만이 검엽의 등 쪽에서 솟아나듯 나타났었다.
그런데 지금은 날개뿐만 아니라 검엽의 머리 위로 흐릿한 새의 부리 형태와 함께 두 개의 눈이 보였다.
그 형상을 본 사람들은 전율했다.
어른 머리통만 한 두 개의 눈은 전체가 용암처럼 시뻘겋게 타오르며 가공할 귀기를 뿌리고 있었다.
귀화처럼 타오르는 푸르스름한 검엽의 눈과 그 머리 위의 붉은 눈.
길이가 이 장이 넘는 활짝 편 두 장의 날개.
몽상가의 꿈에서도 쉽게 볼 수 없을 비현실적인 광경이었다.

황보룡의 턱이 보일 정도로 부들부들 떨렸다.

그가 중얼거렸다.

"…천외에서 날아든… 악마라 하더니……. 정말 악마란 말인…가……."

변화는 찰나에 이루어졌다.

쿠웅!

검엽은 두 팔을 벌려 귀조의 날개에 손등을 붙이며, 오른발을 창처럼 내리찍었다.

그의 오른발이 발목까지 땅속에 묻혔다.

그리고 그의 전신이 팽이처럼 회전했다.

귀조가 따라서 돌았다.

그 날개 안에 쌍마존의 신형이 가장 먼저 말려 들어갔다.

놀란 쌍마존이 저항하려 했지만 그럴 여지는 없었다. 그들은 검엽의 기세하에 들었다. 저항은 불가능했다.

쌍마존은 저항을 포기했다.

그들은 검엽이 이런 행동을 하는 것에 이유가 있을 거라 믿었다.

그리고 그 믿음이 그들의 목숨을 구했다.

만약 끝까지 날개 밖으로 나가려 했다면 그들은 죽었을 것이다.

귀조의 날개 끝이 미치는 이 장 안쪽이 용권풍에 휘말리기라도 한 것처럼 막대한 돌개바람에 휘말렸다.

회오리치며 모든 것을 휘말아 올리는 바람.

그 속에서 스며 나오는 것은 푸르스름한 귀화 한 쌍과 타는 듯 시뻘건 한 쌍의 혈광.

검엽이 만들어낸 바람에는 만 근 거석이라도 가볍게 끌어당길 만큼 무시무시한 인력이 포함되어 있었다.

검엽을 공격했던 무사 삼십여 명이 쌍마존에 이어 용권풍에 휩쓸렸다.

그들은 천근추와 같은 수법으로 땅에서 떨어지지 않으려 사력을 다했다. 하지만 부질없는 짓이었다.

검엽이 일으킨 와선풍(渦旋風)은 저항을 용납하지 않았다.

와선에 휘말린 삼십여 명의 무사가 낙엽처럼 날아올라 검엽이 회전하는 방향을 따라 돌고 있는 바람 속으로 말려들었다.

"으… 으… 아악!"

"뭐… 뭐냐!"

"살려줘!"

놀란 경호성과 비명 소리가 합창하듯 터져 나왔다.

그리고 그 경악의 합창은 단숨에 범위를 확장했다.

용권풍의 범위가 이 장에서 이십 장으로 연이어 팔십 장으로 늘어났던 것이다.

이윽고 연무장 전체가 상상을 넘어선 거대한 바람의 소용돌이(渦旋) 속으로 빨려 들어갔다.

"으아아아아아!"

연무장에 있던 자들 중 미처 물러나지 못한 오백여 명이 균형을 잡지 못한 채 한꺼번에 와선의 인력권 내로 무너지듯 휘말려 하늘 끝까지 올라가는 광경은 현실감이 전혀 없었다.

다른 사람들은 바람에 휩쓸리지 않기 위해 뒤로 물러났다. 그러나 바람의 확장 속도가 너무 빠르고 그 위력이 상상을 초월할 정도여서 피하는 것도 쉽지 않았다.

공포에 질린 비명 소리와 함께 피하지 못한 수십 명이 또 와선의 영향권 내로 빨려 들어갔다.

와선풍은 색이 없었다.

흙먼지만이 같이 딸려 올라갔을 뿐.

그래서 휩쓸리지 않은 사람들은 안에서 벌어지는 광경을 생생하게 볼 수 있었다.

와선풍 안은 아비규환이었다.

속수무책으로 바람의 방향대로 이리저리 날려 다니는 사람들은 서로 부딪쳤다.

팔다리가 부러지는 것은 가벼운 상처였고, 머리가 터지고 압력을 견디지 못하고 칠공에서 피가 흘러나오는 사람도 부지기수였다.

지존천강수의 제칠초 천강와선수(天罡渦旋手)였다.

지난날 그가 산장에서 창안했던 암천풍운행의 요결 중 와선폭류결의 극의를 뽑아 가문의 수공(手功)을 더한 후 귀조와 결합하여 창안한 초절기.

절대역천마기와 지존신마기를 쓸 수 없는 상황에서도 그의 와선폭류결은 초인겸을 비롯한 군림성의 고수들을 경악시켰었다.

 당시의 검엽과 지금의 그는 비교 자체가 불가능할 만큼 달라진 상태.

 천강와선수는 와선폭류결에 기반하고 있었지만 그 위력은 차원이 달랐다.

 하늘 아래 오직 그만이 익힐 수 있고, 그만이 펼칠 수 있는 절대의 무공이 현세한 것이다.

 본래의 와선폭류결은 바람의 회전이 만들어낸 인력으로 적을 끌어들이고 바람을 쳐내서 적을 쓰러뜨릴 수도 있는 묘용을 갖고 있었다.

 검엽은 그 두 가지 요결 중 바람의 인력만을 취했다. 그리고 적을 쓰러뜨리는 요결은 다른 것을 택했다.

 바람을 쳐내는 것만으로는 파괴력을 극대화시킬 수 없다는 판단 때문이었다.

 그가 취한 다른 요결은 중(重)이었다.

 푸르스름한 귀화를 뿌리던 검엽의 두 눈에서 쇠라도 녹일 듯한 청광이 흘러나온 순간이었다.

 활짝 벌려진 채 귀조의 날개에 손등을 대고 있던 그의 손이 주먹으로 변했다.

 그리고 귀조의 끝이 안쪽으로 접히며 검엽의 전신을 고치처럼 휘감았다.

 일백여 장이 넘게 영역을 확장했던 와선이 무시무시한 기세로 범위를 좁힌 것은 검엽과 귀조의 변화와 동시였다.

바람의 양과 속도는 변하지 않았다.
그 상태에서 범위만 좁혀든 것이다.
그 안에 휘말린 사람들의 운명이 어떻게 될지는 뻔했다.
와선에 휘말리지 않은 사람들의 얼굴은 사색이 되었다.
황보룡이 초점을 잃은 눈으로 연무장을 바라보며 소리쳤다.
"안… 돼! 이 악마야, 멈춰라!"
그 외에도 소리친 사람들은 많았다.
그러나 그들이 할 수 있는 것은 소리치는 것뿐이었다.
바람의 인력에 끌려가지 않으려 정신없이 뒤로 물러나는 것만도 힘겨울 판국이 아니던가.
그들의 능력으로는 바람을 멈춰 세울 수도, 바람을 뚫고 검엽에게 다가갈 수도 없었다.
피의 비[血雨]가 내렸다.
좁혀진 바람은 쇠보다도 무거운 기세를 담고 그 안에 휘말려 들어간 사람들의 몸을 짓눌러 버렸다.
철벽과 철벽 사이에 갇힌 자들의 신세가 그와 같을까.
그나마 다행인 것은 바람의 회전력이 너무 강해 그 안에 휘말려 들어간 사람들 중 구 할 이상이 정신을 잃었다는 점이다.
제정신을 유지하고 있는 사람의 수는 극소수에 불과했다.
그들만이 자신들의 죽음을 직시했다.
우드드드드.
"으아아악!"
"크와악!"

"저승에서도 널 저주하겠다, 이 악마!"
"끄아아아!"
끝없이 이어질 듯하던 비명 소리도 반 각이 지날 즈음 그쳤다.
와선은 처음 시작되었던 이 장 범위로 줄어들어 있었다.
하지만 혈우는 그치지 않았다.
대연무장 전체가 혈우와 혈무로 붉게 물들었다.
하늘도 땅도 그 사이의 공간도 붉었다.
오직 검엽만이 희었다.
귀조는 사라졌다.
하지만 푸르스름하게 빛나는 검엽의 귀화는 여전히 귀기 어린 빛을 발하고 있었다.
천지가 공포로 숨을 죽였고, 죽음과도 같은 침묵이 흘렀다.
사람들의 눈은 텅 비었다.
저벅.
와선풍은 사라졌지만 검엽의 전진은 멈추지 않았다.
물러난 자들은 더 물러나려 했지만 검엽은 적의 후퇴를 허락하지 않았다.
검푸른 청광이 대연무장을 뒤덮었다.
처절한 비명과 뼈와 살이 으스러지는 무자비한 파육음이 쉴 새 없이 연무장을 뒤흔들었다.
반 각.
단 반 각이었다.

황보세가를 지배하는 것은 이제 황보가가 아니었다.

그렇다고 검엽이 지배하는 것도 아니었다.

황보가를 지배하는 것은… 공포였다.

오천여 명에 달하던 무인들 중 살아남은 사람의 수는 이천여 명도 채 되지 않았다.

삼천에 가까운 무인들이 시신조차 남기지 못하고 죽어간 것이다.

저벅…….

저벅.

검엽이 움직였다.

끝없는 절망이 대연무장을 지배했다.

무엇으로도 막을 수 없고, 어떤 방법으로도 피할 수 없는 끔찍한 재앙이 한 치의 머뭇거림도 없이 그들을 덮쳐 오고 있었다.

장성 이북에서 그랬던 것처럼 이 자리에 있는 사람들에게도 이제 검엽은 사람의 형상을 한 무엇이었다. 그리고 그 무엇은 마(魔)에 가까웠다.

사람들은 왜 장성 이북의 사람들이 검엽을 천외무적천마라는 별호로 부르는지 절실하게 이해할 수 있었다.

저벅저벅.

검엽의 전진은 계속되었다.

앞으로 나서는 사람은 아무도 없었다.

뒤로 물러나는 사람도 없었다.

항거불능의 공포가 그들의 전신을 경직시키고 있었다.
검엽 외에 움직이는 사람은 그의 뒤를 따르는 쌍마존뿐이었다.
검엽은 황보룡의 삼 장 앞에서 걸음을 멈추었다.
황보룡은 그때까지도 황보무군을 안고 있었다, 피눈물을 흘리면서.
"봉문하겠는가? 멸문당하겠는가?"
검엽의 질문은 우회하는 법이 없다.
황보룡의 얼굴이 참혹하게 일그러졌다.
천둥벌거숭이의 협박이 아니었다.
이미 검엽의 능력을 본 그다.
따르지 않는다면 황보세가는 멸문당할 것이다.
그가 떨리는 입술을 간신히 열어 물었다.
"대체… 당신은 왜 본가의 봉문을 원하는 것이오?"
"새로운 무림을 위해서."
검엽의 대답은 간단했다.
"당신이 꿈꾸는 무림의 모습이 어떤 것이든 시산혈해 위에 세운 모든 것은 사상누각일 뿐이라는 걸 모른단 말이오?"
검엽은 이를 드러내며 소리없이 웃었다.
"나는 새로운 무림을 위해서 이 일을 할 뿐이다. 새로운 무림을 내 손으로 만들기 위해서가 아니라. 나는 파괴자이지, 건설을 하는 사람이 아니야. 내가 피로 씻어낸 땅 위에서 새로운 무림을 만들어낼 자들이 기지개를 켜겠지."

"하늘 아래 새로운 건 없소. 새로워 보이는 무림도 안정되는 순간 낡기 시작하오."

검엽은 눈살을 찌푸렸다.

그는 논쟁을 하고 싶은 마음이 없었다. 그러나 그는 황보룡의 말을 받아주었다.

황보룡은 이 자리에서 죽을 자였다.

모든 것을 말해줄 필요도 그럴 이유도 없었지만 어느 정도 원하는 대답을 해줄 용의가 있었다.

황보세가에 연민을 느껴서가 아니었다. 살아남은 자들이 그의 말을 듣고 외부에 전해야 했기 때문일 뿐.

"그럼 그 낡은 무림을 부수고 새롭게 하려는 또 다른 자가 나오겠지. 나는 완성된 자가 아니며 완성을 꿈꾸는 자도 아니다. 나는 존재하는 모든 것을 파괴하는 자, 혼돈일 뿐이다."

황보룡은 아들의 시신을 끌어안았다.

"그대는 혼돈이 아니라 혼란이오. 질서가 무너지면 혼란이 오고 그 혼란 속에서 괴로운 자들은 질서의 상층부를 구성하고 있는 자들이 아니라 그 중하부를 구성하고 있는 자들이오. 보시오, 그대가 벌인 짓을! 앞으로 그대의 손 아래 얼마나 많은 피가 흐를지, 또 그 안에서 얼마나 많은 사람들이 절망하며 울부짖을지 보이지 않으시오? 그대에게는 약자에 대한 애달픔, 가련한 자들에 대한 자비심이 정녕 없단 말이오?"

검엽은 뒷짐을 지며 먼 하늘에 시선을 주었다.

"나는 신이 아니다. 나는 혼돈이며 만상의 파괴자. 그것이

나의 운명이며 또한 나의 의지이다. 알겠나? 자비와 연민은 내 몫이 아니야. 자비와 연민은 그대들이 가져라. 나는 내 운명의 사슬을 부수며 앞으로 나아갈 뿐이다."

"당신에겐 선악의 구별도 없으시오? 절대적인 힘에 대한 책임감도? 당신의 눈에 벌레처럼 보이는 사람일지라도 그들 모두 살아 있는 사람들이오. 처자식이 있고 부모가 있고 스승이 있고 제자가 있는, 그런 사람이란 말이오! 어떻게 사람을 이리 무자비하게 학살할 수가 있단 말이오!"

검엽은 천천히 앞으로 손을 뻗었다.

그의 장심에 검푸른 빛이 일렁였다.

"그대는 내 말을 전혀 이해하지 못하고 있군. 나는 혼돈, 내 안에서 살아 있는 것과 죽은 것의 가치는 다르지 않다. 선과 악, 그리고 신과 마 또한 그러하다. 사람이 갖는 도덕적 기준을 내게 강요하지 마라. 그대의 입만 아플 뿐이다."

황보룡은 무릎을 꿇으며 그 자리에 주저앉았다.

그는 그제야 검엽의 무심함을 어렴풋이나마 이해할 수 있었다.

검엽은 사람의 형상을 하고 있지만 사람이라고 불리기 어려운 무엇이었다.

그의 정신은 사람이 만들어놓은 테두리 안에서 움직이고 있지 않았다.

황보룡은 전신을 떨었다.

형용할 수 없는 거대한 공포가 그의 마음을 찍어눌렀다.

그는 알게 된 것이다.
검엽이 마음만 먹는다면 눈 하나 깜박하지 않고, 사람의 세상을 멸할 수도 있는 존재라는 것을.
그에게 인간에 대한 연민이나 자비, 가혹한 학살에 대한 죄책감을 기대하는 건 아침에 해가 떠오르지 않기를 바라는 것만큼이나 불가능한 일이라는 것도.
"봉문… 하겠소."
황보룡은 입술을 깨물며 말했다.
처절한 분노와 암울한 절망이 사람들의 어깨 위에 무겁게 내려앉았다.
검엽의 무색투명한 눈이 황보룡을 보았다.
그가 말했다.
"저항의 대가는 피다."
황보룡은 무서운 눈으로 검엽을 보았다.
검엽과 눈이 마주친 황보룡은 자신의 죽음을 알았다.
"나 하나로 멈춰주시오."
검엽은 고개를 끄덕였다.
그는 저항을 포기한 자들을 죽이는 취미를 갖고 있지 않았다.
황보룡이 말을 이었다.
"언젠가 그대 또한 그대보다 더 강한 자의 손에 비참하게 죽어갈 것이오. 사필귀정(事必歸正), 하늘은 악이 창궐하는 것을 두고 보지 않소."

검엽은 진심을 담아 소리없이 웃었다.
"하늘은 선악이 없다. 인간에게만 선악이 있을 뿐. 그리고 그대는 선이고 나는 악이라는 것을 누가 판단할 것인가. 내가 악이 아닌 것처럼 그대 또한 선이 아니다."
검엽의 장심에서 일렁이던 검푸른 빛의 덩어리가 허공을 가로질렀다.
퍼억!
머리가 산산조각으로 부서진 황보룡의 시신이 황보무군의 옆에 나뒹굴었다.
황보세가를 신권서가라고까지 존숭받게 했던 정도무림 거목 두 사람이 나란히 시신으로 누웠다.
곽호와 섭소홍은 파리하게 질린 얼굴이 되었다.
그들은 숨도 쉬지 못하고 있었다.
과거 검군과 혈후라 불릴 만큼 잔혹한 손속을 자랑하던 그들이었지만 검엽의 손속과 비교하면 그들의 잔혹함은 어린아이처럼 순진한 수준이었던 것이다.
"황보천경."
뒷짐을 진 검엽은 황보세가의 적자의 이름을 불렀다.
황보천경은 초점을 잃은 눈으로 검엽을 보았다.
"내 이름을 기억하고 있나?"
"…고… 검… 엽……."
황보천경은 갑자기 바보가 되기라도 한 것처럼 떠듬떠듬 대답했다. 말을 하는 그의 전신이 사시나무처럼 떨리고 있었다.

하지만 아무도 황보천경을 비웃지 못했다.
떨지 않는 자는 아무도 없었기에.
검엽은 무심한 얼굴로 고개를 끄덕였다.
"잊지 않았군, 복수를 원한다면 언제든지 나를 찾아오도록."
그는 황보천경에게서 시선을 떼고 연무장으로 시선을 향했다.
이천여 명에 달하는 무인들이 그를 향해 공포와 원독의 시선을 보내고 있었다.
그가 말했다.
"원하는 자들은 언제든 내게 오라. 나를 찾기는 쉬울 것이다."
낮고 담담한 음성.
그 말을 끝으로 검엽은 천천히 걸음을 옮겼다.
방향은 황보세가의 정문이었다.
그 뒤를 입을 굳게 다문 쌍마존이 따랐다.
살아남은 자들의 참혹한 눈빛이 그들의 등 뒤에 꽂혔다.

第八章

산동으로부터 전해진 소식에 중원무림은 지진이 일어난 것처럼 대경동했다.

칠대세가의 하나이자 정무총련의 한 축을 담당하며 산동에서는 황제가 부럽지 않은 위세를 갖고 있던 황보세가의 봉문(封門).

소가주 황보천경의 생일축하연에 참석하기 위해 갔다가 변고 중에 죽은 자의 수가 삼천여 명이나 된다고 했다.

세가주 일권무적 황보무군도 일수에 죽임을 당했고, 전대가주 신권개세 황보룡은 반항조차 하지 못하고 목을 늘인 채 죽음을 받아들였다고 했다.

구주삼패세가 천하를 삼분한 이래 처음으로 발생한 대규모

혈사(血事)였다.

사십삼 년 만에 파산검군 곽호와 지옥혈후 섭소홍이 혈사의 주역들 가운데 포함되어 있다는 말에도 사람들은 고개를 갸웃했다.

쌍마존은 분명 초강고수들이었다.

하지만 그 두 사람이 황보세가와 산동정파무림의 정예가 모여 있고, 중원각지에서 찾아온 대문파와 세가의 기라성 같은 고수들이 힘을 합친 오천을 상대로 싸워 삼천 명을 죽이고 황보세가를 봉문시킨다는 건 말이 되지 않았다.

갑작스러운 황보세가의 봉문에 경악하며 고개를 갸웃하던 사람들은 봉문의 이유와 과정을 알게 된 후에는 넋을 잃었다.

들어도 믿을 수 없는 얘기의 연속이었기 때문이다.

그러나 황보세가는 문을 닫아걸었기에 세가를 방문했다가 살아 돌아온 사람들에 의해 진실은 전해졌다.

전대의 마도를 석권했던 절대고수 쌍마존이 지존이라고 부른 자.

북해의 빙궁과 막북의 청랑파를 단신으로 무너뜨렸다는 믿기지 않는 소문의 주인.

그가 쌍마존을 거느리고 황보세가를 방문했던 것이다.

천외무적천마 고검엽.

황보세가에서 일어난 일이 쉽게 믿기지 않았기에 사람들은 그의 등장을 더욱 충격적으로 받아들였다.

그는 인세에 다시없는 미모의 소유자라고 했다.

하지만 그것은 겉모습일 뿐 그의 내면은 지옥의 마신보다 더 냉혹하고 무자비하다고 알려졌다.
 그는 사람의 목숨을 파리 목숨보다 더 가볍게 여길 뿐만 아니라 피비를 맞으면서 웃는 대마두라는 말도 더해졌다.
 중원무림의 이목이 산동으로 향했다.
 사십여 년이 넘도록 이어진 구주삼패세의 천하에 균열이 일어나고 있었다.
 천외무적천마 고검엽.
 그의 정체가 무엇인지 왜 황보세가를 봉문시켰는지 그의 다음 행보가 어디를 향할 것인지가 당세무림 최대의 관심사로 떠오르는 데는 오랜 시간이 필요하지 않았다.

*   *   *

 하오의 햇살이 뜨겁게 지면을 달구는 한낮.
 창천곡의 중심부에 자리 잡은 고색창연한 건물 안에서 대소가 터져 나왔다.
 "으하하하하하! 쉽게 죽을 놈이 아니라고 생각은 했지만 이 정도일 줄은 몰랐다. 정말 화려하기 그지없는 재등장이 아니냐! 하하하하."
 생각할수록 웃음을 참기 힘든 듯 사마결은 고개를 젖히고 크게 웃었다.
 그가 앉은 태사의가 흔들렸다.

사마결의 일 장 앞에 한쪽 무릎을 꿇고 있는 담우룡은 고개를 숙인 채 미동도 하지 않았다.

인령전의 세작들을 이끌고 북해와 막북을 돌아다니며 정보를 수집한 그가 돌아온 건 사흘 전이었다.

그가 돌아오자마자 황보세가가 봉문한 초대형 사건이 터졌다.

사마결의 지시를 받은 그는 쉴 틈도 없이 그 일에 투입되었다.

그리고 그는 자신이 장성 이북에서 모은 정보와 황보세가 봉문 사건의 전말을 사마결에게 보고했다.

수개월에 걸쳐 그가 노력한 일의 결과는 사마결의 파안대소였다.

담우룡은 만족했다.

그가 사마결을 모신 세월은 약 이십여 년.

그동안 사마결이 저처럼 파안대소하는 모습을 본 건 손으로 꼽아도 손가락이 남을 정도로 적었다.

"우룡."

"예."

"고검엽의 행적은 계속 파악하고 있겠지?"

"물론입니다. 소곡주를 뵙기 전 받은 인령전의 연락에 의하면 그는 지금 신현(莘縣)에 머물고 있다고 합니다."

"쌍마존을 시종으로 둔 초강자의 종적을 추적하기가 수월하지 않았을 텐데 고생들 하고 있군. 인령전을 칭찬해 줘야겠어."
 사마결의 흡족한 얼굴을 보며 잠시 망설이던 담우룡이 말했다.
 "인령전의 능력도 칭찬할 만합니다만, 사실 그를 추적하는 건 능력과 무관합니다."
 사마결의 눈썹 끝이 꿈틀거렸다.
 "그게 무슨 말이냐?"
 "쌍마존과 그는 몸을 숨기지 않고 이동하고 있습니다. 마치 자신의 행적이 알려지기를 바라기라도 하는 것처럼 말입니다."
 사마결은 미간을 살짝 찌푸리며 고개를 갸웃했다.
 "그러고 보니 이상한 점이 하나 더 있구나. 내 기억이 정확하다면 신현은 태안과 몇백 리 떨어지지 않은 곳일 텐데…….너무 가까운 곳이 아니냐? 황보세가가 봉문당한 지 벌써 보름이 넘었다. 그들이 거기까지밖에 가지 못했다는 것은 일부러 걸음을 늦추고 있는 것이라고 해석할 수밖에 없다. 그의 의도가 뭔지 파악했느냐?"
 신현은 태안에서 서쪽으로 사백여 리 떨어져 있다.
 중요한 건 신현이 하남성의 경계에 인접해 있긴 해도 여전히 산동성의 경내라는 점이었다.
 사백 리 길은 경공이 절정의 초입 수준만 되어도 전력으로 달리면 열두 시진 안에 주파할 수 있다.
 쌍마존과 검엽 정도의 절대고수들이라면 쉬엄쉬엄 가도 하루가 걸리지 않을 거리였고.
 그들은 산동성을 벗어나도 한참 전에 벗어났어야 했다.
 그것이 정상이었다.
 그런데 그렇지가 않은 것이다.
 사마결이 의아해할 만했다.
 "속하도 그 점을 이상하게 생각하고 있습니다만… 그가 어떤 의도를 갖고 있는지 아직 파악하지 못했습니다, 죄송합니다."
 "네가 죄송해할 일이 아니다. 그놈은 예전부터 속을 알기 어려운 놈이었어."
 사마결은 태사의에 몸을 묻고 창밖으로 보이는 정원에 시선을 두었다.
 "정무총련의 움직임은 어떠하냐?"
 "섬서성의 총타가 바쁘게 움직이고는 있습니다만 구체적인 행동에 들어가지는 못한 상태입니다. 그동안 이렇게 큰 사건이 터진 적이 없어서 총련 수뇌부를 이루는 요인들이 대부분 자파로 돌아가 있기 때문입니다. 백운천 련주의 성격이 아무리 급해도 쌀이 익어야 밥을 먹을 수 있습니다. 수뇌부 요인들 모여야 대처 방법이 나올 듯합니다."
 사마결은 고개를 끄덕였다.
 "덩치가 크면 행동이 굼떠지게 마련이지……."
 정무총련은 규모가 거대한데다 소속된 문파들이 예와 절차를 중시하는 전통의 거대 문파들이라 의사결정 과정이 복잡하고 느렸다.
 사마결은 뒷머리를 태사의에 기댔다.
 '고검엽, 무슨 생각을 하고 있는 거냐? 새외오마세의 둘에 이어 황보세가를 봉문시킨 이유가 뭐냐? 단목천에게 복수를 원했다면 바로 무맹으로 갔어야 했는데… 황보세가를 먼저 무너뜨린 네놈의 속을 알 수가 없구나. 그리고 그렇게 느린 걸음이라면 총련에서 고수를 모아 너를 요격할 시간을 얻을 수 있다는 걸 모르지 않을 놈이……. 삼천이라… 막북에서도 사술을 사용했다고 하더니 그곳에서도 사술을 쓴 모양이군. 어쨌든 네가 어디선가 대단한 기연을 얻기는 한 모양이다만 너는 그것에 만족하고 강호에 나오지 말았어야 했다. 정무총련의 저력은 강하다. 그리고 본 회는 더욱 강하다. 정립된 천하를 어지럽히는 자는 본 회가 용납하지 않아. 쌍마존 따위가 힘을 쓰기에는 천하의 힘이 너무 강해졌다. 너는 패배와 죽음이 결정되어 있는 어리석은 싸움을 시작한 거야.'
 그는 허리를 세웠다.
 "비각의 비영들과 세가천밀원의 밀사들이 그를 추적하고 있겠지?"
 "예, 그들은 고검엽의 주변에 개미 떼처럼 깔려 있습니다."
 "백 련주에게 사람을 보내라."
 담우룡이 고개를 들었다.
 그의 눈엔 놀람의 기색이 가득했다.
 사마결의 눈빛은 강렬했다.

"그에게 고검엽과 관련된 총련의 움직임이라면 모든 정보가 공유되기를 원한다고 전해라. 그리고 고검엽의 죽음이 확인될 때까지 나와 백 련주를 직접 연결하는 연락망을 만들어라. 더불어 이 두 가지 요구는 고가의 죽음과 함께 해제될 테니 지나친 간섭이라 여기지 말라는 말도 전해라."

"알겠습니다, 소곡주님."

그는 고개를 숙이며 조심스러운 어투로 말을 이었다.

"외람된 말씀입니다만 곡주님들께서도 이번 사안을 알고 계십니까? 천공삼좌와의 직통 연락망은 곡주님들께서 허락하셔야 하는 일이라서……."

사마결의 눈에 찰나지간 삼엄한 빛이 스쳐 지나갔다.

하지만 고개를 숙이고 있던 담우룡은 그것을 보지 못했다.

사마결이 말했다.

"그건 내가 알아서 할 일이다. 떠나라."

담우룡은 자리에서 일어나 허리를 숙여 예를 표했다.

그의 신형이 꺼지듯 사라졌다.

사마결의 이마에 가는 주름이 잡혔다.

'우룡의 충성심은 의심할 여지가 없다. 그런 그도 벌써 십여 년이나 곡의 일에 개입하지 않고 계시는 사부님들을 의식하고 있다. 다른 자들은 더할 것이다. 그러나 머지않았다. 곧 아무도 사부님들을 의식하지 않게 되리라.'

사마결은 눈을 감았다.

하오의 나른한 정적이 소창천전(小蒼天殿)이라 이름 붙인 전

각 위에 조용히 내려앉았다.

                  *   *   *

　절강성 항주.
　대륙무맹 맹주 집무실.

　"그자의 이름이 뭐라고? 내가 제대로 들은 건가? 다시 한 번 말해보게."
　단목천은 튕기듯 태사의에서 등을 뗐다. 그리고 눈을 크게 뜨며 되물었다.
　그의 맞은편에 앉아 있는 자는 무맹의 군사 천호 구양일기였다.
　그의 안색은 어두웠다.
　"본인이 자신의 이름을 고… 검엽이라 밝혔답니다."
　"허……."
　단목천의 입에서 앓는 듯한 신음성이 흘러나왔다.
　그가 물었다.
　"정확한 정보인가?"
　"산동에 가 있는 곽주명 산운전주가 보낸 정보입니다. 잘못되었을 가능성은 없습니다, 맹주님."
　구양일기와 곽주명은 견원지간처럼 사이가 좋지 않다. 그러나 서로의 능력은 사심없이 인정한다.

단목천의 눈동자가 미미하게 흔들렸다.
평정이 깨질 정도로 충격을 받은 탓이었다.
그가 중얼거렸다.
"그때 시신을 찾지 못한 결과가 이런 식으로 나타나는구만. 운이 좋아 살아 있을 수도 있다는 생각을 하긴 했었다. 하지만 흐른 세월이라고 해야 불과 십여 년밖에 되지 않는다. 어떤 기연을 얻었기에 쌍마존이 종을 자처할 정도의 절대고수가 될 수 있단 말인가……."
구양일기는 단목천의 기색을 살폈다.
그도 십이 년 전 서호변 오산에서 벌어졌던 일의 전말을 잘 알고 있었다.
그 사건의 뒷수습을 한 사람이 바로 그였으니까.
단목천이 물었다.
"그놈이 황보가를 봉문시킨 이유가 무엇이라고 생각하나?"
구양일기는 한숨을 내쉬며 대답했다.
"죄송합니다. 하좌도 결론을 얻지 못하고 있습니다."
"흐음……."
구양일기가 조심스럽게 말을 이었다.
"맹주님, 사안의 중대성을 감안해서 곽 전주를 급파하신 결정은 탁월한 결단이셨습니다."
흔들리던 단목천의 눈동자가 초점을 찾았다.
"그의 정체가 밝혀진 이상 저는 곽 전주와 산운전이 모든 일에 우선하여 그자의 동태를 살펴야 한다는 건의를 드리고 싶습니다. 본 맹을 찾아오지 않고 황보세가를 봉문시킨 이유는 알 수 없습니다만 그가 본 맹을 찾아올 것은 자명한 일. 대비를 해야 합니다."

단목천은 고개를 끄덕였다.

구양일기의 의견은 그의 생각과도 같았다.

그의 눈 깊은 곳에서 스산한 살기가 피어올랐다.

고검엽이라는 이름이 잊혀가던 아픔을 되살린 것이다.

'…혜아야……'

입을 여는 그의 음성은 차갑게 변해 있었다.

"정무총련의 기둥 중 하나인 황보세가가 봉문하고, 삼천여 명의 백도인사들과 황보무군, 그리고 전대 가주인 황보룡까지 죽었네. 총련에서 그놈을 그냥 놓아둘 리가 없어. 곽 전주에게 그놈과 총련의 움직임을 하나도 놓치지 말고 추적하라 전하게. 자네도 경험해 봐서 알고 있겠지만 그놈은 어디로 튈지 알 수 없는 놈일세."

"예, 맹주님."

차분한 어조로 대답한 구양일기가 물었다.

"그를 제거할 수 있는 전력을 곽 전주에게 붙여주는 것도 생각해 봐야 하지 않을까 싶습니다만."

단목천은 미간을 좁히고 생각에 잠겼다.

검엽이 움직이고 있는 지역은 정무총련의 지배하에 있었다.

무맹의 고수들이 들어가면 문제가 생길 소지가 다분했다.

"제거라……."

단목천이 쉽게 허락을 하지 못하자 구양일기가 말했다.
"맹주님께서 총련을 의식하고 계신 듯합니다만 하좌는 총련이 우리의 움직임을 알아차린다 해도 시비를 걸지는 않으리라 봅니다. 비각주 종자온과 세가천밀원의 능력이라면 조만간 고검엽이 척천산장 소속이었고 본 맹에서 활동했다는 걸 알아낼 것이기 때문입니다. 굳이 우리가 정보를 흘려줄 필요도 없는 일입니다. 고검엽과 총련이 충돌할 때 그들이 우리 손을 빌리려 하지는 않을 테지만 우리가 손을 보태는 것을 거절하지도 않을 겁니다."
"흠……."
단목천의 눈에 열기가 감돌았다.
구양일기의 말은 충분히 일리가 있었다.
"일단 고검엽을 제거하기 위해 무리수를 두지는 못하도록 하시지요. 하지만 기회가 생기면 망설임없이 그자를 제거해야 합니다. 하좌는 우리가 그자를 제거한 공을 총련에 넘겨주어도 무방하다고 생각합니다. 본 맹은 화근이 될 가능성이 있는 자를 제거하는 것으로 충분하지 않겠습니까."
이성적인 판단이었다.
그러나 구양일기는 단목혜를 떠올린 단목천의 마음속을 온전히 읽지 못했다.
단목천이 말했다.
"무맹천위대 정예무사 삼십 명을 곽 전주에게 보내게."
무맹천위대는 공식적인 무맹의 무력 집단인 무맹오단과 달리 맹주 직속의 무력 집단이다. 그리고 강호인들 중 그들의 존재를 아는 이조차 몇 되지 않을 정도로 은밀하게 운영되는 조직이다.

그들의 구성 인원은 일백 명에 불과하며 오직 맹주의 명령에만 복종한다.

극비리에, 그리고 극소수의 인원으로 운영되는 조직인만큼 그들의 무력은 단일한 힘으로는 무맹 최강이다.

오단이 정통의 수련법으로 강해진 무인들이라면 무맹천위대는 이기기 위해서라면 수단과 방법을 가리지 않는 잔혹한 싸움꾼들이다.

그들은 맡은 업무의 속성상 무인이라기보다 살수에 가까운 기질을 갖고 있었다.

단목천의 말은 계속되었다.

"그들을 지휘하는 자는 혁만호 부대주로 하고."

금백단 제칠조 조장이던 혁만호는 십이 년 동안 승승장구했다.

현재 그는 무맹천위대의 부대주였다.

십이 년 전 서호변 사건 당시 그는 더럽고 궂은일을 도맡아 했다.

그것을 잊지 않은 단목천에 의해 그는 중용되었다.

구양일기의 입가에 미소가 번졌다.

단목천이 그의 건의를 받아들였다고 생각했기 때문이었다.

그러나 단목천의 말은 아직 끝난 것이 아니었다.

단목천이 말했다.
"혁 부대주와 천위대는 기회를 봐서 그자를 사로잡아 끌고 오는 게 목적일세. 죽이는 게 목적이 아니야."
"……."
예상과 다른 명령이었다.
구양일기는 입을 열지 못했다.
그는 자타가 공인하는 천재.
자신이 놓친 것이 무엇인지 곧 감을 잡았다.
'맹주님은 단목 소저의 죽음을 잊지 못하고 계시는구나……. 고검엽… 불쌍한 놈, 맹주님의 손에 잡히면 너는 천참만륙당할 것이다. 강호로 돌아온 것을 후회하겠지만 그때는 이미 늦은 후겠지…….'
"군사."
"예."
"황보세가에서 그가 보인 무위는 사술이나 눈속임이 있었다고 가정해도 대단한 것일세. 게다가 그의 종을 자처하는 쌍마존이 옆에 있지 않은가. 만사불여튼튼이야. 곽 전주와 혁 부대주에게 한시도 긴장의 끈을 늦추지 말라 전하게."
"그렇게 하겠습니다, 맹주님."
구양일기는 자리에서 일어나 예를 표하고 집무실을 떠났다.
단목천은 눈을 감았다.
단목혜의 모습이 어른거렸다.
단목천은 눈을 떴다.

무서운 살기가 그의 눈을 가득 채우고 있었다.
"고검엽, 실수는 한 번으로 족하다. 이번에는 놓치지 않는다."
집무실의 공기가 싸늘하게 얼어붙었다.

*   *   *

신현(莘縣) 외곽.
이름없는 호숫가 갈대숲.

해가 서편으로 붉은 노을을 뿌리며 저물어가는 시각.
검엽은 호숫가의 작은 바위 위에 앉아 한가하게 낚싯대를 드리우고 있었다.
순백의 빙천혈의가 노을에 젖어 서기 어린 홍광을 흘렸다.
그의 수려한 모습은 한 폭의 그림처럼 아름다웠다. 하지만 아쉽게도 이곳에는 그의 모습을 직시할 만한 사람이 없었다.
그의 뒤편은 방원 삼 장가량 되는 공터였다.
섭소홍은 모닥불에 물고기를 굽는 중이었고, 곽호는 눈을 반쯤 감고 고개를 끄덕이며 졸고 있었다.
나무에 꿴 물고기 중 가장 잘 익은 놈을 하나 골라 집어 든 섭소홍이 검엽의 옆으로 갔다.
그녀는 꼬치를 내밀었다.
"주공, 맛있게 익었어요."

꼬치를 받아 든 검엽이 싱긋 웃었다.
"고맙군. 혈후가 고생이야."
동행을 시작한 후 식사는 혈후 담당이 되었다.
"무슨 말씀을요. 주공께서 물고기를 손수 잡으시는데 굽는 게 대수일까요."
섭소홍도 웃으며 말을 받았다.
검엽이 앉은 바위는 상당히 커서 네댓 명이 앉아도 자리가 남았다.
섭소홍은 궁장 자락을 부여잡으며 검엽의 왼편에 나란히 앉았다.
검엽은 본래 격식을 차리는 걸 좋아하지 않았고, 소탈했다.
더해서 심마지해를 나온 후에는 목표를 향해 벌이는 일 이외에는 아무것에도 관심을 갖지 않았다.
쌍마존이 그를 모시기 시작한 후에도 달라진 것은 없었다.
그는 쌍마존이 무엇을 하든 전혀 간섭하지 않았다.
그들이 떠난다 해도 잡지 않았을 것이다.
섭소홍과 곽호는 그런 검엽의 성격을 파악했다.
그들은 일정한 선을 넘어가지 않는 한도 내에서 검엽과 좀더 자연스러운 관계를 갖고자 노력했다.
그리고 노력의 대가는 빠르게 나타났다.
검엽과 어깨를 나란히 하고 앉을 수 있는 것도 대가의 일부였다.
검엽이 잡고 있는 낚싯대의 손잡이를 물끄러미 내려다보던 섭소홍이 불쑥 말했다.
"지존, 잡스런 것들이 주변을 얼쩡거리고 있어요. 치울까요?"
"내버려 둬."
"허접스런 것들이 자꾸만 신경 쓰이게 해서……."
"저들 나름대로는 최선을 다하고 있는 거다."
검엽의 음성은 무심했다.
스쳐 가는 바람도 검엽보다는 더 속을 알기 쉬우리라.
내심 한숨을 내쉬던 섭소홍이 물었다.
"지존, 여쭙고 싶은 게 있어요."
"말해봐."
"왜 저희들을 거두신 것인지요? 저희들의 무공이 지존께 그다지 도움이 되지 않을 거라는 것을 잘 아시면서요."
검엽이 고개를 돌려 섭소홍을 보았다.
그의 눈에 희미한 웃음기가 묻어나는 것을 본 섭소홍이 고개를 푹 숙였다.
그가 물었다.
"왜? 내가 거둔 것이 마음에 들지 않는가?"
고개를 번쩍 들며 세차게 손사래를 친 섭소홍이 말했다.
"그럴 리가 있겠어요? 단지, 저희를 거두신 지존의 뜻을 알고 싶을 뿐이에요."
검엽은 호수의 수면에 시선을 둔 채로 말했다.
"혈후의 말이 옳다. 나는 그대들에게 무력의 지원을 바라지 않는다. 그대들도 봤듯이 나는 남의 도움을 필요로 할 정도로 약하지 않다."

섭소홍의 입가에 찰나지간 쓴웃음이 스쳐 지나갔다.

'약하지 않으시다니… 마신처럼 강하시면서…….'

검엽의 말이 이어졌다.

"하지만 그대들도 쓰임이 있다, 무력이 아니라 다른 쓰임새가."

섭소홍의 눈이 맑게 빛났다.

"그것이 무엇입니까?"

"그대들의 명성이 나보다 더 높기 때문에 생기는 쓰임새지."

"예?"

이해를 못한 섭소홍이 자신도 모르게 되물었다.

검엽은 그녀의 의문을 풀어주지 않았다.

소문을 내기 위해서 쌍마존의 명성이 필요했을 뿐이라고 말한다면 아무리 충성스러운 그들이라도 실망할 게 뻔했다.

굳이 하지 않아도 좋을 말을 해서 기를 죽일 필요는 없는 것이다.

검엽이 말을 해줄 기미를 보이지 않자 섭소홍은 듣기를 포기했다.

종을 자처하는 입장에서 주인을 추궁하는 건 있을 수 없는 일이다.

그리고 사실 그녀는 크게 궁금하지도 않았다.

중요한 것은 검엽이 왜 그들을 거두었는지가 아니라 지금 함께 있다는 것이었으니까.
그녀는 검엽과 함께라면 지옥이라도 갈 각오가 되어 있었다.
무림사상 검엽처럼 단신으로 천하의 강자, 강세들과 정면으로 부딪쳤던 무인은 없었다.
전설로 전해지는 고금팔대고수도 그렇게는 하지 못했다.
실패할 것인지 성공할 것인지에 대한 의문은 어리석은 것이었다.
자신을 무인이라 생각하는 자라면 천하를 향한 검엽의 도전은, 성패를 떠나 그 자체만으로도 목숨을 걸 만한 가치가 있다는 데에 동의할 수밖에 없었다.
수면을 훑으며 다가온 바람이 두 사람의 얼굴을 쓰다듬고 지나갔다.
검엽은 한 자 크기의 물고기를 다 먹었다.
그는 진력에 의해 가루로 변한 물고기의 뼈를 바람에 실어서 날려 보냈다.
섭소홍이 그것을 지켜볼 때 잠에서 깬 곽호가 바위로 다가와 검엽의 오른편에 앉았다.
곽호의 기색을 본 검엽이 풀썩 웃었다.
"검군도 뭔가 궁금한 것이 있는 모양이구만."
속을 들킨 곽호가 어색하게 웃었다.
그는 섭소홍이 검엽에게 질문을 던질 때 잠에서 깼다.

검엽이 물었다.
"뭐가 궁금한가?"
"어디로 가려 하시는지요?"
"하남성 등봉현."
곽호의 눈이 번뜩였다.
등봉현에는 중원무학의 성지라 불리는 사찰, 대소림사가 있다.
검엽의 중원행이 어떻게 이루어질지 알고 있는 곽호다.
그것은 검엽이 소림에 간다면 그곳에서 무슨 일이 벌어질지도 알고 있다는 의미.
"목적지가 있으시면서 왜 이곳에 머무시는 것인지요? 신현에 도착한 게 이틀 전이잖습니까?"
"벌써 그렇게 되었나?"
검엽은 웃으며 되물었다.
곽호는 대답하지 않았다.
정말로 몰라서 되묻는 게 아니라는 걸 알기 때문이었다.
"시간 가는 줄도 모르고 낚시를 했군."
"며칠 더 하시면 강태공 소리를 들으실 수도 있을지 모릅니다."
곽호가 웃음기 어린 어조로 검엽의 말을 받았다.
검엽이 고개를 저었다.
"그렇게까지 낚싯대를 붙잡고 앉아 있을 수야 있나."
말은 그렇게 해도 검엽은 낚싯대를 거둘 생각이 없어 보였다.

그가 말했다.

"검군은 내가 느리게 움직이고 있다고 생각되는 모양이지?"

"솔직히… 그렇습니다."

"나는 오히려 너무 빠르다고 생각하고 있다."

요령부득의 말이다.

"예?"

이해가 되지 않으니 곽호의 입에서는 반문이 아주 자연스럽게 튀어나왔다.

"소림은 충분히 경각심을 가져야 해. 총련도."

점점 더 요령부득이었다.

총련과 같은 초거대 세력을 상대로 싸운다면 주력이 모여 진형을 정비하기 전에 각개격파해야 한다. 방심하고 있다면 더 바랄 게 없고.

그래야 위험이 줄어들고 효과가 극대화된다.

병법의 기본 중의 기본이 아닌가.

"위험합니다. 황보세가와 소림의 전력은 비교하는 것이 불가능할 정도로 차이가 심합니다. 소림이 대비를 하고 있다면 힘든 싸움이 될 게 분명합니다. 그리고 총련은 소림이나 황보세가와 같은 문파 열네 개가 연합한 힘입니다. 그들이 모이면 중과부적입니다. 그들은 머릿수에 의지하는 허약한 자들이 아닙니다, 주공."

곽호의 어투는 강했다.

걱정하고 있는 것이다.

검엽은 고개를 젖히며 낮게 웃었다.

"하하하, 검군은 겉보기에는 그리 안 보이는데 의외로 잔걱정이 많은 사람이군."

곽호의 얼굴이 붉어졌다.

그도 자신의 말이 마치 잔소리처럼 느껴졌기 때문이었다.

스웃.

낚싯대의 중동이 활처럼 휘어졌다.

생각없는 물고기가 입질을 한 것이다.

검엽의 움직임은 없었다.

그러나 섭소홍과 곽호는 수면을 뚫고 솟구치는 은빛 잉어 한 마리를 볼 수 있었다.

잉어는 허공을 가로질러 섭소홍의 앞에 도착한 후 얌전히 바위 위에 놓여졌다.

펄떡펄떡.

잉어의 몸놀림은 요란했다.

금방이라도 바위 밑 호수로 떨어질 것만 같은 몸부림.

하지만 섭소홍이 누군데 잉어를 놓치랴.

딱!

그녀가 튕긴 검지손가락 끝에 머리를 얻어맞은 잉어가 움직임을 멈추고 축 늘어졌다.

검엽이 싱긋 웃으며 말했다.

"살면서 부딪치는 대부분의 의문은 시간이 가면 저절로 풀린다. 검군과 혈후도 익히 아는 사실 아니던가? 기다려라. 머지않아 내 뜻을 알게 될 것이다."
 더 이상 무슨 말을 하랴.
 곽호와 섭소홍은 입맛을 다셨다.
 그들의 마음속엔 의문이 산처럼 쌓여 있었지만 당장은 풀 방법이 없었다.
 그러나 검엽의 말처럼 그들의 의문은 시간이 해답을 주게 될 터였다.
 섭소홍은 잉어틀 집어 들고 일어났고, 곽호는 다시 고개를 숙이고 꾸벅꾸벅 졸기 시작했다.
 그리고 검엽은 낚시가 주는 기묘한 정적 속에서 자연과 하나가 되어갔다.

第九章

산동성에서 백여 리 떨어진 하남성의 경내.
 나이가 들 대로 든 두 사람이 숲 속을 가로질러 난 관도 위를 질풍처럼 달려가고 있었다.
 "이 자식아, 넌 그냥 순양에 박혀 신선거지놀음이나 하고 있지 왜 나서서 잘살고 있는 사람 괴롭히냐, 응? 죽을 때까지 네 얼굴 안 보는 게 내 소원이라는 거 몰라! 이 빌어먹다 채해서 객사할 놈아!"
 쉼없이 한 걸음에 오륙 장을 건너뛰는 와중이었다.
 그럼에도 그의 입은 쉬지 않았다.
 이리저리 기워 원래의 색을 알 수 없긴 하지만 그런대로 깨끗한 유삼을 입은 반백의 노인이었다.

그는 귀밑머리가 조금 검을 뿐 머리 전체가 눈처럼 희었고, 피부는 머리색이 의심스러울 만큼 맑고 깨끗했다.

생김새도 대단히 준수한데다 전체적인 분위기도 범속하지 않았다.

신선 같은 풍모라 해도 어색하지 않을 외모였다.

그래서 방금 들린 상스런 말이 그의 입에서 나왔다는 것이 믿어지지 않을 정도였다.

그의 허리춤은 한 사람의 손에 꽉 잡혀 있었다.

노인은 고개를 돌려 허리춤을 잡은 사람을 노려보며 소리쳤다.

"옷 놔. 찢어지면 죽을 줄 알아!"

"젠장. 사형만 아니면 입을 막아버리고 끌고 가는 건데 그냥. 얌전히 따라오면 절대 찢어질 일 없으니까 제발 그 입 좀 닥쳐요. 귀에 딱지 앉을 지경이라구요."

두 사람의 걸음은 티격태격하면서도 느려지지 않았다.

그들이 사용하는 경공은 개방비전의 취선비(醉仙飛).

노인의 허리춤을 잡고 되는대로 소리치는 사람은 무중개 몽완이었다.

그리고 노인은 당대의 개방 방주이자 생김새와 성격이 극과 극처럼 달라 양면신개(兩面神丐)라는 기괴한 별호를 가진 도종렬이었다.

도종렬과 몽완은 전대 개방 방주 청수개(淸水丐) 온주당에게 사사한 사형제지간이다.

도종렬이 몽완의 사형이다.
 도종렬의 외모는 그의 스승인 청수개의 영향을 크게 받았다.
 청수개 온주당은 거지이면서도 죽을 때까지 깔끔을 떨어댄 특이한 성격으로, 개방의 역사에 이름을 남긴 사람이다.
 거지답지 않았던 사람이라고 할 수 있었다.
 그럼에도 그는 개방 방주가 되었고 무림의 존경을 받았다.
 그것은 생김새만큼이나 의협심이 강하고 고고한 성격 덕분이었다.
 그의 장제자인 도종렬이 온주당에 버금가는 외모의 소유자인 건 사실이었다. 하지만 성격은 온주당과 하늘과 땅처럼 차이가 났다.
 고고함과는 담을 쌓았고, 천방지축에 철면피였다.
 한마디로 전형적인 거지의 성격을 가진 사람이 그였다.
 그러나 천하의 누구도 도종렬을 무시하지 못한다.
 그가 개방 방주이어서가 아니었다.
 그는 개방에서 일백 년래 배출한 무인 가운데 최강의 고수일 뿐만 아니라 천하정세를 읽는 탁월한 안목을 가진 사람이었다.
 그리고 사람을 입안의 혀처럼 굴릴 줄 알았고, 의협심도 상당했다.
 스승에 비할 바가 못 되는 의협심이기는 했지만.
 그는 하남성 개봉에 있는 개봉의 총타에서 뒹굴거리고 있다가 몽완의 방문을 받았다.
 몽완은 다짜고짜 그가 목숨처럼 아끼는 단벌 유삼의 소맷자락을 붙잡고는 미친 듯이 산동성을 향해 달렸다.
 몽완은 술을 좋아하고, 엉뚱한 짓을 잘했지만 성품이 대범해서 어지간한 일에는 눈 하나 깜박하지 않았다.
 더구나 장로 자리를 때려치우고 나간 후로는 감정이 없는 사람처럼 속마음을 겉으로 드러내지 않았다.
 도종렬은 자신을 잡아끄는 몽완의 얼굴 이면에 무저처럼 깊게 가라앉아 있는 어둠을 보았다.
 평생 처음 보는 기색이었다.
 몽완의 성격을 잘 아는 터라 도종렬은 몽완을 뿌리치지 않고 삼백 리 길을 달려왔다.
 만약 그가 내켜하지 않았다면 몽완이 무슨 수로 그를 잡아끌다시피 하며 내달릴 수 있었겠는가.
 "몽 사제"
 몽완은 있는 대로 인상을 썼다.
 도종렬은 부탁할 때가 아니면 그를 사제라고 부르지 않는다.
 역시 그랬다.
 "좀 쉬었다 가자. 다리 부러지겠다."
 몽완은 고개를 저었다.
 삼백 리를 오는 동안 세 번을 쉬었다.
 휴식은 일각 정도였지만 그래도 휴식이었다.

그렇게 쉬면서 달려왔는데 도종렬과 같은 초절정고수의 다리가 부러질 리 없었다.

"바쁩니다."

몽완의 대답은 매몰찼다.

도종렬은 눈을 흘겼다.

"야, 너 정말 그렇게 독하게 나오면 나 그냥 이 자리에서 드러누워 버릴 거다."

제대로 된 협박이었다.

도종렬이 진짜 드러누워 버리면 데리고 갈 방법이 없었다.

몽완은 고개를 절레절레 흔들며 신형을 세웠다.

도종렬이 털썩 소리와 함께 그 자리에 주저앉았다. 그리고 정강이를 주물러댔다.

"이 자식아, 너는 네가 아직도 이팔청춘인 즐 아는 거냐? 그렇게 몸 함부로 굴리면 오래 못 살아."

"거지니까 몸 함부로 굴려야죠. 우리가 문사나부랭이라도 된답니까!"

몽완이 옆에 앉으며 퉁명스럽게 되받아쳤다.

도종렬은 누런 이를 드러내며 씨익 웃었다.

"너는 나이를 처먹을 대로 처먹은 지금도 어쩜 그렇게 변한 게 없냐."

"칭찬입니까?"

"비웃은 거다, 큿."

"으휴."

어깨를 늘어뜨리는 몽완의 한숨은 깊었다.
"뛸 때 뛰더라도 이유나 알고 뛰자. 수신팔위하고 사십팔걸도 좀 쉬어야 되지 않겠냐."
수신팔위와 사십팔걸은 방주를 호위하는 자들.
그런 사람들의 모습이 보이지 않는 건 몽완과 도종렬이 너무 빨리 뛴 탓이었다.
수신팔위와 사십팔걸의 경공으로는 두 사람을 따를 수 없었다.
도종렬이 말을 이었다.
"뭔 일인데 꼬리에 불붙은 강아지처럼 구는 거냐?"
그는 몽완의 얼굴에 총타에서 보았던 어두운 기색이 다시 떠오르는 것을 볼 수 있었다.
몽완은 조금 쳐진 음성으로 대답했다.
"사형이 만나봐야 할 사람이 있습니다."
"응?"
어리둥절해하던 도종렬의 안색이 딱딱해졌다.
"너… 지금 누군가를 만나게 하기 위해서 나를 끌고 가는 중이라는 거냐?"
"예. 그가 사형을 만나고 싶어합니다."
도종렬은 어이가 없어 웃지도 못했다.
그가 누군가.
당대의 개방 방주가 아닌가.
비록 삼패세가 정립된 후 비각과 천밀원의 영향력이 확대되면서 무림에서 개방이 차지하는 위상이 하락한 건 사실이었다.

하지만 개방은 아직도 단일문파로는 최대 규모의 방도 수를 자랑하는 천하제일대방이었고, 그는 그런 방파의 당주였다.

그를 보고 싶다면 보고 싶은 사람이 찾아와야 했다.

그것이 예의인 것이다.

몽완이 그와 개방의 얼굴에 똥칠을 하고 있었다.

그는 그렇게 받아들였다.

제멋대로인 성격이지만 개방에 대한 그의 자부심과 사랑은 누구도 부인할 수 없는 진짜였다.

노화로 인한 열기가 그의 눈에 그대로 드러났다.

"너, 미쳤냐?"

"제정신입니다, 사형."

"허, 어떤 놈인데 감히 나를 오라 가라 한단 말이냐?"

몽완은 잠시 말을 하지 않은 채 도종렬을 쳐다보기만 했다.

검엽이 그에게 한 부탁은 간단했다.

도종렬과의 만남을 주선해 달라는 것이었으니까.

도종렬의 추측처럼 그를 데리고 오라는 건 검엽의 부탁에 포함되어 있지 않았다.

검엽은 개봉에서 도종렬을 만나려 했다.

몽완도 처음에는 검엽의 부탁대로 개봉에서 두 사람의 만남을 주선할 생각이었다.

도종렬이야 최근 개봉을 떠난 일이 없으니 검엽만 개봉에 도착하면 언제든 만날 수 있었다.
 어렵지 않은 일이었다.
 제남을 떠날 때 몽완은 검엽에게 물었다.
 언제쯤 개봉에 도착할 거냐고.
 그때 검엽은 저절로 알게 될 거라는 뜬구름 잡는 식의 대답을 했다.
 그래서 개봉에 도착한 몽완은 도종렬을 만나지 않고 총타 주변을 배회하며 시간을 보냈다.
 검엽이 도착할 즈음 도종렬을 만나는 편이 나았기 때문이었다.
 도종렬을 일찍 만나보아야 산더미 같은 잔소리에 온갖 구박이나 당할 터였다.
 그러나 한 가지 소문이 수년 만에 찾은 개봉의 구석구석을 느긋하게 배회하며 시간을 죽이던 그의 마음을 확 바꿔놓았다.
 황보세가의 봉문과 삼천 명에 이르는 백도무인의 죽음이 그것이었다.
 소문이 산동을 넘어 하남성 전역으로 퍼진 건 사건이 발생하고 나서 열흘 정도가 흐른 후였다.
 그 소문을 들은 몽완은 제남의 객잔 별채에서 검엽이 했던 말의 의미를 절실하게 깨달을 수 있었다.
 검엽은 그에게 말했었다.

"조금 덜 쉬시면 어르신께서는 더 많은 사람의 생명을 구하실 수 있게 될 겁니다."

라고.
이해할 수 없는 말이라고 생각하며 흘려 넘겼던 그 말속에는 실로 무시무시한 의미가 담겨 있었던 것이다.
침묵하는 몽완을 향한 도종렬의 눈에 불꽃이 이글거렸다.
그가 재촉했다.
"누구냐? 어떤 놈이냐고!"
"사형도 황보세가에서 일어난 일의 소문을 들으셨죠?"
"네가 제정신이 아닌 게 맞구나. 개방 방주에게 그런 걸 물어보냐? 그리고 뜬금없이 그 얘긴 왜 꺼내?"
"천외무적천마 고검엽."
몽완은 대답 대신 엉뚱하게 별호와 이름을 댔다.
하지만 도종렬은 몽완의 말을 알아들었다.
그는 개떡같이 말해도 찰떡같이 알아듣는 귀를 갖고 있었다.
그래서 그는 개방의 방주가 될 수 있었던 것이다.
도종렬의 안색이 급변했다.
근래 중원무림의 거두들이 가장 민감하게 반응하는 것이 바로 천외무적천마라는 별호와 고검엽이라는 이름이었다.
평범한 무인이라면 모를 수 있는 이름이지만 개방 방주 정도 되는 위치에 있는 사람이라면 절대로 모를 수 없는 이름인 것이다.

"그가 나를 만나고 싶어한단 말이냐?"

"예."

"왜?"

몽완의 얼굴에 곤혹스러워하는 기색이 스쳐 지나갔다.

그가 말했다.

"저도… 모릅니다."

"뭐?"

도종렬은 자신도 모르게 멍청한 표정을 짓고 말았다.

언성이 높아졌다.

"그의 속을 알지도 못하면서 나를 그와 만나게 하려 했단 말이냐?"

모든 협상의 기본은 상대를 파악하는 것이다.

그렇지 않으면 피동에 몰리게 되고 불리함을 안게 된다.

그런 걸 모르지 않는 몽완이다.

도종렬은 그가 왜 이렇게 앞뒤 재지 않고 움직이는지 이해할 수가 없었다.

머리가 혼란스러워진 그의 이마에 굵은 주름이 밭고랑처럼 여러 개 패었다.

그때 몽완이 말했다.

"그가 사형을 만나고자 하는 이유는 모릅니다. 하지만 한 가지는 분명합니다. 사형이 그와 빨리 만나면 만날수록 죽을 사람의 수가 줄어들 거라는 겁니다. 이것은 그가 자신의 입으로 직접 한 말입니다."

가만히 몽완을 노려보던 도종렬이 불쑥 물었다.

"너, 그와 무슨 관계냐?"

숨길 이유가 없었다.

몽완은 십이 년 전 순양에서 검엽과 인연을 맺게 됐던 경위를 상세하게 말해주었다.

"섬전수 이천릉에게 사사했다고? 말이 되냐? 이천릉이 고수이긴 하지만 황보무군과 싸우면 일천 초를 버티는 게 최선이야. 그런데 그에게 배운 자가 황보무군을 일초에 죽였다고. 십이 년 전 네가 만났던 자와 얼마 전에 만난 자가 동일인이 맞는 거냐?"

불신이 가득한 질문.

몽완은 망설이지 않고 대답했다.

"동일인이 맞습니다. 아마도 기연이 있었겠죠."

"기연?"

동일인이 맞는다면 십이 년 만에 절대고수가 될 수 있는 방법은 그것밖에 없었다. 그래도 믿기 어렵긴 매한가지였다.

도종렬이 허탈한 음성으로 투덜거렸다.

"기연이 길바닥에 굴러다니는 돌멩이라도 되는 모양이구나. 하늘이라고……. 하는 짓 보면 정말 불공평하다니까."

"그가 왜 사형을 만나고 싶어하는지는 모릅니다. 하지만 이 만남은 오히려 사형이 그에게 요구해야 될 상황입니다. 사형은 그를 만나 설득해야 합니다. 하려는 일을 그만 멈추라고 말입니다."

"그가 하고자 하는 일이 뭔데?"

몽완은 제남에서 검엽이 했던 말을 뇌리에서 끄집어냈다.

그는 토씨 하나 빠뜨리지 않고 검엽의 말을 기억해 낼 수 있었다.

"검엽은 제게 무(武)를 이용해 세력을 만들고, 그 세력을 이용해 권력을 잡은 후 천하를 자신의 뜻 아래 두려는 자들이라면 그가 누구든, 그 세력이 무엇이든 그의 손으로 반드시 무너뜨리겠다고 했습니다."

도종렬은 헛웃음을 흘리고 말았다.

"허어… 허……. 그는 자신이 말한 자들의 정점에 천공삼좌라는 당대의 절대자들과 구주삼패세라는 초거대 세력들이 있다는 것을 모르는 바보란 말이냐?"

몽완은 길게 한숨을 내쉬었다.

"저도 사형이 말씀하신 것과 같은 말을 해주었습니다만 소용이 없었습니다. 그는 천공삼좌와 구주삼패세도 자신의 손아래 쓰러질 것이라고 공언했습니다."

"……."

도종렬은 입을 딱 벌린 채 아무 말도 하지 못했다.

그가 정신을 차린 건 일다향이 지난 후였다.

"내 살다 살다 그렇게 광오한 소리는 처음 듣는다. 그 자식, 미친놈 아니냐?"

어투는 질문이지만 어감은 확신이다.

광인임이 틀림없다는 확신.

하지만 몽완은 도종렬의 의견에 동의하지 않았다.

도종렬이 객잔에서 검엽이 하는 말을 직접 들었다면 그는 결코 저런 말을 하지 못할 거라는 데 몽완은 목숨을 걸 자신도 있었다.

"사형, 황보세가가 무너지고 삼천이 죽었다고 하지 않습니까."

"너 그 나이에 그런 황당무계한 얘기를 믿냐? 그자가 뭔가 사람들이 모르는 사술을 쓴 거야. 천공삼좌가 연수해도 그런 결과가 나올까 말까다. 나와도 셋 다 만신창이가 될 것이 뻔하고."

"빙궁과 청랑파가 그 혼자에 의해 무너진 건 어떻게 설명하실 겁니까?"

"그것도 사술이지. 막북에 떠도는 소문에도 그런 내용이 있어. 그가 청랑파를 무너뜨릴 때 끔찍한 사술을 썼다고 하더라."

"아무리 사술을 써도 수천, 수만을 혼자서 무너뜨린 건 부인할 수 없는 사실입니다."

"눈에 띄지 않고 그를 돕는 자들이 있을 수도 있지."

검엽에 대한 도종렬의 불신은 흔들릴 기미조차 보이지 않았다.

"사형이 어떻게 생각하든 그를 만나봐야 합니다."

도종렬이 요지부동인만큼 몽완의 태도도 강경했다.

말을 듣지 않으면 납치라도 할 기세였다.

"쩝."

도종렬은 혀를 찼다.

그는 몽완의 말을 믿지 않았다. 하지만 천외무적천마 고검엽이라는 자에 대한 호기심은 시간이 지날수록 강해졌다.

고검엽에 대해 언급하는 몽완의 기색은 마치 사교에 빠진 광신도와 비슷한 구석이 있었다.

평생을 거지의 본분에 맞게 집착없이 산 몽완이었다.

그런 그를 광신도처럼 만든 자에 대한 호기심이 안 생겼다면 그건 거짓말이었다.

도종렬이 엉덩이를 툭툭 털며 일어났다.

"그래 좋다. 한번 그의 얼굴이나 보자. 무슨 말을 하는지 들어도 보고."

따라 일어선 몽완의 얼굴에 어두운 미소가 피어났다.

"고맙습니다, 사형."

"고마워해라."

퉁명스럽게 대꾸한 도종렬이 말을 이었다.

"황보세가를 떠난 그자가 서진한다는 소식은 들었다만 어디쯤에 있는지는 모르겠다. 애들 시켜서 그의 소재부터 파악하자. 이 근처에서 가장 가까운 분타가 어디더라? 그곳에 그의 행적과 관련된 정보가 있을 거야. 그리로 가자. 그다음에 뛰어도 늦지 않아."

"그렇게 하시죠."

몽완은 순순히 응했다.

도종렬과 대화를 하면서 마음의 불안이 어느 정도 씻겨 나간 터라 그의 안색은 조금 가벼워져 있었다.

근처에서 가장 가까운 개방의 분타는 여강 툰타였다.

*   *   *

검엽 일행은 신현의 중심가에 자리 잡은 산동객잔의 후원 별채 하나를 통째로 빌려 머물고 있었다.

멀리 산동객잔이 보이는 노상.

길을 가던 사람들은 한가롭게 걸어오는 세 사람을 무심코 보았다가 얼빠진 얼굴이 되어 걸음이 꼬이곤 했다.

사람 같지 않은 검엽과 섭소홍의 외모가 그들을 그렇게 만들었다.

낚싯대를 턱하니 오른쪽 어깨에 걸친 채 걸음을 옮기던 검엽은 고개를 들었다.

시간은 술시 말(저녁 9시경).

달빛은 환했고, 별은 강이 되어 흐르고 있었다.

구름 한 점 보이지 않는 밤하늘이었다.

그를 따라 밤하늘에 시선을 준 곽호의 눈이 가늘어졌다.

눈이 부시다는 기색.

그는 사십삼 년의 세월을 잃어버린 사람이다.

덕분에 매일이 새로울 수밖에 없었다.

"멋진 밤입니다, 주공."

검엽이 말을 받기도 전에 섭소홍이 곽호를 향해 곱게 눈을 흘겼다.

"사형, 그 나이에 남세스럽게 웬 감상이에요."

"멋진 걸 멋지다고 하는 게 남세스러운 거냐? 그럼 난 백만 번이라도 남세스러울란다."

섭소홍의 구박을 받은 곽호가 툴툴거렸다.

검엽은 싱긋 웃었다.

검군과 혈후는 그를 지극정성으로 모셨다.

그가 죽으라고 하면 그들은 서슴없이 자신들의 목을 베어 검엽에게 바칠 터였다.

의심할 여지가 없는 충성심이었다.

그러나 검엽에 대한 충성심의 기반은 조금 복잡했다.

초월적인 검엽의 능력에 대한 경외감이 충성심의 일차적 기반이긴 했다.

그러나 시간이 흐르며 경외감에 더해진 무엇이 있었다.

그것이 그들이 가진 절대적인 충성심의 진정한 기반이었다.

간간이 검엽을 향하는 그들의 눈에는 할아버지가 손주를 보는 것과 비슷한 정이 깃들어 있었던 것이다.

일견 무모하기 짝이 없어 보이는 도전을 포기하지 않는 청년.

긴 세월을 살아온 사람들이 마음을 준 젊은이에게 가질 법한 자부심과 깊은 정이 그들의 마음을 가득 채우고 있었다.

물론 그 감정은 도현된 적이 없었다.

받아들일 검엽도 아니었고, 그런 감정을 내색할 만큼 어리석은 쌍마존도 아니었으니까.

분명한 건 검엽이 그들을 받아들이는 태도가 희미하게나마 변하고 있다는 것이었다. 지금 그들의 대화를 듣고 미소를 지었던 것처럼.

느긋하지만 일정한 보폭으로 걸음을 옮기던 검엽의 눈빛이 변했다.

객잔과 오십여 장 떨어진 곳이었다.

그가 갑자기 걸음을 멈추자 절로 긴장한 곽호와 섭소홍의 눈빛이 날카로워졌다.

자연스럽게 검엽의 좌우를 막아선 그들은 사방을 훑어보았다.

내공이 깃든 그들의 눈과 감각이 일백 장 이내를 매처럼 누볐다. 하지만 그들은 특이한 것을 발견하지 못했다.

밤바람은 선선했고, 오다 가다 그들을 보고 넋을 잃은 사람들도 여전했다.

미소가 사라져 무표정하게 변한 얼굴로 검엽이 말했다.

"찾을 필요 없다. 객잔 안에 있으니까. 그리고 긴장들 하지 마라. 손님이 온 것뿐이다."

"……."

검엽의 안색을 변하게 만들 정도의 인물이라면 범상할 리 없었다.

그렇지만 검엽의 음성에서 느껴지는 것은 노여움이었지, 살기가 아니었다.

방문자가 적이 아니라는 뜻.

쌍마존은 머리가 터질 정도로 궁금했지만 입을 열 틈도 없었다.

검엽이 다시 걷기 시작했던 것이다.

산동객잔의 후원 별채는 앞 건물을 통하지 않고 뒤로 돌아도 들어갈 수 있는 문이 있었다.

사람들의 시선을 원치 않는 손님을 위한 배려였다.

검엽과 쌍마존은 앞 건물의 우측을 돌아 자신들이 머무는 별채로 갔다.

별채의 문이 보이는 지점에 도착했을 때 쌍마존의 안색이 돌처럼 굳었다.

그들은 서로를 돌아보았다.

별채에는 네 사람이 있었다.

쌍마존은 그들 중 두 사람의 기척을 이곳에 도착해서야 느꼈다. 그리고 한 사람의 기척은 이곳에서도 제대로 느껴지지 않을 만큼 존재감이 희미했다.

그들도 쉽게 여길 수 없는 절대고수가 안에 있는 것이다.

살기는 느껴지지 않았다.

검엽도 손님들일 뿐이니 긴장하지 말라고 했었다.

그러나 쌍마존은 긴장하지 않을 수 없었다.

그들은 언제라도 손을 쓸 수 있도록 공력을 끌어올려 전신에 퍼뜨렸다.

주군을 모시는 입장에 있는 사람이라면 마땅히 취해야 할 자세였으니까.

곽호가 말했다.

"주공, 제가 먼저 들어가 보겠습니다."

검엽은 고개를 저었다.

쌍마존은 아직도 그의 능력이 어디에 닿아 있는지를 몰랐다.

그는 안에 있는 사람들이 누구인지 이미 알고 있었다.

사람이 품고 있는 기세는 저마다 다르다.

한 스승 밑에서 같은 무공을 익힌 동문 사형제도 차이가 난다.

보통 사람들은 코앞에 사람을 두고도 그 차이를 알기 어렵지만 검엽은 명확하게 알고 있었다.

그가 기를 느낄 수 있는 영역 안에 상대가 있기만 하다면, 그리고 그 사람을 전에 한 번이라도 본 적이 있다면, 검엽은 상대의 기를 의식하는 순간 그 사람이 누군지 알 수 있었다.

그래서 그가 무표정해질 수밖에 없었던 것이다.

안에 있는 사람들은 그가 자신의 곁에 있는 것을 원치 않았던 사람들이었다.

특히, 한 사람은 더욱더.

별채의 정원에 석상처럼 서 있던 네 사람은 문이 열리며 검엽이 들어서는 것을 보았다.

그들 중 단 한 명, 진애명을 제외한 세 사람이 동시에 무릎을 꿇으며 검엽을 향해 대례를 올렸다.
 검엽을 따라 들어서던 쌍마존의 눈이 휘둥그레졌다.
 맨 앞에서 무릎을 꿇는 여인의 미모 때문이었다.
 같은 여인인 섭소홍은 물론이고 그녀의 미모에 단련된 곽호조차 놀라지 않을 수 없을 만큼 여인의 미모는 압도적이었다.
 여인은 설부화용이니 단순호치니 하는 묘사가 초라하게 여겨지는 절대미의 소유자였다.
 정사란은 고개를 숙인 채 떨리는 음성으로 말했다.
 "란아가 사숙… 을 뵈어요."
 "지존을 뵙습니다."
 그녀의 뒤에 무릎을 꿇은 채 극경의 예가 담긴 목소리로 고하는 두 사람의 말은 검엽의 귀에 들어오지도 않았다.
 검엽은 가타부타 아무 말 없이 정사란을 내려다보기만 했다.
 정원은 침묵에 휩싸였다.
 그의 입술 사이로 나직한 음성이 흘러나왔다.
 "형님은 그리 고집 센 분이 아니신데 누굴 닮은 것이냐."
 중얼거림.
 대답이 필요한 말이 아니었다.
 그의 시선이 정사란을 넘어 진애명을 보았다.
 넷 중 홀로 서서 깊게 읍을 한 유일한 여인이었다.
 그녀는 오직 여은향에게만 무릎을 꿇는다.

"종주님을 뵙습니다."

"아이와 함께 이 먼 길을 오시다니… 고생하셨습니다."

검엽도 고개를 살짝 숙여 그녀의 예를 받았다.

그가 할 수 있는 최고의 정중함이다.

"내치지 않으시는 것만으로도 보답을 받은 것이 아니겠습니까."

그녀의 음성은 밝았다.

반대로 검엽은 쓴웃음을 지었다.

내친다고 순순히 돌아갈 사란이었으면 당장 볼기를 때려서라도 내쳤을 것이다.

사란과 진애명을 떠난 검엽의 눈길이 사란의 뒤에 무릎을 꿇은 두 사람의 정수리에 닿았다.

"너희들은 왜 왔느냐?"

두 사람은 일남일녀였고, 아직 어렸다.

그들은 북해와 막북에 있어야 할 빙궁의 오치르와 막북의 남옥령이었다.

남옥령이 고개를 들어 검엽의 턱밑을 보며 말했다.

"저희들은 지존을 모시고 싶어 왔습니다."

그녀는 감히 검엽의 턱 위로 시선을 올리지 못했다.

검엽의 미간에 가는 골이 파였다.

정사란의 방문도 뜻밖이었지만 남옥령과 오치르의 방문은 그보다 더 뜻밖이었다.

그들이 자신을 찾아올 이유가 없었기 때문이다.

"나를 모신다고?"

남옥령과 달리 오치르는 검엽의 인중까지 시선이 올라왔다.

그가 아직 앳된 목소리로 말했다.

"예, 지존. 무엇이든 하겠습니다. 모실 수 있도록 허락해 주십시오."

당찬 음성.

말을 마친 오치르와 남옥령이 이마와 사지를 땅에 대며 오체복지했다.

검엽의 처분에 자신들의 모든 것을 맡기겠다는 완전한 복종의 뜻이 담긴 예였다.

그들을 내려다보며 검엽은 일시간 어이가 없어 말을 하지 못했다.

갑자기 혹이 눈덩이처럼 달라붙는 기분이었다.

늘 홀로 다니던 그였다.

생각이 있어 거둔 쌍마존도 가끔은 귀찮다는 생각이 들 지경인데 이마에 피도 마르지 않은 아이들 셋이 포함된 저들이야 오죽하겠는가.

검엽은 진애명을 보았다.

저들 셋의 능력으로는 그를 찾아올 수 없었다.

그가 행적을 드러내고 있다고는 하지만 저들에게는 그 행적을 추적할 수 있는 능력이 없는 것이다.

진애명은 검엽을 보며 부드러운 미소를 지었다.

그와 눈이 마주치자 그녀는 살짝 고개를 숙였다.

"곡주님의 명을 받고 소곡주와 함께 남하하다가 종주님을 찾고 있는 저 아이들을 보았습니다. 막무가내로 곳곳을 들쑤시고 있더군요. 사정을 듣고 제가 거두었습니다. 그렇게 드러내고 종주님을 찾으려 하는 것이 위험하게 보여서 그냥 두고 올 수가 없었습니다. 종주님의 기분에 거슬렸다면 저들의 잘못이 아니라 제 잘못입니다."

검엽은 내심 고개를 젓고 말았다.

여은향이 정사란을 보내며 진애명을 호위로 삼은 것은 탁월한 선택이었다.

천하에서 그의 양보를 끌어낼 수 있는 사람은 단 두 명뿐이었다.

진애명이 바로 그중의 한 명이었다.

다른 한 명이야 말할 필요도 없이 여은향이었고.

검엽은 낚싯대를 곽호에게 건네주었다. 그리고 뒷짐을 졌다.

오치르와 남옥령이 그를 찾아오게 된 과정에 대해 그는 전혀 궁금해하지 않았다.

그들은 그와 인연이 있기는 했지만 그의 관심을 끌기에는 존재감이 너무 약했다.

두 사람도 그것을 잘 알고 있었다.

그래서 자신들이 어떤 마음으로 그 멀고 험한 길을 오게 되었는지 미주알고주알 고하지 않은 것이다.

언감생심 바랄 수도 없는 일이었다.

그러나 정사란은 두 사람과는 완전히 달랐다.
검엽은 그녀와의 만남을 진심으로 피하고 싶었다.
그를 위해서가 아니라 그녀를 위해서였다.
요동에서 성숙한 그녀를 다시 만났을 때 그는 감춰진 운명의 한 자락을 엿보았다.
그리고 태산의 동굴에서 또 다른 자락도 보았다.
그녀는 자신과 얽히면 안 되는 여인이었다.
그러나 천하에는 마음을 먹는다 해도 뜻대로 되지 않는 일도 있었다.
검엽은 지금 그것을 깨닫고 있었다.
사란은 고개를 들어 그를 보고 있었다.
밤하늘의 별처럼 아름답게 빛나는 두 눈은 슬퍼 보였다.
그는 사란의 눈을 피하지 않았다.
천하의 무엇이 그를 피하게 만들 수 있을 것인가.
견딜 수 없는 감정이라도 그는 직시할 사람이었다.
그것이 그가 개척해 나가는 자신의 운명이었으니까.
사란의 눈을 응시하는 검엽의 시선은 바다처럼 깊고 아득했다.
그가 입을 열었다.
"검군, 혈후."
"예, 지존."
어안이 벙벙한 얼굴로 서 있던 두 사람은 화들짝 놀라며 허둥지둥 검엽의 부름에 응했다.

검엽을 난감하게 만드는 사람이 있으리라고는 꿈에도 상상해 본 적이 없는 두 사람이다.

그래서 그들은 돌아가는 상황이 전혀 이해가 되지 않았고 내심 무척 당황하고 있었던 것이다.

"할 일이 없어서 심심해했었지? 저 아이는 내 사질이다. 앞으로 저분과 함께 저 아이를 지켜라."

검엽은 진애명을 눈짓으로 가리켰다.

쌍마존이 누군가.

외모는 이제 삼십대지만 실제 나이가 구십을 넘은 강호의 노괴물들이다.

그들은 자신을 란이라 칭한 절세미인과 검엽 사이의 관계를 대번에 알아차렸다.

두 사람의 입가에 음흉하기 이를 데 없는 미소가 떠올랐다.

장래 주모가 될 것이 확실해 보이는 여인이 등장한 것이다.

곽호가 주먹을 들어 가슴을 힘차게 쳤다.

"염려하지 마십시오, 주공. 주모님 주변에 얼쩡거리는 사내놈들은 노소를 막론하고 바로 묻어버리겠습니다!"

목소리도 컸다.

무겁고 일견 어둡기도 했던 분위기가 단숨에 흐트러졌다.

곽호를 돌아보는 검엽의 눈이 가늘어졌고, 진애명은 손을 들어 입을 가리며 소리없이 웃었다.

고개를 푹 숙이는 정사란의 얼굴이 잘 익은 능금처럼 발갛게 달아올랐다.

"쓸데없는 소리하지 마라. 아이가 엉뚱한 생각을 하게 된다."

검엽의 음성은 엄했다. 하지만 이미 때를 놓친 말이었다.

좌중의 누구도 그의 말에 겁을 먹지 않았다.

그가 심마지해를 벗어난 후 처음으로 말이 통하지 않는 순간이었다.

그는 내심 고개를 저으며 남옥령과 오치르를 향해 말했다.

"옥령, 오치르."

"예, 지존."

"그 지존이라는 말 한 번만 더 하면 돌려보내겠다."

사색이 된 오치르와 남옥령이 서로를 보았다.

빙궁의 주인이었던 발로르나 청랑파의 파주 야율료에 버금가는 기도의 남녀가 지존이라 부르는 마당이다.

달리 검엽을 부를 마땅한 호칭이 생각이 날 리가 없었다.

"……."

"예전에 너희가 나를 불렀던 호칭을 쓰든지 해라."

검엽의 말에 두 사람은 안도의 한숨을 내쉬었다.

남옥령이 말했다.

"그럼 공자님이라고 부를까요?"

북해와 막북에 있을 때 그들은 검엽을 공자라고 불렀었다.

곽호가 인상을 썼다.

그가 생각할 때 공자라는 호칭은 검엽의 분위기나 격을 생각할 때 동떨어져도 그렇게 동떨어질 수가 없는 말이었다.

"주공이라고 불러라, 꼬마들아."
오치르와 남옥령은 지체없이 고개를 끄덕였다.
곽호의 으름장을 놓는 듯한 기세에 주눅이 든 것이다.
"예."
"검군."
곽호가 검엽을 돌아보았다.
"예, 주공."
"너무 나서지 마라. 나이를 생각해야지."
"……."
이번에는 곽호가 주눅이 들었다.

사십삼 년을 잃어버린 곽호는 자신이 아직도 오십대라고 착각할 때가 많았다.

곽호와 남옥령 등의 사이에는 한 갑자가 넘는 세월의 간극이 있다.

검엽은 내심 한숨을 내쉬었다.
"일어나라."
사란과 남옥령, 오치르가 일어나 고개를 숙이고 섰다.
검엽이 말을 이었다.
"옥령, 오치르."
"예."
"너희는 내가 아니라 란아를 모셔라."
지시는 간단했다.
고개를 번쩍 든 남옥령과 오치르의 얼굴은 환했다.

그들도 검엽과 사란 사이의 미묘한 관계를 어렴풋이나마 짐작한 상태였다.

사란을 시봉하는 것은 어쩌면 검엽을 시봉하는 것보다 더 중요한 일이 될지도 몰랐다.

고향을 떠난 후 수개월 동안 계속되었던 고생이 마침내 결실을 맺었다.

북해와 막북에서의 검엽을 기억하는 그들이다.

그곳에서 마신이라 숭앙되는 사내의 옆에 있을 수 있게 된 것이다.

그들은 들뜬 음성으로 대답했다.

"알겠습니다, 주공."

검엽의 눈빛이 무심해졌다.

"모두 내 앞길이 어떠할지는 잘 알 것이다. 오치르와 옥령은 직접 보기도 했었고."

이어지는 그의 음성은 서늘했다.

"선자, 그리고 쌍마존."

"예."

세 사람의 대답은 한목소리로 나왔다.

"그대들은 란아와 저 아이들을 지켜라."

"존명."

"목숨을 걸고 지켜 드리겠습니다."

세 사람은 고개를 숙이며 대답했다.

검엽은 천천히 걸음을 옮겼다.

그의 낮은 음성이 정원에 깔렸다.

"나는 그대들을 돌볼 여유가 없다, 각자의 목숨은 알아서 챙기도록."

냉정하기 이를 데 없는 말.

하지만 사람들은 실망하지도 서운해하지도 않았다.

그들 중 검엽의 성격을 모르고 찾아온 사람은 아무도 없는 것이다.

별채 안으로 들어가는 검엽의 시선이 찰나지간 고개를 숙이고 있는 사란의 이마를 스쳐 지나갔다.

지금까지 검엽은 사란과 단 한마디의 말도 나누지 않았다.

냉대였다.

사란의 두 눈은 슬퍼 보였다. 그러나 흔들리는 기색은 전혀 보이지 않았다.

각오하고 온 길인 것이다.

第十章

네 사람이 붙어 일곱이 된 검엽 일행은 다음날 아침 말을 타고 신현을 떠났다.
 마필은 새벽부터 발품을 판 곽호가 어딘가에서 구해왔다.
 덕분에 일행은 편하게 길을 갈 수 있었다. 하지만 아마도 말 주인은 꽤나 시달렸을 것이다.
 신현에는 마시장이 없었으니까. 설령 마시장이 있어도 누가 꼭두새벽부터 말을 팔려고 하겠는가.
 다가닥. 다가닥.
 말발굽 소리는 느렸다.
 말은 달리지 않았다.
 천천히 걸어갔다.

검엽이 달릴 생각을 하지 않으니 누구도 달리지 못했다.
의문이 있는 사람도 있었다. 그러나 검엽에게 왜 천천히 가느냐고 묻지 않았다.
감히 물을 수도 없었지만 묻고 싶지 않다는 게 그들의 솔직한 심정이었다.
사람들은 이 느린 여행을 즐겼다.
쌍마존이 그랬고 남옥령과 오치르가 그랬다.
그들은 조만간 맞닥뜨릴 상황이 얼마나 무자비하고 처참할 것인지 경험으로 알고 있었기 때문이다.
사란과 진애명이야 검엽이 무엇을 하든 아무런 의문 없이 무조건 따를 사람들.
애초부터 그들은 의문 자체를 갖지 않았다.
관도는 넓었고, 야트막한 구릉이 연이어지는 주변 풍광은 나쁘지 않았다.
검엽을 제외한 사람들은 쉽게 오지 않을 여유를 만끽하며 바람에 몸을 맡겼다.

중천을 지난 해의 기울기가 가팔라질 무렵, 검엽 일행은 하남성을 밟을 수 있었다.
그들은 하남성 경내로 접어든 후 사십여 리를 더 전진했다.
사위가 어둠에 잠겼을 때 일행은 남악현에 들어섰다.
그리고 검엽은 남악현의 입구에서 자신들을 기다리고 있는 약관의 젊은 거지를 볼 수 있었다.

거지는 일곱이나 되는 검엽 일행을 보고 긴가민가하는 표정이었다.

고개를 갸웃하며 일행을 훑어보던 그의 시선이 사란에게 닿았다.

그는 벼락이라도 맞은 것처럼 입을 헤벌렸다.

눈의 초점도 확 풀렸다.

곽호의 눈빛이 사나워졌다.

"눈 치워라. 죽는 수가 있다."

낮게 깔린 음성에 진득한 살기가 묻어났다.

그는 자신의 임무를 충실하게 수행했다.

목소리가 들린 방향으로 고개를 돌린 젊은 거지는 정신이 번쩍 든 얼굴이 되었다.

그의 등골이 식은땀으로 젖어들었다.

그는 자신을 위협한 장년인이 누군지 알고 있었다.

그의 무공으로는 장년인의 반초도 받아낼 수 없었다.

그는 마상의 검엽을 올려다보았다. 그리고 다급하게 포권하며 말했다.

"고검엽 대협이십니까?"

검엽은 눈살을 찌푸리며 고개를 끄덕였다.

그는 대협이라는 말을 좋아하지 않았다. 하지만 젊은 거지를 타박할 수는 없는 일이었다. 그는 단순한 심부름꾼에 불과했으니까.

검엽이 그를 상대하는 것을 본 곽호의 기세가 누그러졌다.

내심 가슴을 쓸어내리며 안도의 한숨을 내쉰 거지가 말했다.

"몽완 장로님이 뫼시라 하셨습니다."

젊은 거지, 개방 남악 분타 소속의 일결제자 석천은 검엽 일행을 안내하며 끊임없이 주변을 살폈다.

행로도 가능하면 건물의 그늘을 택했고, 사람이 잘 다니지 않는 골목을 빙빙 돌았다.

이각가량 말없이 석천의 뒤를 따르던 검엽이 말고삐를 잡아챘다.

말이 제자리에 못 박히듯 정지했고, 그의 뒤를 따라 일행 전부가 정지했다.

뒤에서 들려오던 말발굽 소리가 들리지 않자 석천이 걸음을 멈추고 뒤를 돌아보았다.

그의 안색이 하얗게 질렸다.

마상에서 그를 보고 있는 두 개의 푸른 귀화와 눈이 마주쳤기 때문이었다.

심장이 내려앉을 만큼 놀란 그는 엉덩방아를 찧으며 주저앉았다.

"귀… 귀……."

다행히 그는 뒷말을 하지 않았다.

하늘에 떠 있는 밝은 달빛 덕분에 검엽의 백의를 볼 수 있었던 것이다.

검엽이 말했다.

"몽 노인이 이렇게 안내하라고 하지는 않았을 터. 도종렬이 시킨 것이냐?"

개방 방주의 이름을 함부로 부르는 사람이다.

석천은 화를 내야 한다고 생각했다. 하지만 그것은 생각에 그쳤다.

그는 화를 내기는커녕 고개조차 들지 못했다.

검엽의 눈에 실린 신마기에 직격당한 그였다.

개방의 일결에 불과한 제자가 초강고수 소리를 듣던 자들도 견뎌내지 못한 파멸천강지기를 무슨 재주로 버틸 수 있으랴.

그는 말 잘 듣는 아이처럼 고개를 주억거리며 대답했다.

"그렇습니다."

"몽 노인의 얼굴을 봐서 이번은 넘어가겠다. 하지만 한 번 더 쥐새끼처럼 군다면 나는 내 길을 가겠다."

"저… 방주님께서는 대협 일행을 주목하는 자들이 많아서 그들을 떼어놓고 오라고……."

엉금엉금 기어 일어난 석천은 사시나무처럼 떨리는 음성으로 도종렬의 지시를 읊었다.

곽호의 눈썹이 일그러졌다.

그가 스산한 음성으로 낮게 소리쳤다.

"감히 네놈 따위가 주공의 말씀에 토를 단단 말이냐. 도종렬이 맨발로 뛰어나와서 영접을 해도 시원찮을 판인데! 대로로 안내해라. 주공이 어떤 분이신데 그늘에 숨어 다닌단 말이냐!"

석천은 입을 꾹 다물었다.
 방주 도종렬의 지시는 지엄했다. 그러나 그는 더 이상 일행을 골목으로 데리고 다니지 않기로 결정했다.
 도종렬의 지시를 핑계로 저항할 수 있는 사람들이 아니었다.
 검엽이 정말 자신의 길을 간다면 도종렬이 검엽을 만나러 가야 했다.
 석천에게 개방의 방주는 천하에서 가장 존귀한 사람이었다.
 그런 개방 방주가 희대의 대마두라는 소문이 퍼지고 있는 사내를 만나러 가는 건 정말 모양새가 좋지 않았다.
 차라리 행적이 드러나도 검엽 일행이 개방 방주를 뵈러 가야 했다.
 속사정이 어떻든 모양새는 그게 훨씬 나았다.
 골목을 벗어난 석천은 대로로만 걸었다.
 그가 일행을 안내한 곳은 남악현 서남로 안쪽에 자리 잡고 있는 아담한 장원이었다.
 본래 도종렬의 지시대로라면 석천은 검엽 일행을 장원의 뒷문으로 데리고 들어가야 했다.
 그러나 석천은 그럴 수 없었다.
 그는 정문을 두드렸다.
 탕!
 활짝.
 지켜보고 있던 사람이 있었던 듯했다.
 여러 번 두드릴 새도 없이 정문이 열리며 인상을 우그러뜨린 덩치 큰 중년 거지가 석천의 멱살을 잡아 안쪽으로 패대기쳤다.
"어이쿠!"
"너 이따 보자."
중년 거지는 화를 참기 힘든 듯 석천에게 돌덩이처럼 굳은 살이 잔뜩 박힌 주먹을 쥐어 보였다. 그리고는 씩씩거리며 검엽에게 말했다.
"들어오시지요. 기다리고들 계십니다."

장원의 대청.
그림도 도자기도 없는 대청은 조촐함이 지나쳐 황량했다.
있는 것은 달랑 의자 다섯 개.
두 개의 의자에는 두 명의 늙은 거지가 앉아 있었다.
도종렬은 어이가 없다는 얼굴로, 몽완은 저 봐라 하는 표정으로 안으로 들어서는 검엽을 보았다.
자리에서 일어선 도종렬이 한숨을 푹 내쉬며 투덜거렸다.
"빌어먹을, 비밀 가옥 한 채가 그냥 가뿐하게 날아갔구만……"
"그래서 제가 차라리 드러난 객잔 같은 곳에서 만나는 게 훨씬 나을 거라고 몇 번이고 얘기했잖습니까."
도종렬을 따라 일어선 몽완이 심드렁한 어조로 말을 받았다.
그가 검엽에게 말했다.
"네 부탁대로 사형을 데리고 왔다."
"고맙습니다."

검엽은 담담하게 웃었다.
보지 않았어도 몽완이 얼마나 애를 썼을지 눈에 선했다.
그도 강호상에 퍼지고 있는 자신의 소문을 알고 있었다.
소문 속의 그는 피도 눈물도 없는 희대의 대살성이었고, 삼두육비의 대마두였다.
의협의 정점에 있는 개방의 방주가 그와 독대하는 건 위험할 뿐 아니라 정도무림인들이 오해할 소지가 다분했다.
그런 부담을 끌어안고 몽완은 도종렬을 데리고 온 것이다.
여강 분타에서 검엽의 종적을 파악하는 건 쉬웠다.
그가 몸을 숨기지 않은 때문이었다.
감시하라고 대놓고 다니는 사람을 찾지 못하면 개방이 아니다.
검엽의 행적을 파악한 도종렬과 몽완은 여강 분타를 떠났고, 산동과 가까운 남악 분타에서 검엽을 기다린 것이다.
도종렬이 검엽의 눈을 응시하며 말했다.
"당신이 천외무적천마라 불리는 고검엽 공자요?"
"그렇소."
"노부는 도종렬이라 하오. 부족하나마 개방을 맡고 있소."
두 사람은 서로 반공대했다.
도종렬의 신분으로 이는 파격이라 할 만했다.
그렇게 생각할 사람이 있을까 싶지만 검엽은 이제 중원에서 이름을 날리기 시작하는, 어떻게 보면 강호초출이나 다름없는 신진이었으니까.

무공이 무시무시하게 강하고, 등장하자마자 강호정세를 뒤흔들고 있는 신진고수라는 게 대다수의 평범한 신진들과 다르긴 해도.

도종렬의 파격적인 대우에도 불구하고 그 태도가 마음에 들지 않는 사람은 있었다.

곽호였다.

"흐흐흐, 자칭 노부라 이거지……."

한 걸음 앞으로 나서 검엽과 어깨를 나란히 한 곽호의 잇새로 괴소라 부를 만한 웃음소리가 흘러나왔다.

도종렬은 흠칫하며 몸을 떨었다.

그는 자신의 실수를 깨달았다.

쌍마존은 도종렬과 몽완의 스승인 청수개 온주당과 동배의 인물들이다.

그들 앞에서 자신을 높이는 건 그들을 무시하는 행위였다.

지난날 곽호의 광망한 성정이 유지되고 있었다면 사단이 나도 벌써 났을 것이다.

그는 쌍마존에게 정중하게 포권을 했다.

"인사가 늦었습니다. 선배님들은 세월을 거꾸로 보내시는구려."

"오랜만이다. 오십 년 전에 보았을 때는 새파랗게 젊었는데 못 본 사이에 원숭이처럼 팍삭 늙었구나."

곽호의 화답은 시큰둥했다.

도종렬은 내심 혀를 찼다.

"같이 늙어가는 처지에 말 좀 가립시다, 선배."
"너나 가려라. 난 이렇게 살다 죽을란다."
곽호의 좌충우돌은 거침이 없었다.
그는 도종렬 정도(?)의 인물이 검엽과 대등하게 대화를 나눈다는 것이 아주 마음에 들지 않았다.
그 감정이 겉으로 다 드러났다.
도종렬의 눈빛이 날카로워졌다.
몽완도 기분이 상한 기색이었다.
과거의 인연과 강호상의 배분이 어떻든 도종렬은 현재 천하제일대방, 개방의 방주였다.
명백한 곽호의 결례였다.
묵묵히 곽호와 도종렬의 대화를 듣고 있던 검엽이 가볍게 손짓을 했다.
그것으로 곽호와 도종렬의 신경전은 끝이 났다.
입을 다물고 검엽에게 목례를 한 곽호가 한 걸음 뒤로 물러났다.
허락받지 않고 나선 것에 대한 사죄의 목례.
도종렬의 안색이 굳었다.
제자들을 통해 계속 얘기를 들었는데도 그는 자신이 눈으로 보고 있는 광경이 믿어지지가 않았다.
파산검군 곽호를 한 번의 손짓으로 침묵시키는 사람이 있다니.
게다가 곽호의 기색으로 보아 진심으로 죄송하게 여기고 있는 듯하지 않은가.

도종렬은 자신도 모르게 침을 삼켰다.

충격으로 입안이 바짝 말라 버린 것이다.

말로 듣는 것과 직접 보는 것 사이에는 어마어마한 차이가 있었다.

도종렬은 호흡을 가다듬었다.

여강 분타에서 검엽의 정보를 취합하여 분석한 그는 검엽과의 만남이 어쩌면 개방의 명운을 좌우할 수도 있다는 결론을 얻었다.

검엽은 몇 가지 면에서 당세의 무림정세를 무너뜨릴 수 있는 잠재적인 가능성을 가진 존재였다.

그는 단신으로 움직였고, 그가 무너뜨린 상대는 긴 세월 동안 그 지역을 지배해 온 초거대 세력이었으며, 그는 상대가 복수를 꿈꾸지 못할 만큼 철저하게 무너뜨렸다.

최근까지 그가 무너뜨린 세력은 셋이었다.

북해의 빙궁, 막북의 청랑파, 산동의 황보세가.

빙궁은 정사 중간으로 분류되었고, 청랑파는 마도로 분류되며, 황보세가는 정도로 분류되는 문파다.

이유를 알 수는 없지만 검엽은 정사마, 정사 중간을 가리지 않고 거대 세력들을 무너뜨려 온 것이다.

도종렬은 검엽의 행보를 들여다보며 전율했다.

검엽은 무(武)에 뜻을 둔 사람이라면 누구나 한 번쯤 꿈꾸어 보았을 법한 길을 가고 있었다.

이는 대단히 중요했다.

당세의 정세는 삼패세의 치하에서 안정되어 있는 듯 보이지만 저변엔 묘한 기류가 흐르고 있었다.

무림은 황조의 지배로부터 벗어나 재능과 노력만으로 육신과 정신의 자유를 얻고자 했던 무인들이 만들어낸 세상이었다.

그러나 당세의 무림은 삼패세의 눈 밖에 나면 생존이 위협받을 정도로 꽉 짜여 돌아갔다. 당연히 권위와 힘에 의한 압력을 태생적으로 거부하는 무인들의 분방한 기질과 잘 맞지 않았다.

삼패세가 두려워 겉으로 드러내지는 않아도 현재의 무림 구도가 잘못되어 있다는 생각과 그것을 깨뜨릴 수 없다는 분노와 절망은 수십 년이 흐르는 동안 무림의 저변에 넓은 공감대를 형성해 왔다.

그런 정서가 무림의 하부에 광범위하게 퍼져 나가 자리를 잡고 증폭을 조금씩 더해가는 바로 그 시점에 검엽이 등장했던 것이다.

그의 등장은 무림사에 유래가 드물 정도로 화려했고, 행보는 거침이 없었다.

정사마도 가리지 않았고, 상대가 얼마나 강한지도 가리지 않았으며, 하나의 문파를 무너뜨린 후 닥칠 게 명백한 여파도 고려하지 않았다.

어찌 보면 아무 생각이 없는 듯한 행보였고, 어찌 보면 천하에 두 번 다시 보기 어려울 만큼 광오하며 패도적인 행보이기도 했다.
 보는 시각이 어쨌든 검엽의 행보에는 현재의 무림을 지배하고 있는 기존의 질서를 무너뜨릴 수 있는 위험한 요소들로 가득 차 있었다.
 '자유분방하며 치열했던 과거의 무림을 열망하는 자, 삼패세의 지배에 염증을 느끼고 있는 자라면… 단신으로 천하에 도전하고 있는 그에게 열광할 수밖에 없다. 이건 정말 위험해.'
 검엽을 향한 도종렬의 눈빛은 복잡했다.
 그는 세상과 일정한 거리를 두고 살고 있는 몽완과는 입장이 달랐다.
 수백 년 역사와 전통을 가진 개방의 방주였으며, 삼패세의 한 축인 정무총련의 최고 수뇌부에 속해 있는 것이다.
 그는 곽호를 힐끗 보며 내심 한숨을 내쉬었다.
 곽호의 개입으로 인해 그는 이 자리의 주도권을 잃었다.
 무림의 배분이나 명성, 그리고 무공 등 모든 측면에서 그는 곽호의 상대가 되지 못했다.
 그가 곽호보다 우위에 있는 것은 개방의 방주라는 것 하나뿐이었다. 물론 그 하나에 비하면 다른 열세는 아무것도 아니긴 했지만.
 곽호는 도종렬과의 간단한 몇 마디 말싸움을 하며 그것을 극명하게 드러냈다.
 그의 성격으로 보아 의도적이라고 생각되지는 않았지만 어쨌든 결과는 그렇게 되었다.

도종렬이 검엽에게 말했다.

"곽 선배처럼 주공이라고 부를 수도 없고, 몽 사제처럼 하대하는 것도 불편한 일이니 공자라고 부르겠소. 괜찮겠소?"

"좋을 대로 하시오."

검엽은 선선히 대답했다.

호칭 따위야 아무려면 어떠랴.

"몽 사제에게 과거 척천산장에 머물렀던 적이 있다고 들었소만."

검엽의 눈빛이 강해졌다.

"나는 말을 돌리는 걸 좋아하지 않소."

"험… 험."

도종렬은 헛기침을 했다.

그가 말했다.

"산장과 무맹에 머물 때와는 성격이 많이 바뀌신 듯… 하오."

"세월 앞에서 변하지 않는 것은 거의 없지. 방주도 잘 아는 것 아니오?"

"그렇기는 하오만."

도종렬은 떨떠름한 얼굴로 고개를 끄덕였다.

북해에서 모습을 드러내기 이전의 검엽에 대한 정보는 척천산장과 대륙무맹에 머물 때의 것밖에 없었다.

개방의 정보망은 놀라워서 짧은 시간 동안 그때의 검엽이 어떤 사람이었는지 대략적인 것을 파악했다.

그것은 검엽에 대해 몽완이 건네준 정보가 있었기에 가능했다.
 그렇게 취합된 결과 나타난 검엽의 성격은 아주 특이했다. 요상스럽다고 해도 이상하게 여겨지지 않을 정도였다.
 그때의 검엽은 세상에 무관심했고, 사람에 대해 냉소적이었다.
 더해서 속을 알 수 없는 놈이라는 주변의 평가를 꼬리처럼 달고 다녔으며, 사람 속을 긁어대는 말솜씨도 꽤 유명했다.
 "공자가 단도직입적인 것을 좋아하는 듯하니 그렇게 하겠소. 몽 사제를 통해 나를 만나고 싶어한단 말을 들었소. 이유가 뭐요?"
 "소문을 내주시오."
 도종렬의 얼굴이 멍해졌다.
 몽완도 그랬고, 쌍마존도 그랬다.
 그러나 강호정세를 알지도 못하고 관심도 없는 진애명과 사란, 오치르와 남옥령은 표정이 변하지 않았다.
 도종렬이 되물었다.
 "소문을 내달라니, 그게 무슨 말이오?"
 "내가 움직이는 경로, 내가 한 일. 그 모든 것에 대해 소문을 내주시오. 과장해도 좋고 악의로 가득 찬 소문도 좋소."
 들을수록 모를 말뿐이라 도종렬은 눈만 껌벅였다.
 "그러니까… 공자를 천하의 대마두라 부르는 산동무림인들의 시각을 그대로 강호상에 퍼뜨려도 좋다는 말이오? 공자가 황보세가를 봉문시킨 것 때문에 섬서가 뒤집혔다는 건 아시오? 정무총련에서 공자를 그냥 두지 않겠다는 분위기라는 것은? 공자의 말대로 개방의 발을 따라 소문이 퍼지면 공자는 천하의 공적이 되오. 정녕 아시오?"
어이없다는 기색이 역력한 질문.
그러나 대답은 싱거웠다.
검엽이 담담하게 고개를 끄덕였던 것이다.
그가 말했다.
"물론 알고 있소. 내가 원하는 것이 그것이니까. 의도했던 것이기도 하고."
검엽을 보는 도종렬의 눈빛이 쏘는 듯 날카로워졌다.
말없이 검엽을 보던 그의 눈빛이 조금씩 흐트러졌다. 그리고 낯빛도 하얗게 변해갔다.
그는 마치 괴물이라도 보는 것처럼 검엽을 보았다.
"설마… 천하를 한곳으로 모으려는 심산이란 말이오?"
경악으로 인해 도종렬의 음성은 미미하게 떨려 나왔다.
검엽은 흰 이를 살짝 드러내며 소리없이 웃었다.
"개방의 방주답구려."
긍정이다.
도종렬이 발끝으로 옆자리의 몽완을 걷어찼다.
그가 물었다.
"내가 제대로 들은 것이 맞냐?"
평소의 몽완이었다면 같이 걷어찼을 것이다.
그러나 그도 대들 여력이 없었다.

도종렬만큼이나 충격을 받은 때문이었다.
그와 도종렬은 검엽이 앞으로 무엇을 하려 하는지 알고 있었다.
그의 목적을 아는 사람이라면 그가 개방의 정보력을 동원해 소문을 퍼뜨리려 하는 의도가 무엇인지 어렵지 않게 짐작할 수 있었다.
그러나 의외로 그렇게 짐작하는 것은 또 무척 어려운 일이기도 했다.
상식을 가진 사람이라면 그런 시도 자체를 할 리가 없었기 때문이었다.
도종렬이 물었다.
"공자… 미쳤소?"
"어디서 헛소리냐!"
대로한 곽호의 잇새로 스산한 일갈이 토해졌다.
"나서지 말라 하지 않았더냐."
곽호를 일별하며 내뱉은 검엽의 음성은 담담했다.
하지만 곽호는 대번에 창백한 안색이 되어 비틀거리다가 한쪽 무릎을 꿇었다.
검엽의 전신에서 흘러나온 가공할 마기가 대청을 가득 메우고 있었다.
형태가 없음에도 불구하고 저항은 상상조차 할 수 없는 전율스러운 마기.
신마기로 정화되지 않은 절대역천마기였다.

"죄송합니다, 지존."

몽완은 이미 한 번 경험한 터라 덜했다.

그러나 검엽의 기세를 처음 겪은 도종렬의 이마엔 식은땀이 쭉 솟았다.

곽호를 떠난 검엽의 시선이 도종렬을 향했다.

동시에 마기도 사라졌다.

그가 물었다.

"진심이란 말이오?"

"진담이오."

"좋소. 아직도 잘 믿기지 않는 것이 솔직한 심정이긴 하지만 진담이라고 합시다. 그런데 내가 왜 공자를 도와야 하는 거요."

검엽은 소리없이 웃으며 팔짱을 꼈다.

"방주가 내 요구를 거절한다면 강북을 비롯한 천하의 거대 문파들은 개별적으로 나의 방문을 받게 될 거요, 황보세가처럼. 그럼 어떤 일이 벌어질지 상상이 되지 않으시오?"

도종렬은 이를 악물었다.

그는 상상력이 그렇게 풍부한 사람은 아니었지만 충분히 상상할 수 있었다.

산동의 무림인 사천이 손님으로 와 있는 상태에서도 황보세가는 무너졌다.

도와주러 온 사람이 없는 상태에서 개별적으로 검엽의 방문을 받는 문파라면 결과는 정해진 것이나 다름없다 할 수 있었다.

천하의 문파 중 황보세가보다 강한 무력을 보유한 문파가 과연 몇이나 될 것인가.

입만 산 허풍선이가 아닌 것이다.

검엽의 말이 이어졌다.

"당신이 내 요구를 수락한다면 강북의 정파는 두 가지 이득을 얻을 수 있소. 하나는 개별 문파가 내 방문을 받지 않아도 된다는 것이고……."

그의 입가에 드리워진 미소가 짙어졌다.

"또 하나는 정무총련의 깃발 아래 강북의 문파들이 하나로 모여 나를 상대하면 그들이 나를 죽일 수도 있다는 것이오. 무림의 대마두를 제거하는 거지."

검엽은 싱긋 웃으며 말을 이었다.

"가능성은 밤하늘의 별을 따는 것보다 희박하겠지만 말이오."

대청은 바늘 하나 떨어지는 소리도 들릴 것 같은 정적에 휩싸였다.

검엽의 말은 보통 사람이 생각할 수 있는 영역을 완전히 벗어나 있었다.

저런 말을 저렇게 웃으며 하는 건 정말 미친 자가 아니고서는 가능하지 않아야 했다.

그러나 검엽은 미치지 않았다.

그것이 도종렬을 더 혼란스럽게 했다.

죽지 않을 자신이 있다는 건지 아니면 싸우다 죽어도 좋다는 건지 그는 검엽의 속내를 짐작할 수 없었다.

검엽이 말했다.

"여기까지는 개방이 추구하는 대의를 따르는 것이오. 하지만 내 요구를 들어주면 당신과 개방은 두 가지의 이득을 얻게 될 거요. 첫 번째는 개방이 나를 공격하지 않는 한 나 또한 개방도에게 손을 쓰지 않을 테니 많은 제자들의 생명을 구할 수 있다는 것이고, 두 번째는 내가 정파무림인들의 손에 쓰러진다면 당신과 개방은 정파의 은인이 될 거라는 거요."

그가 말했다.

"내가 거절한다면?"

검엽의 얼굴에서 미소가 사라졌다.

그가 말했다.

"방주가 내 요구를 수락하지 않아도 소문은 날 거요. 속도가 느리고 폭도 작을 테지만. 소문이 시원찮게 나면 정무총련 소속의 문파들은 이리저리 저울질을 하며 시간을 보낼 테고, 전력을 다해 나를 상대하지도 않을 거요."

그의 음성은 높낮이가 없었다.

"내가 들은 바에 의하면 현재도 총련은 정심당과 청심당으로 나누어져 권력 투쟁이 진행되고 있다던데 그렇게 분열된 상태로는 총련의 전력을 제대로 끌어내기 어렵지. 총련의 힘을 끌어내기 위해서는 그들이 상대해야 할 적의 힘이 강해야 한다는 건 기본이지. 분열되어서는 절대로 상대할 수 없다는 결론을 낼 정도로. 그렇지 않소?"

검엽의 입꼬리가 미미하게 비틀렸다.

"만약 그들이 힘을 합치지 않고 현재의 행태를 그대로 유지

한다면 나는 좀 더 여유를 갖고 강북의 문파들을 각개격파하게 될 거요. 당연히 총련의 피해는 눈덩이처럼 불어나게 될 것이고. 그들이 문제의 심각성을 자각했을 때는 총련의 세력이 심각하게 약화된 상태라 힘을 합쳐도 나를 상대할 수 없는 상황에 내몰려 있을 거요. 그리고 그 과정에서 개방도 봉문당할 거요. 저항하는 거지들은 모두 시체가 되어 핏속에 쓰러질 것이고. 의심할 필요는 없소. 방주가 내 요구를 들어주지 않으면 벌어질 일이니까."

도종렬은 입술을 깨물었다.

그의 눈빛이 강해졌다.

"협박하는 거요? 본 방은 협박에 굴한 적이 없는 역사를 가진 방파라는 것을 공자는 알아야 할 것이오!"

분기가 서린 음성.

그러나 검엽은 간단하게 고개를 저었다.

"협박? 내 말이 협박으로 들렸다면 내가 말을 잘못한 거요. 나는 협박을 하지 않았소. 일어날 사실을 말한 것일 뿐."

그는 진심으로 도종렬을 협박할 생각을 갖고 있지 않았다.

도종렬은 심장의 한 구석이 허물어지는 기분을 느꼈다.

그도 검엽의 말이 진심임을 알 수 있었던 것이다.

검엽은 개방 정도는 안중에도 없었다. 협박할 가치를 느끼지 못할 정도로.

도종렬은 흥분을 가라앉혔다.

말싸움을 할 상대도 아니었고 그래서도 안 되었다.

긴장한 그의 눈빛이 잘 벼린 칼날처럼 날카로워졌다.
"총련은 무능하지 않소. 비각과 천밀원의 능력도 탁월하고, 공자의 생각처럼 흘러가지 않을 거요."
"그들이 무능하다고 말한 기억은 없소만. 그러나 총련은 덩치가 너무 크오. 움직이는 데 시간이 많이 걸리지. 비각과 천밀원의 정보는 수뇌부만이 열람할 수 있다고 들었소. 분열되어 있는 수뇌부는 손익계산에 바쁜 법이지. 그들을 빨리 움직이도록 강제하려면 총련의 중간 이하 무사들 사이에 강한 위기의식이 있어야 하오. 그들 사이에 힘을 모아 나를 제거해야 한다는 여론이 들불처럼 일어나면 수뇌부의 움직임도 빨라질 거요."
소문이 필요한 진짜 이유였다.
도종렬은 모골이 송연해졌다.
검엽은 그 자신을 죽일 수 있도록 하기 위해 도종렬을 부른 것이다.
'…미치지 않았다는 게 믿기지 않는… 미친 소리들이다…….'
그가 물었다.
"각개격파하는 쪽이 공자에게 더 유리한 일이 아니오? 총련의 무력이 모인다면 공자가 하늘을 가르는 재주가 있더라도 상대하기 어렵소."
"상대할 수 있느냐 없느냐는 당신이 고민해 줄 일이 아니오. 그건 내가 알아서 하오. 그리고 그들이 힘을 모으기 전에 각개격파하면 나는 물론 유리하오. 하지만 나는 그렇게 천하를 돌아다니고 싶지 않소."

"왜……?"

"정무총련이 내 유일한 상대는 아니기 때문이오. 장강이남에 군림성과 무맹도 있지 않소? 그들을 각개격파하며 다닌다면 아마도 십 년 세월도 모자랄 거요. 하지만 나는 길어도 이 년 이내에 중원행을 마무리 지을 생각이라오."

경악한 도종렬의 입이 딱 벌어졌다.

이 년 내에 삼패세를 무너뜨리겠다는 폭탄선언이었다.

눈앞의 청년이 저렇게 황당무계한 말을 할 자격이 있음을 도종렬은 부인하지 못했다.

장성이북과 산동에 쌓인 시산혈해가 그것을 증명하고 있는 것이다.

그는 말을 할 마음의 여유를 잃었다.

몽완을 통해서 전해 듣는 것과 직접 당사자에게 듣는 것은 느낌이 달라도 너무 달랐다.

간이 떨릴 지경인 것이다.

검엽이 쐐기를 박았다.

"당신과 개방이 손해를 입을 건 아무것도 없소. 방주라면 총련 내 정치적인 문제 정도는 헤쳐 나갈 능력이 있다고 보는데… 해볼 만한 거래라고 생각되지 않소?"

도종렬은 대답하지 않았다.

검엽의 말대로 손해 볼 일은 아니었다. 그러나 간단하게 생각할 문제가 아니라는 것도 분명했다.

검엽의 제안을 수락한다면 정무총련 내에서 개방의 입지가 미묘해질 가능성이 농후했다.

그의 말처럼 정치적인 영역의 문제였다.

도종렬은 무거운 음성으로 말했다.

"공자의 제안을 수락하려면 장로회의를 열어야 하오."

"중원 각지에 퍼져 있는 개방의 장로들을 모아 회의를 열고 결론을 얻으려면 반년은 족히 걸린다고 알고 있소. 그런 정상적인 절차에 따라 내 제안이 논의되기를 바랐다면 난 방주를 만나지 않았을 거요."

검엽의 음성은 단호했다.

도종렬의 이마에 깊은 주름이 밭고랑처럼 패었다.

지금 결정해야 하는 것이다.

개방의 내부절차상 사후에 장로들의 인준을 받아도 되긴 했다.

그러나 그는 검엽의 제안을 단독으로 수락하거나 거절하는 것에 대해 심한 부담을 느끼고 있었다.

그래서 시간을 벌려고 했는데 검엽이 받아들이지 않고 있는 것이다.

'이자는 총련에 경고를 해주기를 원한다. 위기를 느낀 총련이 분열을 종식하고 힘을 모아 자신을 상대하도록 만들고 싶어한다. 그리고 그것을 깨뜨리려 한다……. 내가 수락하지 않는다면 이자는 자신의 말대로 총련 소속 문파를 각개격파할 것이다……. 나도 너무 오래 살았다. 살아서 이런 미친 바람이

몰아치는 강호를 보게 될 줄이야…….'
 장고에 들어가는 도종렬의 안색은 어두웠다.
 검엽도 그의 사색을 방해하지 않았다.
 두 사람이 입을 닫자 대청은 삼엄한 정적에 잠겼다.
 도종렬이 입을 연 것은 생각에 잠긴 지 일각이 지났을 때였다. 그가 말했다.
 "나는 공자를 고금에 드문 불가일세의 대마존으로 소문을 낼 거요. 공자는 천하무림사에 다시없을 악마로 기록될 거외다. 필요하면 조작도 서슴지 않겠소."
 검엽은 흰 이를 드러내며 웃었다.
 "원하는 대로 하시오. 말리지 않으리다."
 조작을 하겠다는 도종렬의 말이 그를 미소 짓게 했다.
 그는 자신의 손이 얼마나 무정한지 잘 안다.
 도종렬이 북해와 막북에서 그를 보았다면 조작이 필요없다는 것을 알았을 것이다.
 그는 이미 절대마존이라 불릴 만한 시산혈해를 이룩했다. 그리고 앞으로 그 시산은 더 높아지고 혈해는 더 깊고 넓어질 터였다.
 도종렬이 말했다.
 "수락은 했지만 시간이 필요하오. 나는 공자에 대해 소문만을 들었소. 직접 내 눈으로 본 것이 아니란 말이오. 공자가 말한 일을 시작도 하기 전에 쓰러져 버린다면 본 방은 헛소문이나 퍼뜨리는 집단으로 매도당할 염려가 있소."

"좋도록 하시구려. 눈으로 확인하는 데 오래 걸리지 않을 테니."

여운이 담긴 말이었다.

의미를 깨달은 도종렬과 몽완은 안색이 변해 서로를 돌아보았다.

도종렬이 물었다.

"…공자는 어디로 가려 하시오?"

도종렬의 음성은 가늘게 떨렸다.

검엽은 천천히 자리에서 일어나며 말했다.

"하남에는 정무총련 수뇌부에 속한 문파가 둘이 있소. 하지만 그중 하나는 내가 손을 대지 않겠다고 약속했지. 그럼 하나의 문파만이 남소. 나는 그곳으로 갈 거요. 방주는 그곳에 내 방문을 사전통지해도 좋소. 그들의 준비가 훌륭하면 혹 내가 그곳에서 쓰러질 수도 있는 일이 아니겠소?"

"……."

도종렬은 금방이라도 쓰러질 것 같은 얼굴이 되었다.

개방을 제외하고, 하남성에 있는 정무총련 소속의 거대 문파는 단 하나다.

도종렬의 입술 사이로 단말마의 비명과도 같은 세 글자가 흘러나왔다.

"…소… 림… 사……."

第十一章

천마검섭전

하남성 개봉.
북부대로의 뒷골목에 마련된 정무총련 비각 소유의 비밀 가옥.
비각주 종자온은 눈살을 잔뜩 찌푸렸다.
눈살만 찌푸린 것이 아니었다.
깊게 팬 주름도 그의 이마를 뒤덮었다.
그는 방금 부하가 전해준 보고서를 손에 들고 있었다.
내용이 이해가 되지 않는 보고서였다.
종자온은 뒷짐을 진 채 방 안을 서성였다.
방 안에 있는 사람은 그뿐이다.
"도 방주가 고검엽을 만났다, 사람들 시선을 피하지 않고

서……. 설마 했는데, 황보세가를 봉문시킨 고검엽이 순양에서 몽완과 인연을 맺었던 그 고검엽이 맞군."

낮은 중얼거림.

기억을 더듬는 듯 그의 음성은 약간 떠 있었다.

황보세가의 변고를 접하고 가장 먼저 움직인 정무총련의 세력은 정보를 담당하고 있는 비각이었다.

지휘는 종자온이 직접 했다.

총련의 열네 기둥 중 하나가 타의에 의해 무너진 상황은 결코 가볍게 넘어갈 수 없는 중대한 사안이었기 때문이다.

비각의 총원 중 절반을 투입한 정보 수집을 통해 종자온은 황보세가를 봉문시킨 자의 이름이 고검엽이라는 것을 알아낼 수 있었다.

투입한 전력에 비하면 무척 수월하게 얻어낸 정보였다.

그럴 수밖에.

현장에서 검엽이 자신의 이름을 밝히는 것을 들은 자들 중 이천여 명이 살아남았으니까.

어쨌든 종자온과 비각의 중견 인물들에게 그 이름은 익숙한 것이었다.

십이 년 전 총련의 영역 내에서, 초평익의 손자인 초인겸을 죽인 후 비각의 천라지망을 뚫고 사라졌던 자의 이름이 아니던가.

대륙무맹과 군림성의 호남성 전투의 원인이 되었던 자이기도 했고.

기억에서 지워지지 않던 자.

호남성 전투가 초평익의 급작스러운 후퇴로 끝난 후 종적을 찾을 수 없던 자가 돌아온 것이다.

그러나 처음부터 종자온이 황보세가에서 모습을 드러낸 고검엽과 십이 년 전 추적했던 고검엽을 동일인이라고 생각했던 건 아니었다.

긴가민가하던 그를 확신하게 만든 건 고검엽을 추적하던 중 포착된 두 가지 변화였다.

하나는 대륙무맹의 맹주 직속 기관인 무맹천위대가 고검엽의 뒤를 쫓고 있는 것이었고, 또 하나는 개방주 도종렬이 고검엽과 만났다는 정보였다.

도종렬만 있었다면 종자온도 달리 생각했을지도 몰랐다. 그러나 비각의 정보망에 잡힌 그 만남의 주선자는 전직 개방 장로 무중개 몽완이었다.

"무중개가 중재를 했겠지. 그들이 왜 만났을까? 만나서 어떤 얘기를 나누었을까? 무중개라면 몰라도 도 방주는 고검엽과 일면식도 없는 사이라 회포를 풀 사이도 아닌데…… 도 방주는 그와의 만남에 대해 왜 총련에 언질을 하지 않았을까?"

종자온의 고민은 이마의 주름살만큼이나 깊었다.

"도 방주와 만난 후 그자는 일로서진하고 있다. 하루 정도 뒤에는 개봉에 도착할 것이다. 지금까지 움직이는 것보다 두 배는 빠른 속도야. 목적지가 어디일까?"

우리에 갇힌 짐승처럼 방 안을 쉴 새 없이 빙글빙글 돌던 그가 걸음을 멈췄다.
 "지난날의 그자도 위험했지만 지금보다는 덜 했다. 마음이 불안해. 도 방주를 직접 만나봐야겠다. 그는 알고 있는 것이 있겠지……."
 입을 다문 그는 방문을 열었다.

*   *   *

 하남성 등봉현.
 숭산 소림사.

 어둠이 서서히 밀려가는 새벽.
 자신의 키만 한 싸리 빗자루를 들고 대웅전 앞마당을 힘겹게 쓸고 있던 노승은 진물이 흐르는 작은 눈을 들었다.
 그의 시야에 들어온 동쪽 하늘은 어슴푸레한 빛이 밀려들어오고 있었다.
 노승은 구부렸던 허리를 폈다.
 톡톡톡.
 손으로 두드린 허리가 조금은 시원해졌다.
 고풍 가득한 산사의 바람은 마음까지 씻어 내리는 듯 맑기만 했다.
 동녘 하늘을 바라보는 노승의 눈에 쓸쓸한 빛이 떠올랐다.
 "아미타불……."

그의 입술 사이로 목탁 소리처럼 맑고 청아한 불호 소리가 흘러나왔다.

"…마(魔)도 순수할 수 있는가……. 다 늙어 죽을 때가 되니 보이지 않던 것이 보이는구나……. 천공 사형… 사형이 쌓은 업(業)의 장막이 소림을 덮기 시작했소. 아미타불… 권세와 명예, 그리고 재물에 대한 강한 집착이 만들어낸 업(業). 피[血]로 쌓은 업이니, 피[血]로 풀 수밖에. 절간에 먹을 것이 넘치게 만든 것이 중들 자신이거늘 이제 와 누구를 탓할 수 있으랴. 생사가 둘이 아니요[生死如一], 만상이 다르지 않나니[萬象不異]. 아미타불……."

노승은 다시 비질을 시작했다.

오시 중엽(낮 12시경).

소림의 방장실에선 딱딱하게 굳은 목소리가 흘러나왔다.

"벽운을 죽인 죄도 아직 묻지 않았거늘, 감히 일개 마두가 소림을 공격하겠다고 했단 말이더냐! 더구나 혼자서!"

"그렇다 합니다, 방장 스님."

벽인은 송구해하며 대답했다.

방장실의 가운데 정좌하고 있는 육 척 장신의 노승, 소림의 당대 장문인 정안(正眼)은 그의 스승이었다.

정안은 긴 숨을 서너 번이나 내쉬고 나서야 치미는 노여움을 삭일 수 있었다.

그가 평생을 고련한 반야신공이 일순간이나마 흐트러질 만큼 개방이 보내온 소식은 자극적이었다.

노여움은 많이 가라앉았다. 그러나 그의 굳은 얼굴은 펴지지 않았다.

그는 자존심에 치명적인 상처를 입었다.

"도 방주가… 분명 우리가 대비를 하지 않으면 위험하다고 말했다고?"

벽인은 고개를 숙였다.

"…예……."

"아미타불, 일개 마두 한 명이 소림을 봉문시키러 가고 있으니 본파가 대비를 해야 한다는 말이냐? 더구나 위험할 수 있다니……. 어찌 그런 말을 함부로 할 수 있다는 것이냐. 백가장의 세력이 커지며 본파의 영향력이 감소되었다고는 해도 도 방주가 본파를 능멸하는구나. 황보세가가 당했다고 본파까지 당할 거라 생각하다니……."

검엽의 걸음은 소문보다 많이 느렸다.

황보세가에서 일어난 변고가 소림에 전해진 것은 꽤 되었고, 벽운승의 죽음도 그때 함께 전해졌다.

정안의 탄식에 벽인은 몸 둘 바를 몰라 했다.

그가 말했다.

"방장 스님, 너무 노여워하시면 몸에 해롭습니다. 설마 도 방주가 그런 뜻으로 말을 하였겠습니까. 제자는 도 방주께서 호의로 그리 말했다고 생각합니다."

벽인을 향하는 정안의 눈빛이 온화해졌다.

"네가 나보다 낫구나."
"송구합니다."
"그래. 네 말대로 도 방주의 뜻을 온전히 호의로 받아들이도록 하자꾸나. 그의 성정이 괴팍하기는 하나 본파를 비웃을 정도로 사람이 비뚤어졌다고 생각하기는 싫으니……."
정안의 눈에 횃불과도 같은 신광이 이글거렸다.
그가 말을 이었다.
"검엽이라는 자가 어디쯤 도착했는지 알 수 있느냐?"
"도 방주는 산 아래 등봉현에 개방 사결제자를 배치해 놓겠다고 하셨습니다. 본파가 원하는 정보는 그 사결제자에게 전해놓을 테니 필요하면 언제든 가져가라는 말도 덧붙이셨습니다."
"사람을 보내거라. 그자가 어디쯤에 있는지 알아야겠다."
벽인은 싱긋 미소를 지었다.
"벽천 사제를 이미 보냈습니다, 방장 스님. 반 시진 정도 후면 벽천이 돌아올 것입니다."
정안은 벽인을 보며 기꺼운 얼굴로 미소를 지었다.
이제 사십대 중반으로 들어선 벽인은 다음 대 소림방장이 될 거라 기대를 한 몸에 받고 있는 인재였다. 그는 탁월한 두뇌와 무공, 그리고 인품, 불학 등 다방면에 걸쳐 남다른 깊이를 가지고 있었다.
그는 황보세가에서 죽은 사제, 벽운에 대한 슬픔을 내색하지 않았고, 당면한 현안을 냉정하게 받아들였다.

도종렬의 전언을 받자마자 십팔나한의 막내인 벽천을 등봉현으로 내려보낸 것도 그의 성정을 알 수 있는 한 예였다.

반 시진 후 소림의 분위기가 변했다.

사내의 향화객은 모두 정중하게 돌려보내졌고, 소림의 무승들 대부분이 소속된 나한전에 비상이 걸렸다. 동시에 최근 수년 간 열린 적이 없는 장로회의가 열렸다.

굳이 비밀에 붙일 일이 아니었기에 정안선사는 도종렬의 전언을 장로회의 석상에서 공개했다.

일개 마두가 단신으로 소림을 봉문시키기 위해 찾아오겠다는 걸 듣고 평정을 유지할 수 있는 사람이 누가 있겠는가.

천하공부출소림, 무림의 태산북두…….

소림을 경외하며 칭송하는 말만 모아도 책 한 권은 수월하게 쓸 수 있으리라.

이런 문파에 몸담고 있는 사람들의 자부심이야 말해 무엇하랴.

소림은 분노했다.

*   *   *

사시 말(오전 11시경).

소림 산문 앞.

평소라면 향화객들과 오가는 스님들로 붐볐어야 할 곳이 심산유곡의 암자처럼 한산했다.

보이는 것은 다섯 명의 스님뿐.

그들은 굳은 신색으로 장승처럼 서 있었다.

맨 앞에 있는 스님은 사십 초반으로 보이는 온화한 중년승, 지객당을 맡고 있는 벽월이었다.

벽월은 깊이 숨을 들이마셨다.

그와 네 명의 상 자 돌림 승들의 시선은 백팔 계단의 첫 번째 계단을 밟으며 산문으로 올라오고 있는 삼십 중반의 흑포 장년인에게 못 박혀 있었다.

왼손에 고색창연한 검을 가볍게 들고 있는 장년인은 이목구비가 굵고 뚜렷한 미남이었는데 기도가 대단했다.

그의 전신에서는 만인 가운데 섞여 있어도 한눈에 알아볼 수 있을 것만 같은 강렬하고 패도적인 기세가 흘러나왔다.

장년인의 걸음은 빠르지 않았다.

한 걸음이면 산문 앞에 도착할 수 있는 경공을 보유하고 있음에도 그는 걸어서 산문 앞까지 왔다.

그것이 벽월의 마음을 무겁게 했다.

경공을 사용하지 않음은 급할 것이 없다는 뜻. 그리고 급할 것이 없다는 건 여유가 있다는 것을 의미했다.

벽월은 장년인의 정체를 이미 알고 있었다.

찾아온 이유도.

벽월의 무겁던 기색을 서서히 노기가 밀어냈다.

그러나 그의 기색은 겉으로 드러나지 않았다.

그래서는 안 되는 자리에 있는 사람이었으니까.

그렇다 해도 천하의 소림사를 봉문시키겠다고 호언장담하며 방문하는 자, 그것도 당사자가 아닌 종을 자처하는 자의 여유를 지켜보는 것은 그에게 더할 나위 없는 심적 고통을 주었다.

벽월의 앞에 도착한 장년인, 곽호가 벽월을 향해 대충 합장하며 중얼거렸다.

"사람이 나와 있을 거라는 말씀대로구만."

검엽 일행이 소림사 근처의 등봉현에 도착한 것은 한 시진 전이었다.

기도가 남다른 중년승들의 마중은 소림에서 그들을 예의주시하고 있다는 것을 의미했다.

벽월이 곽호를 향해 마주 합장했다.

곽호와는 달리 그의 합장은 정중했다.

"아미타불, 소림의 벽월이라 합니다. 파산검군 곽 노시주시겠지요?"

"쩝… 맞소."

곽호는 혀를 차며 대답했다.

사십삼 년 동안 제왕홀의 신기에 침습을 당하며 과거의 광기와 살기는 거의 대부분 제거되었다. 그렇다고 그의 성격마저 변한 것은 아니었다.

그는 예의를 갖추는 것을 좋아하지 않았고, 평생을 천방지축으로 살았다.

그런 그가 벽월의 말을, 그것도 존대로 상대해 주는 건 당연히 그가 원해서가 아니었다.

검엽의 뜻인 것이다.

곽호는 품에서 백색의 서신 한 장을 꺼내어 벽월에게 불쑥 건넸다.

벽월은 어리둥절한 얼굴로 서신을 받았다.

뭔가 대화가 있을 거라 생각했는데 난데없이 서신을 주니 당황하지 않을 수 없었다.

"이게 무엇입니까, 노시주."

"나는 안의 내용을 말할 자격이 없소. 방장 스님께 전하시오."

곽호와 눈이 마주친 벽월은 가슴이 섬뜩해졌다.

곽호는 씨익 웃으며 말했다.

"내일 아침 사시 초에 지존께서 소림을 방문하실 예정이오. 지존께서는 그때 방장 스님의 답변을 듣고 싶다 하셨으니 방장 스님께 그대로 전해주시오."

말을 마친 곽호는 벽월에게 예의 별 성의가 담기지 않은 합장을 한 후 미련없이 몸을 돌렸다.

그가 맡은 임무는 끝났다.

떠나가는 곽호의 등을 바라보던 벽월은 산문 안으로 날 듯이 달려들어 갔다.

소림사 내에서 그의 신분은 낮지 않았다. 그러나 이번 일에 관한 한 그는 심부름꾼에 불과했다.

반 각도 지나기도 전.

소림사는 분노라는 이름의 광풍에 휩싸였다.
검엽이 소림 장문인 정안에게 보낸 서신의 내용은 간결했다.

봉문하라.
거부한다면 시신의 산이 소실봉을 덮고, 피의 강이 태실봉까지 차오르리라.

*　　*　　*

등봉현 미륵객잔.
후원 별채.

무림인보다 일반 향화객과 풍광을 보러 오는 여행자들이 많은 숭산이다. 인접한 등봉현의 규모는 상당했고, 큰 도시에나 있을 법한 객잔들도 여러 개 되었다.
미륵객잔도 그렇게 규모가 큰 객잔에 속하는 곳이었다.
검엽 일행은 다른 곳에서와 마찬가지로 이곳에서도 별채 하나를 통째로 세냈다.
별채를 통째로 빌린 건 검엽이 번잡한 것을 싫어하는 게 주된 이유였지만 일행의 숫자가 늘어난 것도 한몫했다.
일행의 면면이 하나같이 예사롭지 않아서 어딜 가나 사람들의 이목이 집중되었던 것이다.
검엽은 별채 앞의 정원 한쪽에 마련된 작은 정자에 앉아 있었다.

햇빛을 받은 빙천혈의 주변으로 눈부신 은빛이 떠다녔다.

정자 앞에 도착한 곽호가 허리를 숙였다.

"주공, 다녀왔습니다."

검엽은 묵묵히 고개를 끄덕였을 뿐 말이 없었다.

수고했다라는 입에 발린 칭찬은 기대도 하지 않은 터라 곽호는 별다른 기색 변화 없이 허리를 폈다.

그가 검엽과 동행한 지도 한 달에 가깝다.

검엽의 무심한 반응에 만성이 된 것이다.

깊은 눈으로 생각에 잠겨 있던 검엽이 말문을 열었다.

"소림은 나 혼자 간다."

곽호가 눈을 크게 떴다.

"그대와 혈후는 아이들과 함께 남아라."

곽호는 아쉬운 기색이었다.

그러나 함께 가겠다는 말은 하지 않았다.

그는 검엽의 입에서 한 번 나온 말이 번복되는 걸 본 적이 없었다.

그가 말했다.

"소저께서 고집을 부리실지도 모릅니다."

"막아라."

검엽은 짧고 단호하게 말했다.

"알겠습니다."

잠시 말이 없던 검엽이 입을 열었다.

"옥령과 오르치의 기초를 잡아주도록."
검엽의 말은 엉뚱했다.
당연히 곽호는 어리둥절했다.
"예?"
"란아의 옆에는 약자가 있어서는 안 된다. 전부 어떤 상황에서도 자신을 지킬 능력 정도는 있어야 해."
곽호의 입가에 작은 미소가 걸렸다.
그는 자신이 지금 검엽의 속내를 얼핏이나마 들여다보고 있다는 것을 깨달았다.
마치 옆에 없는 사람인 것처럼 대하고 있었지만 검엽은 사란이 손을 써서 세상과 얽히는 것을 원하지 않고 있었다.
그는 사란에게 험한 것을 보고, 겪게 하고 싶어하지 않는 것이다.
곽호는 힘차게 검엽의 말을 받았다.
"철저하게 가르치겠습니다. 앞으로도 소저께서 나설 일은 결코 없을 것입니다, 주공."
검엽은 고개를 끄덕인 후 입을 닫았다.
그가 더 이상 입을 열지 않을 거라는 걸 깨달은 곽호는 인사를 한 후 그 자리를 물러났다.
검엽은 팔짱을 끼며 눈을 감았다.
'소림……'
보통의 문파와는 격이 다른 문파였다.
무력(武力)도 그랬지만 뿌리 또한 그러했다.

소림은 중원무림의 성지이면서 불문의 성지이기도 한 것이다.

'정무총련의 초대 련주는 소림신승(少林神僧) 천공선사였고, 이대 련주는 화산의 검성(劒聖) 적우자였다.'

그는 눈을 떴다.

밤바다처럼 어둡고 깊게 가라앉은 눈빛.

'개성이 강한 거대 문파들의 횡적 연합이라 모래성이 될 거라는 세간의 평을 일축하고 총련을 짧은 시간 동안 반석처럼 단단한 기반 위에 올려놓은 자들… 그들 이후 중원정도는 사실상 육파일방과 칠대세가를 정점으로 하는 현재의 질서를 구축할 수 있었다.'

눈 깊은 곳에서 지옥의 귀화와 같은 푸른빛이 배어 나왔다.

'무림의 권력을 기웃거리지 않았다면 소림은 내 방문을 받지 않았을 것이다. 하지만 그들이 가진 무력과 영향력이 정도무림을 지배하고 있는 총련의 가장 거대한 힘 중 하나인 이상 소림은 내 손에 무너진다……. 총련의 창설 뒤에 천하의 판을 짜는 자들이 있고, 천공이 초대 련주를 맡은 이상 소림은 그자들과 어떤 식으로든 깊숙이 연관되어 있을 수밖에 없다. 소림이 무너지면 그자들의 반응도 좀 더 직접적이 되겠지…….'

검엽의 등 뒤로 묵청색의 처절한 마기가 후광처럼 솟아올랐다. 그리고 안개처럼 정원을 휘감아갔다.

'대자대비한 부처의 법력이 그대들을 보호하기를 바란다. 세속의 권력에 경도된 그대들을 보호할 불력이 그대들이 믿는

부처에게 남아 있는지는 모르겠다만.'
 팔짱을 푼 검엽은 자리에서 일어났다.
 마기가 스르르 잦아들었다.
 부처는 대각(大覺) 직전 천마 파순의 유혹을 받았다.
 그는 파순은 아니지만 출도 후 천마라는 별호를 얻었다.
 고사(古事)를 떠올린 검엽은 흰 이를 드러내며 소리없이 웃었다.
 그의 미소는 서늘했다.
 '혹시 소림에 대각의 실마리를 잡고 있는 인물이 있을지도…… 그리고 그가 나를 보고 대각을 얻을지도…….'
 검엽의 시선이 별채의 입구를 일별했다.
 단아한 궁장 차림으로 서 있던 사란이 그의 시선을 의식한 듯 고개를 숙였다.
 검엽의 눈빛이 무심해졌다.
 사란에게서 눈을 뗀 그는 자신의 방을 향해 걸어갔다.
 그가 사라진 정원엔 홀로 남은 사란의 쓸쓸한 한숨만이 조용히 흘렀다.

第十二章

천마검엽전

소림사 산문 앞.

일천여 명이 넘는 수의 무승들이 방편산과 선장, 곤을 비롯한 다양한 무기들을 손에 들고 도열해 있었다.

소림사 내의 무승뿐만 아니라 숭산 일대의 암자와 사찰에 흩어져 있는 소림승들 가운데 무공이 출중한 인물들은 다 모인 듯했다.

무리의 앞에 서 있는 사람은 소림방장 정안과 그의 사제들이었다.

소림사와 하나가 되기라도 한 것처럼 미동도 없이 서 있는 사람들 사이에 작은 움직임이 생겨났다.

산 아래쪽에서 중년 거지 한 명이 바람 같은 신법으로 달려오고 있었다.
 그는 산문 앞에 도착한 후 정안을 향해 포권을 했다.
 "방장 스님, 방주님의 전갈입니다."
 그는 정안에게 서신 한 장을 건네준 후 예의 그 바람 같은 신법을 펼쳐 아래로 달려 내려갔다.
 중년 거지의 안색은 돌처럼 딱딱했고, 움직임은 다급했다.
 그래서일까.
 물처럼 고요한 눈빛으로 산문 아래를 내려다보던 정안의 눈 깊은 곳에 가는 파문이 일었다.
 그가 말했다.
 "정법 사제."
 "예, 장문 사형."
 정안의 부름에 답하며 오른쪽에서 한 걸음 앞으로 나서는 사람은 나한전주 정법이다.
 그는 움직일 때마다 승복이 찢어지지 않을까 걱정될 만큼 전신이 단단하고 두터운 근육으로 뒤덮인 칠 척 거구의 노승이었다.
 나한전은 소림 무공을 연구하고, 그것을 후인들에게 전수하는 걸 전담하는 곳이다.
 그래서 대대로 나한전의 전주를 맡은 인물들은 소림 내에서도 대표적인 무공광들이었고, 다섯 손가락 안에 드는 절세의 고수들이었다.
 정법 또한 마찬가지였다.

그는 이십여 년 전 천자배가 일선에서 물러난 후 소림의 요직을 차지한 정자배 인물 가운데 장경각주인 정행에게만 상수를 양보한다는 초절정고수였다.

정안의 안색은 무거웠다.

"아미타불, 그자가 십오 리 밖에 도착했다는구만."

그가 말을 이었다.

"개방의 도 방주가 보내온 정보에 의하면 천마라는 자는 무공의 깊이가 가늠할 수 없는 초강자라고 하네. 그리고 그는 손을 쓸 때 인정사정이 없어 마치 악마와 같다고 하네. 탐색 같은 것을 하지도 않고 말일세. 소림에서 살계를 먼저 열 수는 없는 일이니 그가 소림을 능멸하는 짓을 사과하고, 황보가를 혈세한 것에 대해 죄를 받겠다고 한다면 이 일은 원만하게 해결될 것이나 그가 거부한다면 자네가 제자들을 지휘하여 그자에게 죄를 묻도록 하게."

정법은 빙긋 웃었다.

"장문 사형, 그자를 지나치게 높게 평가하시는 듯합니다. 그자는 금강팔승도 뚫지 못하고 무릎을 꿇게 될 것입니다. 팔승 뒤에 십팔나한이 있고, 그 뒤에 백팔나한진이 또 그 뒤에 본사 역사상 외부인을 대상으로 한 번도 펼쳐진 적이 없는 오백나한진이 준비되어 있습니다. 설사 그자가 북방에 떠도는 소문대로 기괴한 사술을 사용하는 고금에 드문 대마존이라 하더라도 오늘 이곳에서 뼈를 묻게 될 것입니다."

그의 음성은 자신감으로 가득했다.

그리고 그의 말을 들은 소림승들은 너나 할 것 없이 고개를 끄덕였다.
정법의 의견은 오만이 아니었다.
이곳은 중원무공의 시원이라 불리는 소림사였으니까.
조용한 분노가 소림사를 휘감았다.
달마조사가 소림을 찾은 이후 이번처럼 소림이 능멸을 당했던 적이 없었다.
더구나 지금의 소림은 정무총련을 만드는 데 주도적인 역할을 하면서 그 이전보다 힘과 영향력이 두 배 이상 커졌다.
정무총련 내에서 단일문파로는 화산파, 백가장 외에는 견줄 문파가 없었고, 두 문파도 소림보다는 못하다는 게 세간의 평가가 아닌가.
이각여가 지났을까.
저벅저벅.
사람의 모습은 보이지 않았다.
들리는 것은 둔중하고 일정한 발자국 소리.
숨을 쉬기 곤란해짐을 느낀 사람들이 내공을 운기하기 시작했다.
산문 앞에 정렬해 있던 소림승들의 안색이 변했다.
발자국 소리에 실린 기세는 가공스러웠다.
숭산 전체가 기세의 권역에 들었다.
하늘이 무너져 어깨를 짓누르는 듯한 느낌.
천지가 암울한 마기에 침몰해 가는 듯했다.

정안과 그의 좌우에 선 정법, 정행을 비롯한 소림사 수뇌부의 두 눈에 강렬한 신광이 어렸다.
 정안의 입술이 벌어지며 굉량한 불호가 흘러나왔다.
 "아미타불……."
 그의 전신을 아지랑이와도 같은 기운이 맴돌며 에워쌌다.
 주변에 있던 사람들의 안색이 조금 편해졌다.
 정안이 펼친 것은 칠십이종절예 중에서도 익히기가 난해하기로 정평이 난 대반야진력과 사자후신공이었다.
 두 신공은 마기와는 상극이다.
 저벅저벅.
 발자국 소리는 계속되었다.
 그리고 사람들은 소림사로 향한 길의 끝에 순백의 백의를 입은 사람의 모습이 나타난 것을 볼 수 있었다.
 천여 명의 소림승이 정렬한 채 자신을 기다리고 있는 것을 본 검엽의 입술 사이로 흰 이가 드러났다.
 소리없는 웃음.
 산문에서 일백여 장 떨어진 곳에 도착했을 때 검엽은 걸음을 멈췄다.
 정안이 그를 똑바로 응시하며 말했다.
 "무엄한 자. 그대는 어찌하여 청정한 불토를 더럽히고 능멸하려 하는가. 공도에 따라 본사를 능멸하고 황보가를 혈세한 죄를 받는다면 용서를 받을 수 있겠지만 그렇지 않다면 그대는 이곳에서 살아 돌아가지 못하리라."

정안의 오른손에는 소림 장문인의 상징인 녹옥불장이 들려 있었다.

상대할 자격이 있는 자였다.

검엽이 말했다.

"권세를 탐하는 중들에게도 공도가 있는 줄은 몰랐군."

그의 음성은 낮았다.

그의 말을 들은 소림승들은 가슴이 답답해졌다.

목소리는 맑고 듣기 좋았다. 하지만 그 안에는 무시무시한 마기가 실려 있었다. 불문의 신공과는 상극인 절대의 마기가.

검엽의 말에 실린 의미를 대번에 알아차린 소림 수뇌부의 얼굴이 노여움으로 굳어졌다.

정안이 말했다.

"천하창생을 위해 소림의 힘을 빌려준 것이거늘. 그것이 어찌 권세를 탐하는 일이 될 수 있단 말인가. 정무총련이 없었다면 강북마저 군림성과 무맹의 악도들에게 장악되었을 것이다. 그대는 그것을 모른단 말인가!"

"총련은 선이고, 군림성과 무맹은 악이라는 말이로군. 편한 잣대로군. 하지만 나는 그런 것에는 관심이 없다. 그대들이 선이든 악이든."

"선악에 관심이 없다고? 그렇다면 그대는 왜 본사에 봉문을 요구하는 것인가?"

"소림이 불가의 도량이 아니라 무림의 문파이기 때문이지."

검엽의 입가에 드리워진 미소가 짙어졌다.

그가 말을 이었다.

"칼로 흥한 자는 칼로 망한다고 하지 않나? 그대들은 불력이 아니라 무력으로 자신들의 믿음을 증명하고 있다, 무림 속에서!"

그의 두 눈에 푸르스름한 귀화가 피어올랐다.

"무력으로 자신의 뜻을 관철하는 자들은 그 뜻에 반하는 무력을 상대할 각오가 되어 있어야 한다. 나는 그대들의 반대편에 서 있는 자. 나는 그대들이 선이든 악이든 관심이 없지만 어쨌든 그대들은 나를 막아야만 한다. 그렇지 못한다면 그대들은 계속 자신들을 선(善)이라고 주장할 수 있는 기회를 잃게 될 테니까."

검엽은 입을 다물었다.

정안은 검엽과 대화가 되지 않는다는 것을 절실하게 깨달았다.

검엽은 소림을 사찰이 아닌 정무총련에 속한 무림의 문파로 보고 있었다.

그런 이상 더 이상의 대화는 무의미했다.

정안이 정법에게 눈짓을 했다.

고개를 끄덕이고 정안에게 합장으로 인사를 한 정법이 자신의 뒤에 서 있는 여덟 명의 승인을 향해 손짓을 했다.

그들은 정법의 수제자들로 나한전 최고의 고수들인 금강팔승이었다.

금강팔승은 일위도강의 신법으로 한 걸음에 십여 장씩을 건

너뛰며 검엽을 향해 달려갔다.
 그들의 등을 바라보며 정안이 외쳤다.
 "소림의 제자들은 금강항마범창(金剛降魔梵唱)으로 대마두의 사악한 마기를 제압하라!"
 금강항마범창은 마기와 사기를 제압하기 위해 창안해 낸 절기로, 마공이나 사공을 익힌 자는 그 공력이 심후할수록 더 심한 타격을 받는다고 알려져 있다.
 "아미타불!"
 일천여 명의 소림승의 입에서 한목소리로 불호가 터져 나왔다.
 불호에 이어지는 범창의 내용은 항마진언(降魔眞言).
 "아이금강삼등방편(我以金剛三等方便) 신승금강반월풍륜(身乘金剛半月風輪) 단상구방남자광명(壇上口放喃字光明) 소여무명소적지신(燒汝無明所積之身) 역칙천상공중지하(亦勅天上空中地下)……"
 검엽의 입가에서 미소가 사라졌다.
 정안은 검엽을 마공을 익힌 자라고 보았지만 그것은 큰 착각이었다.
 지존신마기는 절대역천마기를 기반으로 하기에 드러날 때는 마기의 형상을 갖고 있다.
 그러나 신마기의 본질은 혼돈.
 그것은 신기와 마기를 모두 포괄하고 있다.
 항마진언이 신마기에 영향을 미칠 가능성은 전무했다.

불행하게도 소림승들은 그것을 몰랐다.

금강팔승은 눈 서너 번 깜박일 사이에 검엽의 사방을 포위했다.

그들이 차지한 위치는 절묘했다.

나한진과 더불어 소림 이대진법이라 칭송받는 심등제마진(心燈制魔陣)이다.

"마두여, 소림을 능멸한 죄를 받으라!"

금강팔승의 수좌 벽일은 검엽을 향해 손두껑만 한 손바닥을 휘두르며 일갈했다.

그를 비롯한 금강팔승의 전신에서 소림칠십이종절예의 정화가 터진 봇물처럼 쏟아졌다.

그들의 전신을 휘도는 기운은 범천나한공이었고, 손발이 그려내는 궤적은 강호인들이 일초라도 배우길 갈망하는 일대의 절학들이었다.

천수여래장.

대자대비천엽수.

천불수.

용조수.

단금인.

항마연환신퇴.

관음족.

…….

창안 후 수백 년을 걸치며 다듬어진 절학들의 위력은 무서웠다.
 검엽을 중심으로 사방 오 장 이내가 폭포수처럼 떨어지는 손과 발의 그림자에 파묻혔다.
 지켜보는 소림승들의 얼굴에 자부심이 떠올랐다.
 소림의 무공은 하루아침에 이루어진 것이 없다.
 대마두는 금강팔승의 손 아래 피떡이 되어 으스러질 터였다.
 그들의 믿음은 굳건했다.
 그러나 자신이 믿고 싶은 것만 믿는 것은 실제 일어나는 일과는 별 상관이 없다.
 검엽의 주변에 시퍼런 빛의 방패들이 모습을 드러내며 유성처럼 명멸했다.
 절대무쌍의 호신기공 구환마벽.
 콰콰콰콰쾅!
 소림의 절학들과 구환마벽이 검엽의 몸과 석 자 떨어진 곳에서 거세게 충돌했다.
 지면이 뒤집히며 흙먼지가 십여 장을 뒤덮었고, 벼락치는 소리가 숭산을 뒤흔들었다.
 "크으윽!"
 "이게 대체 어떤 강기이기에……!"
 어지러운 신음과 침음성이 교차했다.
 항마진언을 읊으며 장내를 주시하던 소림승들의 눈이 찢어질 듯 커졌다.

금강팔승이 입에서 피분수를 뿜으며 사방으로 튕겨 나가고 있었던 것이다.
 비틀거리는 그들의 안색은 시체처럼 창백했고 손목과 발목이 기괴한 형태로 꺾여 있었다.
 구환마벽은 단 하나도 부서지지 않았다.
 저벅.
 검엽의 오른손이 비스듬하게 허공을 그었다.
 그 손길을 따라 반월형의 묵청색 강기가 번개처럼 균형이 흐트러진 금강팔승에게 날아갔다.
 천강월인수.
 당사자인 금강팔승은 물론이고 지켜보던 소림승들의 안색이 시커멓게 변했다.
 월인의 속도는 눈으로 보면서도 믿지 못할 정도로 빨랐다.
 정자배 고수들의 눈에도 제대로 보이지 않았다. 그런 마당에 피하는 것이 가능할 리 없다.
 "으아아악!"
 "크악!
 허리가 절단되고 목이 잘린 금강팔승의 입에서 처절한 비명이 연쇄적으로 흘러나왔다.
 피가 분수처럼 사방으로 비산했다.
 "…사제포악패역지심(捨諸暴惡悖逆之心) 어불법중함기신심(於佛法中咸起信心)……."
 항마진언의 소리가 높아졌다.

저벅.

그러나 그 항마진언으로도 검엽의 발자국 소리가 만들어내는 기괴한 울림을 지우는 것은 불가능했다.

정안의 뒤에 서 있던 장문제자 벽인이 한 걸음 앞으로 나섰다.

그와 더불어 열일곱 명의 벽자배 소림승도 움직였다.

다음 대의 소림을 맡을 동량들이며 소림 일대제자들 중 최강이라는 십팔나한이 그들이었다.

검엽은 계단의 삼분지 일을 오르고 있었다.

십팔나한의 신형이 대붕처럼 날아오르며 그를 덮쳐 갔다.

서로 간에 대화는 불필요한 상황.

양쪽 다 입을 열지 않았다.

검엽은 무심했고, 십팔나한은 서슴없이 살기를 개방했다.

막지 못하면 소림이 치욕을 당할 것이 분명한 이상 손에 자비를 담을 수는 없는 일이었다.

십팔나한진이 발동되었다.

나한들의 공력이 하나로 연결되었다. 그 공력이 진법의 묘용과 결합되자 나한진 내부에 가공할 압력이 생성되었다. 십팔나한의 공세가 도착하기 전 압력이 먼저 검엽의 전신을 옥죄어왔다.

십팔나한의 공세 속에 검엽의 모습이 마치 파도 속에 침몰해 가는 난파선처럼 보이지 않게 된 순간 정안이 정법을 향해 말했다.

"백팔나한진을 발동하게."

정법의 눈이 커졌다.

"장문 사형… 아직 이르지……."

"이르지 않네. 금강팔승이 일초를 버티지 못했네. 십팔나한으로는 저자를 막을 수 없어. 속히 백팔나한진을 발동하고 오백나한진으로 그 뒤를 받치게."

정안의 기색은 엄숙했다.

정법은 고개를 숙였다.

"명을 받들겠습니다, 장문 사형."

정법의 손이 움직이자 지시를 기다리고 있던 육백팔 명의 소림승이 날아올랐다.

그 많은 사람이 경공을 펼치는데도 승포 자락이 펄럭이는 소리는 거의 나지 않았다.

허공을 유영하듯 움직이는 소림승들의 경공은 소림의 무력이 소문보다 더하다는 것을 알 수 있게 했다.

그들과 십팔나한의 거리는 불과 칠십여 장.

호흡 두어 번이면 도착할 거리였다.

정안의 상황 판단은 정확했고, 지시는 신속했으며, 정법의 지시 이행도 나무랄 데 없었다.

전황은 단숨에 소림승들에 의해 장악되는 듯했다.

그러나 호흡 두 번의 짧은 시간은 검엽에게 억겁처럼 긴 여유를 주었다.

십팔나한의 공격과 그 뒤편에서 날아오르는 수백 명의 소림승을 보는 검엽의 두 눈빛이 변했다.
 푸르스름하던 빛이 선연한 묵청광으로 물들었다.
 눈에서 시작된 묵청광이 그의 전신을 뒤덮고 이윽고 화산이 폭발하듯 하늘 끝까지 솟구친 것은 순간이었다.
 하늘과 땅이 검푸른 마기에 의해 하나로 이어졌다.
 그리고 수직으로 솟구친 마기가 수평으로 퍼지며 숭산 전역을 뒤덮어 버린 것도 순간이었다.
 몸에 닿는 순간 절로 전율을 하게 만드는 마의 기운.
 저벅.
 한 걸음.
 그의 전신을 철벽처럼 방호하는 구환마벽도 검엽이 걸어나간 만큼 앞으로 이동했다.
 검엽의 입꼬리가 비틀렸다.
 그의 눈에 들어온 십팔나한은 스님이 아니라 무인이었다.
 상대가 스님으로 여겨졌다면 검엽은 손을 쓰지 않았을 것이다.
 그는 부처를 믿지 않지만 세속적인 힘에 대한 집착을 초월한 마음의 소유자들을 존중했으니까.
 묵청광이 눈을 찌를 듯 강해졌다.
 그리고 십팔나한의 앞을 막아서던 구환마벽이 증발하듯 사라졌다.
 일단 정체를 알 수 없는 푸른빛 방패를 부숴야 접근이 가능하다고 판단했기에 십팔나한은 나한진을 펼치며 구환마벽을 공격하고 있었다.

그들의 공격은 허공을 허무하게 갈랐다.

나한진의 최소형이자 소수를 공격하는 진법으로 무림제일이라 불리는 십팔나한진은 쉼없이 연환되기에 더 무서운 진법이다.

공격이 무위로 돌아갔다는 것이 확인되기도 전에 십팔나한의 공격은 새로운 것으로 전환되었다.

전환의 시간차는 거의 없다시피 했다.

하지만 진을 이룬 것은 사람.

사람의 움직임이 변하기 위해서는 아무리 짧더라도 시간이 필요하다.

그리고 검엽은 그 짧은 시간을 파고들 능력이 있었다.

전진하며 쌍수를 가슴 앞에 모았던 검엽은 손을 뻗었다.

오른손은 하늘을, 왼손은 땅을 향했고, 손바닥은 정면을 향했다.

쭉 뻗은 두 손이 기이한 호선을 그리는 순간,

그의 장심에서 가공할 묵청광이 화산처럼 터져 나왔다.

우수에서는 지존천강수의 제이초 천강번천수의 기세가, 좌수에서는 지존천강수의 제삼초 천강붕천수의 기세가 해일처럼 일어나 십팔나한의 공세 전환점을 휩쓸었다.

쿠우우우우!

신화에 나오는 마귀의 이빨과도 같은 검푸른 수광(手光)이 사방 이십여 장을 뒤덮었다.

십팔나한의 공세는 물론이고 십팔나한진 전체가 검엽의 손 아래 놓였다.
 십팔나한의 안색이 사색이 되었다.
 그들이 펼친 공세는 묵청광에 부딪치자마자 눈 녹듯이 흔적도 없이 스러졌다.
 나한진이 만들어낸 가공할 압력도 소용이 없었다.
 더 큰 압력과 부딪친 나한진의 압력은 산산이 부서지며 해제되었다.
 나한진의 압력과 나한들 개인의 공세가 무너지자 나한들은 무방비 상태가 되어버렸다.
 그렇게 경악으로 눈을 부릅뜬 십팔나한을 천강번천수와 천강붕천수가 사정없이 휩쓸어 버렸다.
 충돌음도 비명도 신음도 없었다.
 묵청광이 쓸어버린 자리엔 육편조차 남지 않았다. 보이는 것은 오직 자욱한 피안개뿐이었다.
 백팔나한이 나한진을 펼치기도 전에 벌어진 일이었다.
 소림승들의 얼굴은 분노와 슬픔으로 참혹하게 일그러졌다.
 십팔나한 중에는 소림방장 정안의 제자인 벽인도 포함되어 있었다. 그는 차세대 소림방장으로 지목된 인물이 아니던가.
 소림의 미래가 그들의 눈앞에서 죽어간 것이다.
 "이 악마 같은 놈!"

"너를 죽여 천하의 공도를 세우리라!"

노갈과 함께 정안의 좌우에 있던 정법과 정행이 지면을 박찼다.

검엽은 찰나지간 자신을 중심으로 백팔나한진과 오백나한진을 포진해 나가는 소림승들을 둘러보며 뒷짐을 졌다.

그는 마치 백팔나한진이 펼쳐지기를 기다리기라도 하는 사람 같았다.

그 광오함에 소림승들은 공포를 느끼며 치를 떨었다.

나한대진은 찰나지간 포진을 마쳤다.

진 내부는 가공할 압력과 살을 에는 강풍으로 가득 찼다.

그러나 그 압력과 강풍은 검엽의 빙천혈의 자락조차 흔들지 못했다.

검푸르게 빛나는 검엽의 두 눈은 감정이 담겨 있지 않았다.

심마지해에서 생활할 때 검엽은 항상 일천 마리 이상의 마물들에 의해 포위된 상태에서 공격을 받았다.

그 공세 속에서 검엽은 마물들의 피를 마시고, 마물들의 살을 뜯어먹으며 살았다.

그렇게 보낸 세월이 십이 년이다.

진법이든 인해전술이든 천하에서 검엽만큼 포위공격당하는 것에 익숙한 사람은 존재하지 않았다.

나한대진을 펼친 소림승들과 산문 앞에 남은 사백여 소림승은 쉬지 않고 금강항마법창의 항마진언을 읊었다.

"옴 소마니 소마니 훔 하리한나 하리한나 훔 하리한나 바나야 훔 아나야혹 바아밤 바아라……."

항마진언과 함께 백팔나한진이 좌에서 우로, 그리고 그들을 에워싼 오백나한진이 우에서 좌로 돌았다.

정반대로 회전하는 두 개의 대진.

압력과 강풍이 점점 강해졌다.

그것을 지켜보던 검엽의 입술이 천천히 벌어졌다.

휘이이이익!

천지가 무너지는 듯한 휘파람 소리.

그 안에 담긴 것은 절대의 파멸천강지기.

검엽의 창안절기 지존신마소(至尊神魔嘯)였다.

일천 소림승들의 안색이 흙빛이 되고 나한대진 안의 압력과 강풍이 갈 곳을 잃고 흩어졌다.

검엽의 휘파람은 나한진이 연결한 소림승들의 내력을 가닥가닥 끊어버렸다. 그로 인해 진 안의 소림승들은 개개인의 공력으로 검엽과 대항해야 했다.

그것은 최악의 상황이었다.

개인으로 검엽을 상대할 능력이 있어야 버틸 수 있다는 말이기 때문이다.

소림승 중에 그럴 능력을 가진 사람이 있을 리가 없는 것이다.

지존신마소는 스물을 헤아릴 시간 동안 계속되었고, 시간이 흐르며 검엽의 빙천혈의가 노을처럼 붉은색으로 물들어갔다.
 금강항마범창이 뚝 끊겼다.
 막대한 심적 타격을 받은 소림승들의 입술이 조가비처럼 닫혀 버린 때문이었다.
 소림승들의 전신은 식은땀으로 뒤덮였다. 그들의 등골을 타고 공포와 전율이 미친 듯이 치달렸다.
 상상도 해본 적이 없는 일성(一聲)이었다.
 이날 이후 천마경혼소(天魔驚魂嘯)라 불리게 되는 초절기의 초현이었다.
 그리고 소림 유사 이래 벌어진 적이 없는 대학살의 막이 올랐다.
 완연히 핏빛으로 변한 빙천혈의 때문에 이제는 백의인이 아니라 혈의인이 된 검엽의 발이 한 걸음 앞을 내디뎠다.
 저벅.
 그의 쌍수가 눈에 보이지 않는 무시무시한 속도로 아홉 번 겹쳐지며 아직 지존신마소의 충격에서 벗어나지 못한 백팔나한진을 쳐갔다.
 검푸른 빛의 해일이 아득한 높이로 일어났다.
 그 해일은 아홉 번 겹쳤고, 검엽의 전방 삼십여 장을 휩쓸었다.
 천강구접수.
 소림승들이 충격을 받고 나한대진이 흐트러진 상태인 이상 소림승들은 개개인이 검엽의 공세를 맞아야 했다.

결과는 정해진 것일 수밖에 없는 것이다.
"으아아악!"
"악마……!"
"아미타……!"
구천에 사무치는 처절한 비명.
한순간 작은 강을 이루며 흐르는 시뻘건 핏물.
비산하는 육편…….
천강구겁수에 죽어간 소림승의 숫자는 칠십여 명.
단 일격에 의한 결과였다.
소림승들 중 제 살색을 유지하고 있는 사람은 없었다.
그 많은 사람을 단 일 초로 혈해 속에 묻어버린 검엽의 전진이 계속되고 있는 것이다.
저벅.
"으으으으……."
정안의 입술 사이로 신음 소리가 흘러나왔다.
백팔나한대진이 일소에 깨어지고 나한승 칠십이 일초에 죽었다.
이 자리에 있는 사람 누구도 그런 능력을 갖고 있지 않았다.
정자배가 연수한다 해도 그들은 백팔나한진을 상대할 수 없었다.
정안은 절감했다.
'저자는 악마다……. 우리들만으로는 저자를 막을 수 없다.

사부님이 계셔야 한다.'

"정명 사제."

눈매가 날카로워 스님 같지 않은 풍모의 계율원주 정명이 정안의 옆으로 다가왔다.

"예, 장문 사형."

"장생전에 가게."

소림 장생전은 다른 문파의 원로원이나 장로원과 역할이 같다. 그곳은 일선에서 은퇴한 소림의 전대고수들이 해탈의 날을 기다리며 머무는 곳이었다.

정명은 굳은 얼굴로 고개를 숙였다.

질문은 필요없었다.

그도 정안과 같은 생각이었으니까.

짧은 대화였다.

그 대화를 마치고 전장으로 시선을 돌린 정안의 안색이 창백해졌다.

그리고 그의 눈에서 불똥이 튀었다.

백팔나한진을 구성하던 일백팔 명의 나한은 이미 모습이 보이지 않았다.

시신조차 제대로 남기지 못한 채 죽어간 것이다.

정안이 본 것은 그의 사제이자 오백나한진을 지휘하는 정법과 정행이 검푸르게 빛나는 거대한 손에 의해 피모래로 으스러지는 광경이었다.

그에 비해 못하지 않은 두 명의 초절정고수가 단 일격을 버티지 못하고 죽어갔다.

　죽어간 소림승의 수가 언뜻 보아도 이미 이백을 넘었다.

　정안은 입술을 깨물었다.

　그는 자신의 손에 들린 녹옥불장이 오늘처럼 무겁게 느껴진 적이 없다고 생각하며 입을 열었다.

　"정언 사제."

　"예, 장문 사형."

　정언은 소림 내에서 불법을 연구하는 장소인 양심당의 당주다. 무공은 정자배에서 가장 약하지만 불력은 가장 높다고 알려진 고승.

　그는 어두운 안색이었다.

　정안이 말했다.

　"사부님과 사숙들께서 오실 때까지 이곳을 맡아주게."

　예상한 대로의 말, 유언이었다.

　정언은 탄식하며 말을 받았다.

　"알겠습니다, 장문 사형."

　정안이 검엽을 향해 신형을 날렸다.

　그때 검엽은 두 걸음 전진하며 움켜쥔 주먹을 전방을 향해 무서운 속도로 후려치고 있었다.

　어린아이 주먹처럼 작은 수강의 형태를 이룬 묵청색 강기가 한순간 쭈욱 길어지며 마치 거대한 창처럼 십여 장을 꿰뚫었다.

　직선상에 있던 소림승 이십여 명이 피하지도 못한 채 사지가 박살 나며 시신으로 화했다.
 수강의 굵기는 주먹만 했다. 하지만 그 수강은 전진하며 회전했다.
 회전의 속도는 형용불가.
 창의 형상을 이룬 수강의 주변 삼 장 이내에 있는 물건들이 수강의 회전력이 만들어낸 인력을 이기지 못하고 끌려들어 갈 정도였다.
 수강에 뚫린 상태에서 회전력에 휘말린 육신이 버틸 수 있을 리가 없었다.
 구주삼패세의 주인들, 천공삼좌에 비해서도 약자가 아니라 평해지던 북해빙궁주 발로르를 일격에 참살했던 천강쇄심인이 연속적으로 펼쳐지고 있었다.
 누가 막을 수 있을 것인가.
 정안은 오백나한진을 뛰어넘었다.
 그의 전신에 후광과도 같은 은은한 우윳빛 광채가 어렸다.
 극성의 대반야진력이 만들어내는 호신강기였다.
 그의 무공은 강호상에 전해진 것보다 배는 강했다.
 천강쇄심인이 펼쳐지는 그 정면으로 달려든 정안은 혼신의 대반야진력을 담은 반선수로 검엽의 머리를 눌러갔다.
 거대한 수강이 부챗살처럼 펴지며 검엽의 머리 위를 가렸다.
 살신성인.

살아남은 소림승의 수는 삼백여.

그들 전부가 정안의 뒤를 따라 몸을 날렸다.

오늘 백의인을 막지 못하면 소림은 역사상 겪은 적이 없는 타의에 의한 강제 봉문을 당해야 하는 것이다.

죽음보다도 더한 치욕이었다.

〈제8권 끝〉

천마검섭전

임준후 新무협 판타지 소설

철혈무정로 1부

인세에 지옥이 구천되고 마의 군주가 천신하면
그 누구도 그를 막지 못하리라!
이는 태초 이전에 맺어진 혼돈의 맹약, 육신에 머문 자나
육신을 벗은 자나 누구도 피할 수 없는 구속의 약속일지니…….

주검과 피, 그리고 살기가 강물처럼 흐르는 전장에서
본연의 힘을 되찾게 되는 신마기!
신마기의 주인은 전장을 거칠 때마다 마기와 마성이 점점 더 강해져
종국에는 그 자체로 마(魔)가 된다…….

제어되지 않는 신마기…
이는 곧 혼돈의 저주, 겁화의 재앙이다!

유행이 아닌 자유추구 -
WWW.chungeoram.com
Book Publishing CHUNGEORAM

일류 新무협 판타지 소설

天魔崇
천산마제

내일을 기약할 수 없는 땅, 천산.
소녀로부터 은자 한 닢의 빚을 진 소년 용악.
청년이 된 용악은 천산의 하늘이 된다.

하늘을 가르고 땅을 뒤엎는다!
한 호흡에 만 개의 벽(壁)!!
지금껏 내게 이빨을 드러낸 것들은 모두 죽었다.

은자 한 닢의 빚을 갚으며 시작된
십천좌들과의 승부.
오너라! 천산의 제왕, 천산마제가 여기 있다!

유행이 아닌 자유추구 -
WWW.chungeoram.com
Book Publishing CHUNGEORAM

유행이 아닌 자유추구 -
WWW.chungeoram.com
Book Publishing CHUNGEORAM

長虹貫日
장홍관일

월인 新무협 판타지 소설

세상은 언제나 정의가 승리하고,
그래서 사필귀정(事必歸正)이라고?

개소리!

세상은 나쁜 놈들이 지배하지.
그러나 그놈들은 아주 교활해서 절대로 나쁜 놈처럼 안 보이지.
현재 무림을 지배하고 있는 백도의 어떤 인간들처럼…….

暗帝血路
암제혈로

설경구
新무협 판타지 소설

―떠나세요, 가능한 한 멀리.
―하나만 기억하세요. 일단 살아남아야 후일을 도모할 수 있습니다.
―떠나.

오랫동안 연락이 두절되었던 이들이 약속이라도 한 듯 찾아와
꺼낸 이야기들과 함께 시작되는 집요한 추적.
그리고 거대한 음모에 휘말려 억울한 누명을 쓴 채로
오직 살아남기 위해 필사적으로 도주하는 한 사내, 진가혼.

"왜 하필 나입니까?"
"자네가 가장 적당하기 때문이지."
"아시겠지만 그를 죽인 것은 제가 아닙니다."
"물론 알고 있네. 그런데 말일세… 그래도 그를 죽인 것이 자네라는
사실은 변하지 않네."

누구를 믿어야 할까.
적어도 명확하지 않은 상황에서 이유조차 모른 채 도주하던
한 사내의 역습이 시작된다.

유행이 아닌 자유추구 -
WWW.chungeoram.com
Book Publishing CHUNGEORAM